Damien

MATHIEU RENAUD

Damien

CHRONIQUES DU BIEN ET DU MAL

LES ÉDITIONS
JKA

Damien – Chroniques du Bien et du Mal
Dépôts légaux :
Bibliothèque nationale du Québec
Bibliothèque nationale du Canada

Les Éditions JKA bénéficient du Programme de crédit d'impôt pour l'édition de livres – Gestion SODEC – du gouvernement du Québec.

Illustration de la couverture : Daniel Soucy
Révision linguistique : Ōpale traduction

© Les Éditions JKA
305-2260, boulevard Armand-Frappier
Sainte-Julie (Québec)
J3E 2N8 Canada

www.leseditionsjka.com
ISBN : 978-2-923672-72-4
Imprimé au Canada

À Val et Léa,
les femmes de ma vie

À une certaine époque de l'humanité, le temps n'intéressait plus personne. Il passait sans qu'on essaie de le ralentir. L'heure ne servait qu'à se donner rendez-vous, on ne le partageait plus. Les saisons ne portaient plus de noms, on les avait oubliées. Loin du monde à la presse existait un village ignoré de tous qui résistait toujours à la tendance. On y prenait son temps puisque c'était là, la seule de leur possession. Au nord de tout ce qui existait, l'hiver, puisqu'on l'appelait ainsi au lac Miroir, semblait sans fin...

Chapitre Premier
Le village oublié

Ces choses n'arrivent que parce que l'humain ne suit plus le chemin que le divin lui a tracé. Sans relâche, il continue de s'éloigner de sa route.

M. André, 2J A-D

Damien était encore étendu dans son lit, incapable d'ouvrir les paupières. Il rêvassait au travail, à la famille ainsi qu'à d'autres trucs de la vie quotidienne. Il était bien dans cet univers puisqu'il pouvait faire ce qu'il voulait, il était libre.

Il serait resté dans cet état de somnolence une éternité, mais quelque chose qui venait de se glisser entre les couvertures vint l'en décrocher. Cette petite bête démontrait beaucoup de fougue et montait maladroitement sous les couvertures, se frayant un chemin tant bien que mal jusqu'à sa tête.

Soudainement, le jeune homme ouvrit les yeux et bondit afin de stopper l'ascension de l'intrus qui s'était immiscé entre ses couvertures et ses songes :

— Démone, je vais te pourfendre ! affirma-t-il découvrant ses longues canines acérées. Tu n'aurais jamais dû défier un aussi brave chevalier que moi !

Ce ne fut pas une bête effroyable qui se découvrit devant lui, mais bien une petite fille :

— Papa ! Papa ! C'est Daagard… et moi, Lili ! affirma-t-elle à demi apeurée.

— Et bien, c'était moins une jeune fille, j'avais pris votre « gardien » pour un terrible démon !

Damien pointait la peluche que la fillette brandissait fièrement.

— Papa tu n'es pas drôle. Je suis ta fille, tu ne me reconnais pas ?

Elle fit son plus beau sourire et secoua ses lulus de gauche à droite comme des cloches.

— Bien sûr, comment ne t'ai-je pas reconnue ?

Damien serra sa fille contre sa poitrine encore chaude.

— Papa ? lyra-t-elle langoureusement.

— Qu'y a-t-il, mon p'tit crapaud ?

— E… Est-ce que tu peux rester avec nous aujourd'hui ? Tu es toujours parti à la ville et moi, je suis toute seule.

Le jeune père se désola. Il était vrai qu'il était souvent à l'extérieur et revenait tard. D'ailleurs, sa vie personnelle en souffrait, mais il se devait de persévérer, car la communauté comptait sur son apport au village.

— Tu n'es pas seule, Lili : tu as ta mère, et puis tu as Daagard !

— Mais… ce n'est qu'une peluche.

L'évidence était criante. Daagard n'était effectivement qu'une peluche qu'il avait rapportée de la ville peu avant sa naissance. Il n'en avait jamais vu de pareille nulle part, d'ailleurs. Sa tête plus grosse que le reste de son corps, de grands yeux jaunes et la peau mi-cuir mi-fourrure synthétique. Ses petites oreilles rondes allaient de pair avec son ventre énorme qui était aussi dodu que ses courts membres.

— Ce n'est pas n'importe quelle peluche, ma chérie, renchérit-il. Elle est magique…

Lili l'écoutait avec une attention démesurée.

— Daagard m'a été vendu par une sorcière vaudou. (*Du moins, c'est ce qu'elle prétendait.*) Ce gardien en apparence si banal est en fait un gardien ensorcelé.

— Ah oui ? s'interrogea-t-elle candidement.

— Oui, et il a comme mission de veiller sur toi en mon absence, n'est-ce pas incroyable ? Et tant que tu l'auras avec toi, il te protégera du mal.

La fillette regarda sa peluche incrédule, puis vint à la conclusion.

— Daagard est magique ? Il faut que j'en parle à maman !

C'est ainsi que Damien s'extirpa du lit et put tranquillement s'habiller, Lili l'ayant quitté aussi rapidement qu'elle était apparue.

Damien, vingt-quatre ans et les cheveux toujours en bataille, était déjà l'heureux père d'une fillette de cinq ans et l'époux de la resplendissante Rosalie, fille de Michel, le tenancier du magasin général.

Il avait hérité de la maison qu'il avait habitée avec sa mère avant sa disparition mystérieuse près de dix années plus tôt. La maison était aussi vieille que le village lui-même. Ce dernier n'avait pas changé d'un centimètre depuis sa construction et resplendissait sous son épais manteau blanc.

En dehors de l'enceinte du village, le monde continuait de s'avilir, disait-on, mais en son cœur, on vivait en harmonie avec la nature et chacun y passait des jours paisibles. Cela devait faire plus de soixante ans que la communauté s'était formée et jamais on ne l'avait trouvée ou réussi à la cartographier. Cela relevait du divin, croyait-on.

En fait, une partie de son secret était attribuable à l'imposante chaîne de montagnes aussi haute que les nuages qui l'entourait. Elle était si haute et si serrée qu'aucun avion ou hélicoptère ne l'avait traversée. Le village était si profond dans la forêt et ses arbres étaient si touffus et majestueux qu'aucun homme ne s'était aventuré assez loin pour découvrir la société clandestine. En fait, il n'y avait eu qu'une seule exception, ou deux.

Au lac Miroir, on remerciait le seigneur de les préserver à l'abri de ce monde extérieur qu'ils étaient venus à craindre plus que tout.

On y vivait traditionnellement, la survie du village reposant sur le système de partage des tâches. Les cultivateurs et fermiers allaient déposer leurs denrées au marché général. Lorsqu'on avait un mal quelconque, on allait voir le docteur Jolicoeur et lorsqu'on avait besoin de bottines, on allait chez Armand Jr, le cordonnier. Il n'y avait pas d'argent au lac Miroir. C'était inutile puisque chaque individu contribuait de leur métier et prenait sa juste part des denrées essentielles. Les bûcherons du village coupaient le bois de chauffage pour le village entier et pratiquement tous se divertissaient et échangeaient les nouveaux potins à la taverne.

On ne sortait jamais du village. En fait, une seule catégorie de villageois se risquait à l'extérieur de son enceinte. On les appelait les « Braves », car ils risquaient leurs vies pour aller en ville chercher des médicaments pour les animaux et les villageois ainsi que des denrées fraîches qui se faisaient rares lors de la saison froide.

Damien était le dernier des Braves qui affrontaient la folie de ce monde maudit.

Sous le bruit du plancher qui craquait, il suivit sa fille jusqu'au bas des escaliers. Elle agitait sa peluche, chargée d'une nouvelle à communiquer.

— Maman ! Maman ! cria-t-elle à deux poils de ses oreilles. Daagard est enchanté ! Il est enchanté !

— Ah oui ? répondit-elle en se pliant au jeu. Et est-ce que c'est cette même magie qui a fait descendre ton père à temps pour les crêpes ?

Lili ne sut trop quoi répondre. Elle se contenta de lui donner sa bise matinale puis s'installa à la table pour manger.

— Alors ma grosse marmotte, débuta-t-elle en lui offrant une bise à lui aussi. Bien dormi ?

— Dormi ? Je ne sais seulement pas si je suis éveillé, ironisa-t-il en bâillant sans gêne. Je peux te confirmer que je suis à la verticale, mais je ne suis pas certain d'avoir ouvert les yeux encore !

Rosalie se contenta de sourire comme à son habitude sachant bien que son époux consacrait de longues heures à son boulot. Cela n'empêchait pas qu'elle aimait bien le taquiner ainsi.

Ils s'étaient rencontrés comme tous les enfants du village dans la maison de Fleury Lemaire chez qui la plupart des femmes se réunissaient le jour lorsque les maris allaient à l'ouvrage afin d'y donner les cours aux enfants.

Cet enfant maigrichon et sombre, voire malpropre, avait alors la pire des réputations, principalement en raison des agissements de sa mère. De plus, il avait de drôles de manies et ses yeux gris, presque sans pigments, faisaient peur surtout qu'ils contrastaient avec son épaisse tignasse aussi noire que l'abîme.

L'amour ayant ses raisons et plusieurs chemins pour arriver à ses fins, ils se découvrirent, une fois devenus adultes, une attirance l'un pour l'autre et plongèrent le village dans le mystère le plus total. Personne ne savait ce qui les avait rapprochés à ce point et le couple se gardait bien de dévoiler leur secret au grand dam de Michel, le père de Rosalie.

Rosalie servit les crêpes cuisinées sur le poêle à bois qui crépitait en bruit de fond. Elle avait pris soin de bien les faire brûler pour Damien qui les préférait ainsi.

Aussitôt le repas terminé, Lili demanda à aller jouer au salon, permission qu'elle n'attendit pas d'obtenir avant de s'enfuir dans la pièce voisine. Damien en profita pour y aller d'un songe comme il en avait l'habitude :

— Que le temps passe vite, tu ne trouves pas, Rosa ? dit-il. Notre fille vient tout juste d'avoir cinq ans pourtant je la vois encore blottie au creux de mes bras.

Damien mimait de bercer un enfant. Ce faisant, ses avant-bras s'étaient découverts présentant de multiples cicatrices.

— Puis la voilà qui n'a plus besoin de nous. Le jour viendra bien vite où elle voudra que je l'amène dans la grande ville, et puis peut-être y trouvera-t-elle du boulot.

Damien sembla s'effrayer de ses propres paroles.

— Et puis elle trouvera peut-être un mari et un…

Rosalie retint le bras gauche de Damien qui s'agitait comme si elle'il voulait l'empêcher de quitter le sol.

— Tu ne penses pas brûler quelques étapes, mon cher ? Notre fille n'a que cinq ans, tu l'as dit toi-même.

Damien ne put qu'acquiescer en entrevoyant sa fille em-boîter des blocs de bois les uns dans les autres. Elle faisait aller ses lulus de gauche à droite en récitant des comptines.

— Mais les enfants grandissent si vite…

— Moi, je pense que tu devrais passer plus de temps avec elle, poursuivit-elle. Elle s'ennuie, tu sais. Peut-être que cela ralentira un peu l'horloge, ne crois-tu pas ?

Rosalie avait toujours le conseil avisé.

— Tu as sûrement raison, mais je dois y aller, termina-t-il en observant les aiguilles de sa montre. Je promets que j'y verrai dès ce soir !

Damien, lança-t-elle avant qu'il ne parte. J… Je peux te poser une question ?

Tout ce que tu veux, mon amour, répondiu-t-il.

— Pourquoi insistes-tu autant à te rendre à Villemont tous les jours ? La ville m'apparaît si effrayante.

— Il ne faut pas croire tout ce qu'on dit, nuança-t-il. Villemont a ses défauts, il n'y a pas de doutes, mais elle a de bons côtés aussi ! De plus, qui irait si je ne m'y rendais pas ? M. André est l'un des derniers Braves et il ne se fait plus très jeune.

C'était vrai. Rosalie ne put donc le retenir plus long-temps. Damien donna une bise à sa fille qui était d'ailleurs trop occupée à compter ses cubes de bois pour lui répondre.

Il referma la porte derrière lui, laissant son cœur der-rière. Celui-ci se brisait chaque fois qu'il se retournait avant d'entrer dans sa voiture et apercevait leurs jolis minois à travers les carreaux de la grande fenêtre du salon.

Damien travaillait pour la firme A.G. Corp. depuis main-tenant trois ans. La compagnie aux allures d'empire repré-sentait l'exact contraire de son village. L'empire symbolisait le profit, la vitesse, le stress, etc.

A.G. Corp. offrait la plupart des services aux gens de la ville notamment l'énergie et les approvisionnait aussi en fraits de médias de toute sorte. A.G. Corp. avait également une division technologique. On disait même qu'elle offrirait bientôt le premier modèle de cerveau artificiel. Un exploit que l'on devait au professeur McCallister, célèbre neurologue et fier Villemontais.

Damien, bien emmitouflé sous son épais manteau de fourrure, balayait la neige sur sa voiture.

— Bonne journée, Damien, dit une voix. Toujours à la dernière minute ?

— Bonne journée M. André, répondit-il reconnaissant son voisin caché derrière l'énorme banc de neige séparant leurs deux propriétés. Vous avez raison, mon cadran n'a pas sonné ce matin.

— Encore faudrait-il y mettre des piles, mon garçon, fit-il remarquer.

M. André, comme tout le monde l'appelait, sortit de derrière la barricade de neige, découvrant son vieux corps tordu par l'âge, mais toujours fier. La moustache à l'affût, il fumait une pipe pour le tenir bien au chaud.

Damien aimait profondément son voisin qui l'avait élevé comme un fils. En ce sens, il lui devait beaucoup.

Andréas Mayer, de son véritable nom, avait toujours dirigé l'école secondaire Ste-Cross de Villemont, au nord de la métropole, du moins aussi loin qu'il se souvienne. Lui aussi avait été un Brave jusqu'à sa retraite et c'est lui qui le forma pour en devenir un à son tour.

M. André était la seule personne de la grande Ville à avoir intégré la communauté depuis sa lointaine constitution.

Fervent religieux catholique, il avait trouvé le petit village lors d'un pèlerinage personnel qui avait tourné au cauchemar. C'était il y a un peu plus de vingt-cinq ans. Lorsqu'on le recueillit encore déshydraté et désorienté, la communauté se buta à une question éthique, mais à tout le moins nécessaire à la préservation de leur secret : « Que faire de cette homme ? »

Pour la première fois depuis la fondation du village, on eut peur. Peur de perdre le village, de perdre son identité. Cet homme était-il un éclaireur, un envahisseur des gens du sud ?

M. André avait donc comparu donc devant un tribunal formé des décideurs du village dont faisaient notamment partie M. Lemaire, Dr Jolicoeur et Mgr Beaumont. Damien venait à peine de naître. Après maintes consultations et maintes réflexions et après que M. André lui-même eut discouru à son sujet, ce dernier réussit à faire pencher la décision du conseil en sa faveur notamment puisqu'il s'offrit de devenir Brave à son tour. Il déclara sous serment son allégeance au secret du village et avait tenu sa parole depuis.

Il avait emménagé dans la résidence voisine à celle de Damien alors que ce dernier était encore aux couches et était devenu une figure importante du village puisqu'il présidait quelques messes depuis la mort du vieil abbé qui l'avait désigné comme son successeur.

Andréas Mayer avait la barbe d'un gris tirant sur le blanc qu'il montrait avec panache et portait des lunettes qui semblaient avoir pris forme dans son visage.

Le vieil homme s'accouda sur sa pelle de bois et continua entre deux bouffées de pipe :

— Et puis, mon gars, as-tu écouté les nouvelles d'hier ?

M. André se gardait toujours bien informé des nouvelles du monde extérieur bien qu'il n'allait plus que sporadiquement en ville désormais. Pour ce faire, il déneigeait sa voiture chaque matin et s'enfermait à l'intérieur. La radio allumée, il passait les premières heures de la journée assis confortablement à bord de sa Rolls-Royce, une pipe entre les doigts.

— *Les doigts de La Mort* ont encore frappé, dit-il sombrement.

Depuis quelque temps déjà, ce gang terroriste connu à l'échelle mondiale faisait les unes de tous les journaux à mesure que leurs actions faisaient frémir la planète. Dernièrement, ils avaient mis en garde les Nations unies, les informant que leurs actions n'auraient de fin que lorsqu'il ne resterait que la mort et la désolation sur Terre.

Plus d'un million de gens avaient perdu la vie lors de centaines d'attentats terroristes : des trains passagers avaient été déroutés, des bateaux avaient été coulés, des centres commerciaux avaient été pris d'assaut par des tireurs fous partout dans le monde. Le nombre d'attentats et d'incidents de la sorte n'avait toujours pas été annoncé étant donné l'ampleur des dommages et la difficulté à en fournir le bilan.

On ne parlait plus que de ce mouvement apocalyptique dans les médias. Curieusement, Villemont et ses abords avaient été ignorés par ces voleurs de vies. Damien s'en félicitait et c'était pourquoi il n'en avait pas encore parlé à sa famille qui ignorait toujours l'existence du groupe à ce jour.

— Bah, que peut-on y faire ? continua-t-il las. Nous sommes bien à l'abri, ici, au village.

— C... Comment ? s'insurgea M. André. Je croyais t'avoir mieux enseigné, mon garçon. Il n'y a pas pire chose à faire que de ne pas se concerner de tels évènements. Personne n'est à l'abri d'une telle haine sans bornes.

Puis, son ton s'adoucit de nouveau.

— Ces choses n'arrivent que parce que l'humain ne suit plus le chemin que le divin lui a tracé. Sans relâche, il continue de s'éloigner de sa route.

Les propos du vieil homme étaient sensés, mais Damien grinçait des dents chaque fois qu'il mentionnait le divin. Damien n'avait jamais pu croire en la « toute-puissance » et il avait ses raisons. Après tout, pourquoi Dieu l'aurait-il laissé subir une si misérable vie ? S'il existait, il serait assurément venu en aide à sa mère.

N'empêche que, et cela il ne l'avouerait jamais, sa vie se portait beaucoup mieux depuis que Lilianne, sa sorcière de mère, n'était plus dans sa vie.

Damien était d'accord avec le fondement de l'affirmation de M. André, mais ne voyait toujours pas ce qu'il pouvait faire pour se sentir concerné par le malheur des autres alors que si peu de gens s'étaient portés à son aide.

Il avait tout de même besoin d'être éclairé et puisque M. André était l'homme le plus sage qu'il connaissait, il profita de ce moment pour lui demander :

— Pourquoi Dieu, s'il existe, n'arrête-t-il pas la guerre alors ? Pourquoi laisserait-il les hommes souffrir ainsi ?

Le sage homme fronça les sourcils avant de répondre.

— La douleur et le chagrin font partie du fardeau d'être humain. Ils rendent l'homme plus fort. La peine aura toujours sa raison d'être, mais si les gens abandonnaient leurs souffrances entre les mains de Dieu alors ne seraient-ils pas rassurés ?

Le jeune homme rappela à son voisin son retard et celui-ci s'excusa à son tour. Il tourna la clé dans le contact puis fit marche arrière. M. Mayer avait tout de même réussi à l'émouvoir, car, contrairement à Damien, il avait cette force de prendre le malheur de la Terre sur ses maigres épaules. Damien, lui, se contentait d'exister et de faire de son mieux, ce qui n'était pas un accomplissement négligeable.

Damien roula donc vers le sud à bord de sa jeep déglinguée, dépassa le magasin général de son beau-père et emprunta le chemin des Braves.

Le jeune adulte se souvenait encore comment M. André lui avait fait découvrir cette ville qui faisait si peur. Il n'avait que douze ans à peine. Alors que personne ne voyait en lui un être hors de l'ordinaire, le vieux directeur avait remarqué son intelligence et sa facilité d'apprentissage à « l'école des bonnes femmes » comme on l'appelait. (*Les mères du village s'occupaient également de l'éducation des petits.*) Depuis, il avait pris l'adolescent sous son aile et l'avait inscrit dans son établissement dans le but d'en faire un homme éduqué. Sa mère, qui était encore dans sa vie à l'époque, n'avait pas été difficile à convaincre y voyant là un moyen de se débarrasser de son garçon sur une base régulière.

Et puis un certain après-midi d'automne alors qu'il n'avait que seize ans, Lilianne, sa mère disparut tout comme son père avait disparu alors que Damien n'avait pas encore été mis au monde.

Son voisin avait pris soin alors de s'assurer qu'il ne manquait de rien à la maison que Damien avait continué à entretenir seul malgré son jeune âge. Les villageois avaient statué lors d'une messe que le jeune homme était « assez débrouillard pour s'acquitter de la maison familiale seul en attendant de prendre femme ».

Pour la première fois de sa vie, il avait ressenti l'empathie de ses concitoyens. Michel Belhumeur, père de Rosalie, avait même consenti à l'approvisionner en farine ainsi qu'en fruits et légumes. C'est dire à quel point il dut le prendre en pitié, car Michel s'était toujours refusé à les soutenir sa mère et lui sous prétexte que la vieille sorcière et son vilain garçon ne contribuaient pas suffisamment à la communauté.

De tous les gens bien intentionnés du village, c'est à M. André que le jeune homme devait le plus. Malgré tout, lui devait-il de prendre les problèmes du monde sur ses épaules comme il l'aurait souhaité ?

Chapitre Deuxième
LILIANNE

Non ! Sors immédiatement de ma tête ! hurlait-elle
recroquevillée sur le plancher... »

Lilianne, 19A A-D

Bien emmitouflé dans le foulard, la tuque et les mitaines
multicolores que Céleste, sa belle-mère, lui avait tricotés,
Damien tenait son volant comme s'il était une bouée de
sauvetage. Il le tenait avec une telle force qu'il en usait la
laine sur ses mitaines.

Et avec raison : le chemin sur lequel il s'aventurait chaque jour était parfois escarpé, parfois abrupt, parfois trop
cahoteux pour qu'une simple voiture l'emprunte. (À ce propos, la Rolls-Royce de M. André était quatre roues motrices
et la suspension avait été légèrement trafiquée) À bord de sa
jeep, Damien zigzaguait entre les arbres et autres obstacles
naturels qui se dressaient sur son passage avec une certaine
aisance. Iil remerciait les capacités motrices de sa jeep qui
malgré son âge avancé ne l'avait jamais laissé en plan.

Il faut savoir que du temps des premiers colons, la route
était impraticable l'hiver et les Braves devaient se rendre en
ville d'abord en raquettes, puis en charrette. Plus récem-
ment, on s'y rendait en voiture. On les appelait les Braves,

car ces courageux hommes et femmes devaient composer avec les rigueurs de l'hiver ainsi que les dangers de la forêt en plus d'affronter la grande ville dont les contes et légendes servaient à faire peur aux enfants.

À force de maints voyages entre ces deux mondes, d'arbres abattus et de rochers déplacés, une route avait été tracée à travers et autour les montagnes avoisinantes.

Bien qu'il y avait une voie maintenant, elle n'aurait pas été d'une grande utilité l'hiver sans l'aide des villageois vivants en banlieue du village. L'hiver n'étant pas propice à l'agriculture et autres travaux saisonniers, il était demandé à ces gens laissés sans travail de l'entretenir.

En plus de laisser passer les Braves, le chemin permettait donc de relier au village les quelques banlieusards qui parsemaient çà et là les abords de la route.

Les gens participaient volontiers à cet échange de services sachant que les Braves rapportaient de la nourriture fraîche durant l'hiver sans fin et des médicaments pour les aînés et les malades.

La route passait donc devant le marché général, perché en haut de la colline, puis croisait la cabane de Bertrand Lafosse, le grincheux qui ne manquait jamais de l'observer de derrière la fenêtre de son salon.

Elle serpentait ensuite en direction du sud-ouest jusqu'à ce qu'elle atteigne le petit Lac Castor après plus d'une quarantaine de minutes de route. La plupart des adultes et des enfants du village qui s'adonnaient à une randonnée en forêt se donnaient comme limite la « cabane du fou à

Castori » qui avait été bâtie en avant du Lac Castor, juste à côté de la décharge.

Castori était devenu au fil des années la tête de Turc du village à cause de son extravagance. Antonio Castori, de son nom complet, avait toujours eu de la difficulté à s'intégrer à la communauté, et ce, dès son plus jeune âge. Dans cette mesure, le vieil italien lui ressemblait et Damien éprouvait de la sympathie face à la condition du bonhomme.

Il s'était isolé des autres à un point tel où il ne venait pratiquement plus faire de visites au village. Ses yeux s'étaient affolés avec les années et même son accent avait changé. Il allait même jusqu'à prétendre qu'il était italien de souche, lui qui était né ici même, au village.

Peut-être avait-il acquis cet accent lors de ses nombreuses visites en ville, car il s'y rendait tous les jours, disait-on. (*Ce qui n'améliorait pas du tout la réputation de la ville.*)

Il en rapportait, lors de ses voyages, d'innombrables carcasses de voitures, des pneus, des électroménagers qui n'avaient pas été traités avec ménagement et autres bidules à teneur technologique dont « le fou » raffolait par-dessus tout.

Certaines gens se désolaient d'avoir perdu ainsi un des leurs tandis que d'autres, la plupart, s'amusaient de la situation. Un magnifique drapeau aux couleurs de son « pays natal » flottait fièrement sur son balcon ; drapeau que lui avait fait livrer Fleury Lemaire qui s'était spécialement déguisé pour l'occasion. La moustache au bec et attriqué en rouge, en blanc et en vert, il s'était rendu jusqu'à sa cabane afin de livrer ce présent à l'italien au nom de son peuple lointain. On en riait encore à ce jour.

Bien qu'on en pensait différentes choses, il n'en demeurait pas moins que tout un chacun saluait son courage, perçu à outrance par certaines mauvaises langues comme de l'insouciance. Après tout, il occupait un poste de la plus haute importance que personne d'autre n'enviait : celui de douanier.

Damien arriva au « domaine Castori », comme on l'appelait, sans incident notable. Il descendit de sa voiture puis après s'être hissé sur la galerie, il tira la clochette près de la porte.

— Ah ! Mamma mia ! Ma, ça dev'être il jované Damiano, pouvait-on entendre de l'intérieur. Avanti, ragazzo mio !

Le jeune homme pénétra dans la demeure avec l'intention d'y demeurer que quelques instants. Castori était un être infiniment complexe, pensait Damien. Il avait, depuis longtemps, cessé de chercher la raison de sa fascination pour la grande ville et ses technologies, car il faut dire que Damien, pour sa part, ne lui trouvait rien d'exceptionnel ni de remarquable.

L'inventeur, car il en était un, devait approcher la cinquantaine. Il avait de longs cheveux grisonnants qui ondulaient.

Il avait de petites lunettes en demi-lune qu'il portait au bout de son nez, ce qui lui proférait un air intellectuel. Castori avait ce look de savant fou, mais un savant fou infiniment sympathique et sans malice.

Il enleva ses lunettes dont il n'avait besoin que pour voir de très près et délaissa son travail pour aller serrer la main de son invité :

— Bene, jované Damiano, dit-il dynamiquement. Capiti a fagiolo, comé on dit dans le mio paese, eh ? Jouste a tempo ! Io mettais il dernier tocco à la mia dernière invenziona !

— C'est que je suis pressé ce matin, Antonio, répondit-il embarrassé. J'aurais simplement besoin que vous abaissiez le pont et…

— Ben voyonne, ragazzo ! La città t'apprend sue mauvaises abitudini ? J'en ai per un minuto…

L'italien, seul homme sur Terre à mélanger deux accents dans la même phrase, retourna donc à sa table afin de donner la touche finale à sa nouvelle création. Damien, habitué aux manières de son hôte, dut attendre patiemment sachant fort bien qu'il était inutile de tenter de l'en dissuader.

Quelques étincelles ici et là, quelques coups de marteau bien placés puis l'italien avait fini. Enjambant les montagnes de bidules entassés sans ordre particulier, en contournant d'autres avec plus de soin, il tendit finalement l'item à son visiteur.

— Prendi, ragazzo mio, c'est per té ! déclara-t-il non pas sans fierté.

Damien prit l'objet sans même lui jeter un coup d'œil.

Lorsque Damien arrivait en avance au Lac Castor, ce qui ne lui arrivait pas souvent d'ailleurs, il laissait l'homme divaguer sur ce qu'il appelait ses « inventions » avec plaisir ; sa lampe UV qu'il avait confectionnée avec de vieux tubes d'appareils de bronzage, son porte-gobelet chauffant fait à partir de vieux grille-pain et autres réalisations plutôt inutiles.

Pas besoin de dire que la plupart de ses inventions ne servaient à rien ou ne fonctionnaient tout simplement pas, mais l'homme prenait un tel plaisir à y travailler et à partager le fruit de ses trouvailles qu'il ne se résignait jamais à l'interrompre. En temps normal, cela ne le dérangeait pas. Il y prenait même un certain plaisir, Antonio ayant toujours su le faire sourire.

Après tout, Castori avait été un ami précieux des parents de Damien. Nul au village ne savait les véritables raisons du départ soudain et inattendu de Marcus, son père ni même les raisons de la disparition tout aussi mystérieuse de sa terrible mère. Seulement, Damien avait pourtant bien remarqué qu'Antonio, lors des fouilles organisées à cet effet, avait été, de tout son entourage, le plus ému de ne jamais la retrouver.

On disait d'ailleurs qu'Anthony Castor était mort durant ces années sombres et qu'un curieux italien vivait depuis, dans cette cabane au bout du chemin.

Étrangement, Damien en était venu à considérer l'homme comme un ami à force de le croiser chaque jour.

M. André, qui accompagnait Damien la plupart du temps, disait de lui qu'il était malsain.

Ce matin n'était cependant pas le genre de matin où Damien possédait tout le temps du monde alors le jeune homme le pria une seconde fois. Réalisant que le jeune homme y tenait à ce point, Castori mit ses bottes et tous deux se retrouvèrent dehors. Il avait pris soin d'amener avec lui la manette servant à activer le pont qui se dressait devant eux.

Ce dernier avait été construit avec l'aide des villageois, mais avait été entièrement conçu grâce au génie mécanique de Castori. Il avait la double utilité de servir de rempart contre une éventuelle intrusion, mais au quotidien, il servait à franchir la rivière du nord qui descendait du Lac Castor jusqu'au lac Miroir. De cette manière, Castori pouvait savoir qui se trouvait encore en ville et rapportait toute absence prolongée ou inhabituelle, non pas que ce ne soit jamais arrivé.

L'italien avait suivi le jeune homme qui s'était installé au volant de sa jeep, impatient.

— C'est un réveil-mattina, dit-il en pointant l'objet. Io té l'ho donné per qué tou pouisses té réveiller la mattina. Lilianne, ta pauvre mamma, serait triste dé savoir qué suo ragazzino est toujours in ritardo au travail...

L'italien s'arrêta net avant d'ajouter :

— Allora, fila, ragazzino terribile !

Castori activa le pont à l'aide d'un contrôle semblable à une manette de voiture téléguidée. Il ne s'en séparait jamais et insistait sur le fait qu'il devait être le seul à s'en servir. Il était logique qu'une seule personne y ait accès puisqu'il aurait été difficile autrement de tenir compte des allers-retours.

Damien prit donc le temps d'analyser le bidule de plus près pendant que le pont descendait. En fait, il s'agissait d'un réveil-matin classique sur lequel Castori avait intégré une panoplie de gadgets. Il semblait y avoir emmagasiné plusieurs échantillons de sa voix.

De ce fait, lorsqu'on voulait avoir l'heure, il suffisait de presser le bouton « heure » pour que l'italien nous la communique de son accent douteux. D'autres options étaient disponibles, mais il n'avait plus le temps d'en faire l'essai puisque la voie était maintenant libre devant lui. Il lança l'objet entre le parebrise et le tableau de bord et mit la jeep en marche.

Il s'éloignait de l'italien qui lui rendit son sourire dans le rétroviseur. L'italien avait mentionné le nom de Lilianne, sa mère. Castori ne parlait jamais d'elle et Damien n'avait jamais essayé de lui en parler non plus.

Damien se souvenait encore clairement sa mère avant les jours sombres. Lilianne avait coutume de se mettre des fleurs dans les cheveux. Elle resplendissait de sa beauté inégalable. D'ailleurs, au village, on clamait haut et fort qu'elle était la plus belle de toutes les femmes de la Terre. Elle sentait bon la lavande dont elle imprégnait l'essence sur chacun de ses vêtements. Elle tenait sa demeure impeccablement ordonnée et n'hésitait pas à faire participer son garçon qui n'avait que cinq ou six ans à l'époque. Elle laissait toujours un lys au milieu de la table.

Il se souvenait qu'elle paradait au village en portant fièrement Damien sur ses épaules et saluait chacun des villageois de la main en dévoilant son si magnifique sourire. Tous au village étaient en adoration devant la belle dame, du moins c'est comme ça qu'il s'en souvenait. Les plus vieilles mères saluaient son courage d'élever un enfant seule comme elle le faisait tandis que les hommes n'hésitaient pas à lui offrir leur aide ou davantage...

Heureuse comme elle l'était, nul n'aurait pu se douter du terrible secret qu'elle portait. Elle n'avait jamais dévoilé les circonstances de la disparition de Marcus, son mari, et avait laissé toute la place aux ragots et discussions à son endroit. Les gens présumèrent qu'il avait pris la fuite et si on la confrontait à ce sujet, elle baissait la tête et s'enfermait dans sa demeure où elle n'en ressortait qu'après plusieurs jours d'absence.

Elle n'en avait jamais parlé à Damien non plus. Peut-être le jugeait-elle trop jeune pour comprendre ou tout simplement parce que la vérité lui faisait trop mal pour la lui révéler.

Malheureusement, le bonheur apparent de Lilianne changea lors d'une sombre nuit d'été. Damien se souvenait de ce jour comme si tout s'était passé la veille. Il était paisiblement endormi dans son lit situé au premier étage lorsqu'un bruit sourd l'avait réveillé en sursaut. Sa mère s'était ensuite mise à crier comme si on tiraillait ses entrailles. Il avait entendu une assiette se briser sur le sol au moment même où elle s'était effondrée. Elle ne criait plus maintenant, elle hurlait de terreur.

Le garçon apeuré, mais curieux, s'était avancé aux abords du grand escalier.

— Non ! Sors immédiatement de ma tête ! hurlait-elle recroquevillée sur le plancher de la cuisine.

Damien avait pensé venir à sa rescousse, mais ses jambes refusaient. Sa mère se battait contre un monstre invisible, s'arrachant les cheveux de sur la tête à grandes poignées.

— Sors de ma tête ! persistait-elle à hurler. Sors… de ma… tête !

C'est alors qu'elle l'avait aperçu en haut des marches. Elle l'avait regardé de ses yeux grands ouverts comme s'il eût été le messie. Entre deux spasmes, elle l'avait supplié de descendre l'escalier alors il s'était exécuté.

Ahhh… souffrait-elle le plus discrètement possible.

Une fois à portée de main, elle l'avait fait jurer d'être fort et dans un ultime effort, elle avait sorti la chaîne qu'elle avait toujours à son cou. Au bout de la chaîne, il y avait un pendentif argenté d'assez bonne facture. Il avait la forme d'une fève, s'était-il dit en le voyant librement pour la première fois.

Puis, elle avait tiré si fort sur la chaîne qu'elle avait brisé un maillon, s'infligeant du même coup une profonde cicatrice. Elle avait demandé qu'il le garde, qu'il le garde avec lui pour toujours quoiqu'il arrive puisque c'était sa dernière volonté. Ensuite, elle avait perdu contact avec la réalité et s'était mise à divaguer.

Elle sommeillait ainsi les yeux ouverts, les bras devant le visage.

Ses yeux avaient perdu tout leur éclat. Dans son sommeil éveillé, elle continuait de marmonner des choses dans une langue fictive tandis qu'il était laissé à lui-même, pleurant à ses côtés.

Au moment même où Damien allait s'endormir contre sa poitrine, cette dernière s'était réveillée en avalant une bouffée d'air comme s'il s'agissait de son premier souffle.

Rempli de la joie candide des enfants de son âge, il s'était jeté dans ses bras à la recherche de réconfort. Ces derniers, cependant, n'avaient plus leur chaleur habituelle. Ils étaient froids et rigides comme l'était ce regard qu'elle portait maintenant sur lui.

Du revers de la main, elle l'avait repoussé avec une telle violence que la peau entre son lobe d'oreille gauche et la base de son cou s'était déchirée d'un trait. Le garçon avait porté la main à sa nuque incrédule alors que sa mère lui tournait le dos.

Faisant fi de la douleur, il s'était avancé vers elle puis avait réussi à lui soutirer un regard. Damien ne pleurait pas, contrairement à ce qu'on aurait pu penser. Il avait affronté les méandres glacials de ses yeux devenus gris sans broncher.

Il avait continué de soutenir ce regard jusqu'à ce qu'il trouve ce qu'il y recherchait.

Lilianne lui avait toujours dit : « Les yeux sont le miroir de l'âme. » Ce qu'il avait vu au plus profond de son âme c'était sa mère qui se battait. Elle se battait contre ce mal qu'il ne comprenait pas. Cela lui avait suffi, c'est pourquoi il avait pris le bijou qu'elle lui avait offert entre ses doigts et l'avait serré contre sa poitrine. C'était celui de Marcus, l'homme qu'elle avait tant aimé. La dernière volonté dont elle avait fait mention, c'était la sienne, il en était convaincu.

Soudainement, des coups sur la porte extérieure s'étaient fait entendre.

— Lilianne ! Damien ! Que se passe-t-il ? criait-on de l'autre côté de la porte. J'ai entendu des hurlements. Est-ce que tout va bien ?

Cette voix étouffée c'était celle de M. André, son voisin, qui avait eu tôt fait d'enfoncer la porte lorsque personne ne lui avait répondu. Ainsi, il les avait trouvés côte à côte obnubilés l'un par l'autre.

— Seigneur Dieu ! avait-il lancé en voyant la marre de sang sur le plancher de la cuisine.

Damien se rappelait avoir été amené chez le Dr Jolicoeur, mais à partir de là, ses souvenirs s'estompaient dans sa mémoire. Après tout, il avait perdu une énorme quantité de sang ce jour-là.

Devant les frasques apparentes de la femme, un tribunal fut ordonné pour juger les actes de sa mère. Il faut savoir qu'aucun code autre que celui du bon sens prévalait au lac Miroir et qu'aucune sentence n'était prédéterminée pour les agressions, meurtres et autres actes sordides puisque ces choses n'arrivaient jamais en pratique.

Ces ainsi que les sommités du village se consultèrent. Tout le monde s'entendait pour dire que la femme devait être punie et éloignée de l'enfant, mais personne ne voulait avoir affaire autant avec la femme que l'on surnommait déjà la sorcière qu'à son fils qu'on disait être de mauvais augure.

Il avait donc été décidé envers et contre tous qu'aucune décision n'allait être prise ; les villageois n'ayant pas l'intention d'intégrer la peine de mort dans leur communauté ni même d'instaurer une institution pénale beaucoup trop complexe à gérer.

Le comité avait longuement réfléchi avant de prendre cette douteuse décision. Des semaines avaient passé depuis l'agression et plus le temps passait et plus la crainte de la sorcière s'installait et la décision de laisser l'enfant entre les mains de la sorcière était née de cette peur.

Lilianne ne sortait plus et ne tenait plus sa maison ni même permettait qu'on le fasse à sa place. Elle se parlait à elle-même, prisonnière de ses songes. De plus, elle ne lui adressait plus la parole sinon que pour lui crier des bêtises puis allait dans un coin afin de pleurer.

Quelquefois, elle avait des excès de colère et allait jusqu'à le battre, mais ça, il ne l'aurait jamais dit à quiconque.

Il s'était accroché à cette lueur qu'il voyait toujours au creux de son œil.

La sorcière avait disparu depuis belle lurette comme l'avait fait son père sans lui dire au revoir. Peut-être était-elle finalement la sorcière qu'on prétendait qu'elle était, mais il ne le pensait pas.

Malgré les commentaires des autres, incluant ceux de son épouse, Damien tint tout de même à honorer sa mémoire en baptisant sa fille de son prénom.

Lili était le plus beau des noms, pensait-il, il sentait la lavande.

CHAPITRE TROISIÈME
LE CANARD

T... Tu ne fais pas encore allusion à cette vieille histoire ?
Marcus était tout aussi Lacmirois que toi et moi [...]

CÉLESTE, 19A A-D

On avait réuni pratiquement tous les enfants du village à la plage du lac Miroir en cette belle journée d'été. Le soleil était haut dans le ciel et les canards batifolaient tranquillement parmi les roseaux.

Les femmes du village avaient organisé un petit goûté comme on avait l'habitude de le faire les jours de beau temps. Il devait y avoir une trentaine d'enfants entre zéro et douze ans. Les adolescents de plus de douze ans avaient déjà commencé à travailler suivant bien souvent les traces de leur père ou de leur mère.

Tous avaient amené leurs maillots de bain et on s'amusait. Les femmes qui avaient la tâche de veiller sur toute cette marmaille en congé de leçons se comptaient au nombre de huit. Elles se trouvaient toutes à l'ombre à l'écart de ce soleil accablant qui faisait pourtant la joie des tous petits.

Deux femmes dans la jeune trentaine discutaient. En fait, l'une d'elles, la plus belle, parlait beaucoup plus que son amie. Elle avait jacassé de sa jeune voisine Ginette et de ses étranges fréquentations ainsi que de Bertrand Lafosse, le vieux garçon du rang d'en bas, qui l'avait regardée d'un drôle d'air.

Elle s'appelait Arlette et était la fière femme du maire du village, M. Fleury Lemaire. Étant donné la position de son mari, elle réussissait toujours à obtenir les dernières nouvelles et s'amusait à étaler son savoir à sa compagne. Cette dernière se nommait Céleste Belhumeur, femme de Michel le marchand du village et mère de la petite Rosalie, 7 ans. Céleste était plutôt discrète et réservée, elle.

— Et que dire de Jacques ? Lui aussi aimerait bien voir la couleur de mes jarrets, mais…

Arlette s'était interrompue lorsqu'elle avait vu la mine de sa compagne.

— Non, mais tu m'écoutes Céleste ? demanda-t-elle impatiente de poursuive.

Pas vraiment, elle ne l'écoutait que d'une oreille. Elle avait le regard fixé sur le jeune homme qui se tenait à l'écart du groupe. Il était assis sur la grosse roche plate près de la petite crique où pataugeaient les canards non loin. Il était seul et avait la mine sombre.

— Tu ne vas pas me dire que tu te fais encore du souci pour le fils de la sorcière ?

Céleste aurait bien voulu répliquer, mais elle en était incapable.

— Tu ne sais pas que c'est lui qui amène ce malheur au village ? Mon mari m'a fait remarquer que M. André, son voisin, ne le quitte plus d'une semelle depuis qu'« elle » est devenue folle.

— M... Mais de quels malheurs parles-tu ? hésita-t-elle à demander.

Il était effectivement difficile d'imaginer le malheur en cette splendide journée d'été. En fait, Céleste n'arrivait pas à se souvenir ce à quoi son amie voulait faire allusion. Comme si elle avait pressenti son questionnement, Arlette s'empressa de l'éclairer :

— Mais je veux parler de Guillaume, le pêcheur, et que dire de Ginette... Elle a accouché et son bébé est disparu ! Je ne parle même pas de Sylvain et de sa femme.

Céleste avait bien entendu parlé que Guillaume s'était coupé trois doigts en apprêtant un poisson. Elle avait également entendu parler de l'étrange histoire impliquant la grosse Ginette, mais ce qu'elle savait sur Guillaume c'était qu'il était un bien piètre pêcheur et en ce qui a trait à Ginette, elle n'était qu'obèse et n'avait plus toute sa tête depuis la mort de son mari.

De plus, elle n'avait jamais entendu l'histoire de Sylvain et n'avait pas envie de la connaître. Il n'en demeurait pas moins qu'elle considérait ces histoires que pour ce qu'elles étaient vraiment : des histoires.

Cependant, Arlette insista :

— Et bien, conclut-elle. Figure-toi que ce Damien, le fils de la sorcière, avait croisé leur chemin le matin de leur drame ! Il porte malheur comme son père, pas difficile à croire que Lilianne ne sort plus.

Céleste se souvenait avoir été amie avec Lilianne autrefois. Mais depuis quelques semaines, elle ne sortait plus et envoyait son fils, crasseux et mal-aimé, faire ses emplettes et, en quelque sorte, quémander sa nourriture et ses habits à sa place. Michel, son mari, avait depuis conclu qu'il était lâche comme l'était sa mère. Lui aussi avait oublié ce qu'avait représenté Lilianne pour la communauté.

Céleste, elle, avait espoir de revoir un jour renaître la Lilianne des beaux jours. Elle ne comprenait pas ce qui lui arrivait. Si seulement elle daignait lui répondre lorsqu'elle cognait à sa porte.

Arlette parlait toujours.

— D'ailleurs, tu sais ce que M. André dit à propos du « survivant » ?

— Marcus ?

— Tu en connais d'autres, des gens qu'on surnomme le survivant ? Étant bébé, il aurait été déposé dans la grotte au nord du village par un espion de la ville. Il serait reparti rejoindre les siens après en avoir appris suffisamment sur nous.

Peut-être était-ce le soleil qui s'était élevé haut dans le ciel et qui lui plombait désormais sur la tête, mais Céleste fut emportée par l'irrésistible envie de lui répondre cette fois.

— Ça ne fait aucun sens ! Marcus était tout aussi Lacmirois que toi et moi. S... S'il y en a un qui ne l'est pas alors ce serait plutôt M. André justement !

— Céleste !

Son visage vaniteux s'était étiré sous le coup de la surprise. Faisant fi de l'étonnement de son amie, elle poursuivit de plus belle :

— D... D'ailleurs, je n'ai jamais rencontré quelqu'un qui avait un tel respect pour la vie que le mari de Lilianne. Il souhaitait cet enfant tout autant qu'elle et tu le sais !

— Ouais, dit-elle d'un ton plus ou moins convaincu. On raconte aussi qu'il récitait des prières aux chevreuils avant de les abattre.

— Et puis ? répliqua-t-elle défiant son amie de nouveau.

Céleste ne savait pas pourquoi elle s'était emportée de la sorte. Elle sentait toujours son cœur battre très fort au fond de sa poitrine. Cela faisait longtemps qu'elle ne s'était pas sentie vivre ainsi. Arlette, elle, ne parlait plus. Elle la dévisageait.

— Maman ? J'ai soif, je peux avoir à boire ?

C'était Rosalie, la fille de Céleste, qui était venue à la rencontre de sa mère. Elle était pleine d'entrain et d'énergie. Elle revenait justement de jouer au ballon avec les autres enfants.

Céleste lui offrit la gourde qu'elle portait à la taille et elle but au moins la moitié de son contenu. Une fois désaltérée, elle tendit la gourde à sa mère puis s'apprêtait à retourner joindre ses amis lorsqu'elle l'arrêta :

— Rosa, ma fille, dit-elle. Je voudrais que tu fasses quelque chose pour moi.

Damien s'était levé. Il s'était approché du lac et faisait des ricochets sur sa surface avec les petites roches qu'il trouvait aux alentours. Il portait son costume de bain, mais gardait son gilet à manches longues comme toujours. Il s'était accroupi à la recherche d'autres roches à lancer. Il en avait amassé un bon nombre alors il décida de se relever. Au même moment, quelqu'un lui toucha l'épaule le faisant sursauter.

— Que fais-tu là, Damien ? dit-elle lui faisant échapper les roches qu'il avait eu peine à rassembler.

C'était Rosalie qui s'était détachée de la bande pour venir lui parler. Réalisant qu'elle venait de lui faire perdre son butin, elle se pencha à sa suite pour l'aider. Sa chevelure épaisse, quoique plutôt graisseuse, cachait son visage comme s'il ne voulait pas qu'on le remarque.

— Que fais-tu à l'écart, tout seul ? reprit-elle de plus belle. Pourquoi ne viens-tu pas nous rejoindre ?

— J… Je n'en avais pas envie, c'est tout, laissa-t-il entendre sans vouloir étendre la conversation.

— N'empêche que tu n'en as jamais envie, répondit-elle insatisfaite. Peut-être qu'on ne raconterait pas autant de mauvaises histoires sur ton compte si tu essayais de t'intégrer un peu.

— J'n'en ai rien à faire de ce que les autres disent de moi ! prétendit-il.

Rosalie leva les yeux vers le ciel et laissa échapper un soupir de découragement. Elle allait repartir lorsqu'en tentant de ramasser la même roche que Damien, elle toucha

son avant-bras dénudé. Il était boursouflé, couvert de petites marques rouges.

Damien retira ses bras comme s'ils ne devaient jamais
être vus. Il les serra contre sa poitrine espérant les faire
disparaître.

— Q... Qu'est-ce que c'est, Damien ? C'est vrai ce qu'on
raconte sur ta mère, dis-moi ?

Rosalie avait toujours été plus gentille avec lui que les
autres enfants. Il avait eu envie de lui confier qu'il souffrait,
que sa mère le torturait parfois et qu'il ne fermait pratiquement jamais l'œil de la nuit. Il aurait voulu pleurer, mais il
en était incapable. Il s'accrochait à cet espoir qu'elle allait
vaincre ce mal qui, il le croyait, depuis toujours la tourmen-
tait et la poussait à faire ces horribles choses.

Pourtant, il ne dit rien.

— C'est ma mère qui est venue me dire de venir te voir,
avoua-t-elle. Si tu ne veux rien me dire à moi, peut-être
aimerais-tu lui en parler ?

Céleste assise en dessous du parasol jaune un peu plus
loin lui faisait signe de la main. Damien comprit.

— C... C'est ta mère qui... ?

Tout devenait clair dans sa tête.

— Tu peux partir, Rosalie. Je ne veux pas de ta pitié
ni de celle de ta mère. Je me débrouille à merveille si tu
veux le savoir, ma vie n'est qu'une succession de bonheur.
Maintenant, si tu le veux bien, j'aimerais être seul !

Il réalisait à peine ce qu'il disait. Sa voix était convaincante, pourtant il tremblait sans retenue. Rosalie resta figée un moment puis elle se fâcha aussi.

— Mon père avait raison ! soutint-elle.

Il ne savait pas exactement ce qu'elle avait voulu dire par là, mais elle avait l'air furieux. Il aurait aimé avoir la force de la retenir et pouvoir tout lui expliquer.

Elle lui tendit une gourde d'eau, la même que sa mère lui avait offerte il y a un moment.

— Tiens, garde-la ! dit-elle. Ma mère pensait que tu aurais pu avoir soif. Moi, je m'en fous !

Et elle partit comme un coup de vent laissant choir la gourde qui vint s'enfoncer dans le sable à ses pieds. Il se sentait idiot.

Il serra fortement une roche qu'il tenait à la main.

— Elle était venue te voir pour t'offrir à boire, idiot, se dit-il pour lui-même.

Ses yeux malintentionnés brûlaient de mille feux. Comme possédé, il poussa un cri, puis il tira la roche.

Cette dernière ne fit qu'un seul bon avant d'atteindre un canard qui jouait à quelques mètres de sa position. Touché à la base du cou, il en perdit quelques plumes avant de piquer du bec. Il aperçut sa tête avant que ses yeux ne roulent dans ses paupières, il avait une tache bleuâtre sur le crâne qui le différentiait des autres. Du coup, ses comparses plutôt futés s'envolèrent sans attendre qu'on leur lance une pierre à leur tour.

C'était alors que Damien reprit ses sens. Qu'avait-il fait ? se dit-il. Sans réfléchir un instant, il se jeta à l'eau, lui qui n'avait pourtant jamais appris à nager. Il avait de l'eau jusqu'aux épaules lorsqu'il se jeta la tête la première à la rencontre de l'animal dont seules les pattes sortaient de la surface de l'eau.

Il agitait les bras dans tous les sens. Tant bien que mal, il arriva à la hauteur de l'oiseau, mais il ne réussissait pas à garder sa tête hors de l'eau assez longtemps pour prendre un grand souffle. Ses idées devenaient floues. Il lui était impossible de retenir son souffle plus longtemps, l'eau allait bientôt emplir ses poumons.

Dans un ultime effort et sans se soucier de sa mort imminente, il étira le bras en direction du pauvre petit canard et réussit à toucher la pointe de son bec. Son pendentif se mit alors à luire d'un blanc immaculé. Damien, ni personne d'autre d'ailleurs, n'en sut jamais rien puisqu'il avait déjà perdu connaissance.

Ainsi, il sombrait sans retenue dans les abymes du lac Miroir. Tout ici était si calme, si paisible…

Mais alors qu'il sombrait dans l'inconscience, il rêvait. Il se voyait jouer à la marelle avec Rosalie tandis que les autres sautaient à la corde ou jouaient aux billes. Il sautait ainsi sur une jambe lorsque, prise de panique, sa compagne avait déguerpi sans l'aviser.

— … 3… 4… 5… Voilà ! s'écria-t-il en relevant la tête, mais elle n'était plus là.

— Rosalie ? sonda-t-il, mais il ne se trouvait seulement plus dans son village.

Tout à coup, des stalagmites percèrent le sol à ses côtés tandis qu'un rire démoniaque se mit à résonner dans sa boîte crânienne. Des stalactites descendaient maintenant du plafond de la caverne dans laquelle il se trouvait, formant la mâchoire d'un démon.

— Non ! Non ! s'écriait-il en tentant de courir à l'abri.

Mais le rire se rapprochait et les mâchoires eurent tôt fait de le prendre en serre.

— Damien… Tu as tué… Je suis content de toi, mon fils, dit une voix sinistre.

Le gamin continuait à se débattre contre cette volonté.

— Non ! Non ! Non ! s'écria-t-il. C'est un cauchemar… J… Je… !

Brusquement, il se sentait revenir vers le monde des vivants.

Lorsqu'il reprit connaissance, il sentit le souffle de Céleste qui pratiquait sur lui la respiration artificielle. Il avait senti la présence d'autres personnes autour, mais ses idées étaient encore embrouillées. Il avait bien cru entendre un garçon s'étonner qu'il soit encore en vie. Un autre avait ajouté qu'il était resté sous l'eau durant au moins cinq minutes.

Cela ne l'intéressait pas. Après avoir craché l'eau contenue dans ses poumons, question de faire place à un peu d'oxygène, comme pris d'un délire, il dit :

— L... L'oiseau, le canard... Je l'ai tué. Je l'ai tué ! J'ai senti sa mort !

Alors que certains pensaient que le garçon était finalement devenu fou, d'autres commençaient déjà à clamer qu'il avait des visions sataniques.

— Ses yeux, Mme Céleste... Il est possédé !

— Ça n'a aucun sens, Henri, répondit l'héroïne à bout de souffle. La couleur rougeâtre de ses yeux est conséquente à la noyade. Damien est un garçon bien chanceux.

Mais le jeune garçon insistait.

— L... Le canard ! Le canard, je l'ai tué, c'est ma faute ! répéta-t-il avec hargne.

— Il n'y a pas de canard, pauvre garçon, dit-elle sans comprendre ce qui le terrifiait tant. S'il y en avait eu un, et mort de surcroît, ma fille l'aurait vu flotté sur le dos lorsqu'elle a plongé !

Alors que Damien était soudainement partagé entre la douce pensée que Rosalie se soit jetée à l'eau pour lui venir en aide et la terrible pensée de ce qu'il avait fait, il s'était permis un somme sur le sable chaud. Cette fois-ci, il dormit sans rêve. Il dormait si paisiblement qu'on renonça à le réveiller immédiatement.

Évidemment, il s'était réveillé quelques heures plus tard, mais le soleil n'était plus haut dans le ciel et il était dans son lit.

— C... Comment ce... ?

Mais il se jeta à la fenêtre sans même continuer sa réflexion. Comme s'il l'avait vu dans une vision, il aperçut dans le ciel violet des canards, plus d'une centaine qui partaient vers le sud. À la tête du groupe, il y avait un canard portant au cou une marque bleue plutôt distinctive.

Chapitre Quatrième
VILLEMONT

La ville et ses habitants sont à l'image de notre planète :
ils sont malades.

M. André, *12A A-D*

Castori, à l'aide de sa déneigeuse, avait comme mandat, en plus de son travail de douanier, d'ouvrir le chemin de sa cabane jusqu'à la route asphaltée. Que cela soit dit, l'italien faisait bien souvent plus que son devoir et remontait jusqu'au village avec son camion à neige. En fait, Castori avait, en plus de sa collection de bidules de toute sorte, une collection encore plus impressionnante de véhicules motorisés allant du VTT trois ou quatre roues au boguet en passant par les karts et plusieurs autres véhicules plus lourds, dont sa déneigeuse et sa remorqueuse.

La route débouchait sur une grande clairière où la neige était entassée. La neige qu'il poussait sans cesse le long du chemin donnait l'impression de se trouver au milieu d'un gigantesque désert de dunes blanches.

Castori avait déboisé les alentours du sentier seul et armé d'une simple scie à chaîne qu'il avait jadis achetée d'un commerçant de la ville. Il était fort louable que Castori ait aménagé ce coin ainsi, car le déblaiement du chemin tout au long de l'année n'aurait pas été possible autrement.

Le terrain était vague à des kilomètres à la ronde, mais l'italien, avec un discernement qu'on ne lui octroyait que très rarement, avait cru bon de garder deux épaisses rangées de sapins qui longeaient la grande route et qui, du fait même, préservaient le secret de l'existence du sentier.

Damien était donc arrivé au point où il devait rejoindre la route qui coupait perpendiculairement le sentier. C'était l'instant que Damien aimait le plus d'ailleurs, car il devait rouler à pleins gaz, monter ce qui ressemblait à une rampe de lancement de motocross et s'élancer au travers des branches de sapins, tout en demeurant discret, il va sans dire.

— OK, ma belle, dit-il à sa jeep. C'est le temps de montrer ce que tu as dans le ventre !

Appuyant sur la pédale qu'il enfonça à fond, les quatre roues de sa jeep mordirent à la neige et le propulsèrent vers l'avant, à la rencontre de son destin. Damien se battait contre son volant qui menaçait de s'arracher à ses mains après chaque secousse. Il sentait la vibration jusque dans ses joues et jusque sur son sourire.

C'était « son » moment de la journée. C'était exaltant, car il ne savait jamais ce qu'il allait trouver derrière les sapins. Peut-être allait-il rencontrer un poids lourd qui roulait à toute allure, un chevreuil ou autre chose. C'était cet appel de l'inconnu qui le faisait frissonner de plaisir.

La jeep s'élança donc vers la rampe d'accès et la traversa, flottant entre ciel et terre un instant, frottant contre les

branches autour qui lui cachaient la vue. La route apparue devant lui au dernier moment. Il effectua une brusque
manœuvre vers la droite ; la suspension rebondit sur le sol
alors qu'il tenta de reprendre le contrôle de l'engin qui tan-
guait de gauche à droite. Les branches des arbres dansaient
toujours tandis que devant lui se dessinaient les contours
d'énormes bâtiments au loin.

— Wahou ! s'écria-t-il seul dans sa voiture.

Les poils de ses avant-bras étaient dressés et son cœur
arrivait à peine à pomper assez d'oxygène pour l'empêcher
de délirer.

On aurait pu croire qu'une telle entrée aurait tôt fait
d'alerter les usagés de la route, mais il n'en était rien.
L'indifférence des gens de la ville ayant du bon finalement…

Des tours à bureaux à perte de vue, des dédales d'auto-
routes de béton entremêlés, un amoncellement de vitres et
de métaux divers sur lesquels les rayons du soleil étaient
réfléchis, baignant la ville de sa lumière. Comme elle était
magnifique la grande ville lorsque vue du haut de la colline,
se disait-il chaque matin.

Les bruits des usines et des panneaux publicitaires ac-
crochés en bordure et sur les toits des édifices ajoutaient de
la couleur. Noyée par l'action, Villemont semblait ne pas
avoir dormi de la nuit.

Il va de soi qu'une ville de cette magnitude ne dormait jamais ; les jeux de hasards et paris sportifs y étaient continuels. Le bruit et la musique y étaient incessants.

Damien descendit la pente et eut tôt fait d'être noyé par le trafic qui affluait maintenant dans tous les sens. Il suivait les autres fourmis mécaniques sur leurs quatre roues. Un jour, Damien s'était attardé à étudier le visage de ces usagers de la route. Ceux-ci étaient pour la plupart fades et moches, gris comme l'était celui de feu sa mère. Ils conduisaient machinalement leur voiture allant partout et nulle part à la fois, comme s'il n'avait pas de but précis.

Malheureusement, la beauté de la ville vue de loin n'était plus que déception en son cœur. Les reflets de lumières n'atteignaient pas ses profondeurs et on constatait que les vitres des édifices étaient tantôt sales, tantôt abîmées, croulant sous les affiches de toute sorte. Il faut dire que la majorité des bâtiments historiques avaient été rasés pour faire place à des structures plus modernes et adaptées aux besoins de la ville bâtie en hauteur.

Les rues de Villemont étaient tout aussi crasseuses et mal odorantes. Là aussi il n'y avait que du béton et de l'asphalte à perte de vue. Plus révoltant encore, il existait un monde souterrain où les métros étaient rois et dans lesquels dédales une personne pouvait vivre toute une vie sans jamais en sortir pour voir la lumière du soleil. Il va de soi qu'aucun arbre ne s'était indigné à pousser en un endroit aussi hostile.

Les défenseurs de ces lieux diront que les arbres étaient légion dans les parcs et jardins installés çà et là dans chaque quartier, mais l'œil avisé de l'observateur pouvait voir que la flore ainsi privée de son âme propre courbait dangereusement vers le sol et implorait d'être libérée.

Quelques années auparavant, alors que le jeune Damien se rendait en ville avec M. André, il s'était demandé si les arbres gris étaient la pire ou la meilleure chose que la ville pouvait engendrer… Hélas, M. André devait lui faire découvrir un malaise encore plus profondément enraciné.

Il avait demandé à M. André ce matin-là :

— Pourquoi est-ce que les gens de la ville ont le teint si pâle ?

— Que veux-tu dire, mon garçon ? s'interrogea le quinquagénaire affairé à conduire.

— Pourquoi est-ce qu'ils ont si mauvaise mine ? Ils sont si… gris.

Le vieil homme réfléchit un instant.

— Tu vois, mon garçon, ils ne sont pas réellement gris, seule leur âme l'est… La ville et ses habitants sont à l'image de notre planète : ils sont malades. Il arrive que le teint prenne la couleur de l'âme lorsque le cœur cesse d'être en harmonie avec l'esprit.

— Ohhh… s'étonna-t-il. Alors v… vous croyez que ma mère est malade elle aussi ?

Damien n'avait que douze ans à l'époque. Cela faisait bientôt sept ans depuis, et l'état de sa mère n'allait pas en s'améliorant.

— Ta mère ? Oui, je le crois malheureusement, mais ne parlons pas de cela, veux-tu ? En fait, ce n'est pas la ville qui est le problème, mais plutôt ce qu'elle représente pour ceux qui viennent y trouver un sens. Ils y viennent et recherchent sa lumière et ses promesses, mais n'y trouve qu'illusions, œuvre de Satan !

— S… Satan ? Vous prononcez son nom comme s'il existait vraiment.

Il se rappelait que M. André s'était alors garé sur le côté et l'avait pris par le bras.

— Satan est parmi nous. Il est la tentation, l'illusion et le mensonge ! avait-il clamé haut et fort. Peut-être ne le verras-tu jamais de tes propres yeux et ce sera pour le mieux, mais il habite dans chacun de nous… Sache-le lorsque ton esprit sera faible.

Le pauvre garçon se demanda alors s'il ne valait pas mieux ouvrir la portière et s'enfuir tellement les yeux de son conducteur étaient exorbités :

— Je te le dis et te le répéterai autant de fois qu'il le faudra : ta mère ainsi que tous les autres gens « gris » sont malades à cause de leurs démons intérieurs. La seule façon de venir à bout de ce mal est de croire. Il faut croire en un être plus fort que tout !

M. André lui avait souvent servi cette sauce ; Dieu est plus fort que tout. Seule la foi vaincra le mal et blablabla…

Damien était d'accord qu'il y avait quelque chose qui clochait avec les gens de la ville, mais de là à « croire ». Il préférait penser qu'il était le seul maître de sa destinée.

Damien se retrouva finalement au pied du plus grand édifice de la ville et, qui plus est, sans le moindre stationnement intérieur. L'édifice A.G. Corp. avait été érigé où se trouvait Ste-Cross, sa vieille école, il y a de cela un peu moins de deux ans et comptait quatre-vingt-dix-neuf étages n'ayant pas pu en construire cent dû à un règlement municipal trop vieux pour le changer. Les naissances se faisaient déjà plus rares et, bien que l'école était considérée comme un bâtiment historique selon tous les standards, le maire de l'époque avait jugé que sa ville avait besoin de bureaux et non pas d'histoire.

En fait, tout bâtiment qui n'était pas construit en hauteur était considéré comme une perte d'espace. Pourtant Villemont possédait le plus magnifique des centres-villes autrefois, il y a de cela plusieurs générations. L'idée que son village pourrait un jour ressembler à cela lui glaçait le sang.

Damien tourna donc autour de l'édifice dans l'espoir d'y dénicher un espace de stationnement qui ne venait pas. Quoiqu'il y avait un tout petit espace entre deux camions ; un espace pourtant bien trop petit pour sa jeep…

Qu'à cela ne tienne, Damien avait appris une technique de Fayton, son meilleur copain, et il la mit donc en pratique afin de s'insérer entre ces derniers : avance, recule, avance, recule…

Non. Il était impossible pour la jeep de s'immiscer à cet endroit, à moins que…

Il jeta un œil à gauche et à droite, il n'y avait personne. Il appuya légèrement sur le parechoc de l'un des véhicules, le plus petit, en accélérant par à-coups dans l'espoir de le voir bouger. Sous la force du puissant moteur de son véhicule utilitaire sport, le camion se déplaça de quelques centimètres, non sans peine, lui laissant l'espace nécessaire à garer sa voiture.

Enfin, il était garé. Il passa sa carte magnétique dans le parcomètre puis fila à toute allure vers la tour à bureaux.

Le jeune homme croisa de nombreux squeegees tatoués et clochards mal habillés sur son passage. Évitant les automobilistes qui étaient prêts à lui rouler sur le corps, il atteignit finalement le large escalier de béton se trouvant à la base de la société privée.

C'est alors qu'un mendiant à la barbe forte portant un coupe-vent fluo boutonné en biseau se pointa sur son chemin. Se raclant péniblement la gorge, il toussa ces mots :

— He ! Damien, mon p'tit gars. T'aurais pas des cennes noires par hasard pour un bon café ?

— Pas ce matin, Benny, je suis pressé. On argumentera un autre jour peut-être, répliqua-t-il en coup de vent.

Pourtant, Damien connaissait bien ce clochard à la mine sympathique. Il se braquait souvent sur les marches de l'escalier et pourchassait tout arrivant à la quête de monnaie. Jamais une fois il n'avait cédé à sa demande, mais il s'entêtait néanmoins à refuser avec le sourire.

« Trompe-l'œil », ainsi surnommé en raison de son œil droit manquant, était le premier mendiant qui l'avait accosté, à l'époque où il y avait toujours une école à la place de la tour à bureaux.

Damien n'était alors qu'un gamin. L'homme abordait les gens comme il le faisait toujours aujourd'hui et les dépouillait de leurs sous sans rien offrir en échange autre qu'un sourire sans dents. Ce qu'il était profiteur, le vieux cyclope ! N'empêche qu'il vint les trouver Fayton et lui, un certain matin durant la récréation. Il leur offrit des bonbons qu'il avait achetés avec l'argent ainsi quêté.

Malgré la générosité du pauvre homme, Damien l'avait confronté alors qu'il chiquait le bout de gomme.

— Comment faites-vous moralement pour profiter des gens ainsi ?

Trompe-l'oeil lui avait alors répondu, il s'en souvenait très bien :

— Et toi ? Tu profites pas de moi, là ?

Damien chiquait toujours le bonbon à l'érable sans trop comprendre.

— Le bonbon que je t'ai donné, je l'ai acheté avec l'argent qu'on m'a donné. Ça fait pas de toi un profiteur par ricochet ?

À bien y penser, il avait eu raison cette fois-là, mais cela ne l'empêcha pas de ne jamais lui donner un sou. Plutôt, il cracha le bonbon et rentra en classe.

Une fois à l'intérieur du bâtiment A.G. Corp., il ralentit la cadence afin de ne pas éveiller les regards. Il passa devant la réceptionniste qui, comme chaque matin, était fidèle au poste. Jeannine était le genre de personne dont l'heure de la retraite avait sonnée depuis maintes années déjà, mais dont une compagnie comme A.G. Corp. ne saurait plus se passer. La dame n'ayant plus que son chat pour lui tenir compagnie, puisqu'elle ne s'était jamais arrêtée pour avoir des enfants, préférait se rendre utile plutôt que de subir une retraite longue et ennuyeuse.

L'homme fit un signe de la main à la vieille dame qui fit de même en retour. Damien poussa le bouton de l'ascenseur qui mettait toujours beaucoup de temps à venir. Le jeune homme soupira un grand coup, lui qui était encore un peu essoufflé de son petit jogging à travers les rues de Villemont. À force d'attendre, il perdit patience et enfonça la porte des escaliers.

Treize étages plus haut et le souffle haletant, Damien réalisa qu'il était passablement en forme pour un homme qui n'avait jamais mis les pieds dans un gym. Il s'en félicita, mais ne perdit pas une seconde de plus. Il déboucha finalement dans une grande pièce largement éclairée et bruyante, tel que pouvait l'être un poulailler industriel.

Elle était animée par plus d'une centaine d'âmes qui s'y affairaient en même temps, jour et nuit, même les fins de semaine. Seul un panneau de toile séparait chacune des unités de travail. Les voix s'y entremêlaient, les claviers y étaient maltraités et le plancher était inondé des claquements de talons des hommes et des femmes courant dans tous les sens.

Les gens gris ne remarquèrent seulement pas son entrée, alors il alla s'installer à son bureau sans demander son reste.

Chapitre Cinquième
La nouvelle

Je dis simplement que chaque humain est faible devant la tentation...

FAYTON, 2J A-D

Un espace, pas plus grand qu'un garde-robe, était mis à sa disposition. Il y avait un ordinateur et son écran ainsi qu'un classeur et, bien évidemment, un téléphone.

Damien s'affairait à ouvrir les différentes applications essentielles à l'exécution de son travail espérant ne pas avoir attiré l'attention de ses supérieurs. Il était en retard, quelques minutes à peine, mais ce n'était pas la première fois.

— Toujours en retard, le gros? Je te l'ai déjà dit plusieurs fois : ici, tu es en ville, le temps, c'est de l'argent!

L'homme à qui appartenait cette voix était de l'autre côté du paravent qui les séparait.

— Et puis qu'est-ce que j'en ai à faire de l'argent, Fayt? D'où je viens, une poule a plus de valeur.

— Tu veux rire? Ici aussi les poules valent beaucoup, BEAUCOUP d'argent si tu comprends ce que je veux dire?

Fayton ne faisait pas preuve de subtilité. Damien le connaissait fort bien, car ils étaient allés à Ste-Cross ensemble, avant sa démolition. Il était le seul à connaître le secret du village oublié, si M. André savait. Néanmoins, il lui avait fait jurer de ne rien dire ni demander quoi que ce soit à propos de son emplacement et, jusqu'à ce jour, il avait tenu sa parole.

Les traits du visage de Fayton étaient ceux d'un Asiatique. Il était de petite taille, avait les yeux bridés, une crête et des tas de piercings. Le code vestimentaire en place exigeait de lui qu'il soit toujours propre et, bien qu'il ait plaidé à maintes reprises prendre un bain chaque jour, on lui expliqua que sa coupe de cheveux n'était pas acceptable. C'est pourquoi il devait toujours coiffer ses cheveux autrement et retirer les anneaux qui parsemaient son corps. Damien était heureux que la compagnie n'exige pas qu'il se « débride » les yeux, car il ne l'aurait pas reconnu !

Il avait également de larges tatouages recouvrant la totalité de son dos trop musclé pour un homme de sa taille et d'autres sous forme de signes chinois qui descendaient de son cou jusqu'à la pointe de ses doigts. Ceux-ci dévoilaient son tempérament flamboyant.

— Blague à part, Dam, reprit-il, il y a une nouvelle qui entre en formation aujourd'hui à ce qui paraît. Brett m'a dit qu'elle n'était pas laide du tout, la petite poulette. Hé ! Hé !

Damien ne partageait pas la blague.

Fayton était toujours à l'affût de nouvelles conquêtes. Il recherchait toujours une quelconque « distraction », une bonne histoire à raconter. Cependant, là n'était pas son seul sujet de conversation, car Fayton possédait tout de même plusieurs cordes à son arc. L'homme fort avait entrepris la culture physique au secondaire et n'avait pas cessé de gagner en muscle depuis. C'est pourquoi ses biceps étaient devenus aussi gros que son crâne et ses veines aussi bombées que ses cheveux.

Damien appelait ce syndrome « le complexe du nain ». Il pensait que son vieux pote tentait de compenser sa petite taille par la taille démesurée et disproportionnée de ses membres.

Fayton enchaîna donc sur un autre sujet sentant le malaise de son copain :

— Puis, le gros, tu l'as essayé, hein ? demanda-t-il tout bonnement, accoudé sur le paravent.

Damien se demandait si quelqu'un écoutait leur conversation.

— C'est doux, n'est-ce pas ? renchérit Fayton sans remarquer le nouveau malaise. L'épilation du torse, je veux dire, vieux ! Ça fait mal, mais c'est si doux après !

Fayton allait soulever sa propre chemise, mais Damien poursuivit sur un autre sujet.

— Lili va commencer ses cours bientôt au village et...

Fayton hocha la tête sans trop d'intérêt lorsqu'on vint à leur rencontre.

— Toujours à parler de muscles ou autres sujets insipides au lieu de travailler, bande de crétins ?

C'était Sonia, elle qui n'avait pas la langue dans sa poche non plus. D'ailleurs, cela ne faisait que trois semaines qu'elle avait obtenu ce poste de direction qu'elle n'avait pas tardé à leur faire de mauvais rapports à ces deux-là. Ses nouvelles tâches consistaient essentiellement à gérer une équipe dont faisaient partie Fayton et lui. Des reproches à propos des heures de pause et de lunch, d'autres à propos de langage grossier ou inapproprié ; tout pouvait servir de prétexte à leur faire mauvaise presse. Bien évidemment, tous ces reproches étaient fondés.

— Vous êtes chanceux que je ne sois que chef d'équipe, car si j'étais votre patron, je vous séparerais vite fait. Ou bien, mieux encore, je vous installerais dans les toilettes pour ne plus avoir à vous entendre !

Et parler, ils le faisaient beaucoup. Il faut dire que ce n'était pas la haute saison et les appels au centre d'appel étaient épars et peu nombreux.

— Sonia, mais tu es ravissante ce matin ! répondit Damien avec un haut-le-cœur à peine perceptible. Il me semble avoir vu la mère de Fayton avec le même tailleur. Une véritable carte de mode !

Damien n'aimait pas se faire marcher sur les pieds, pas plus que n'importe qui, quoiqu'il gardait ordinairement ses commentaires pour lui-même.

— Tu es en retard encore ce matin, annonça-t-elle sans prêter attention au commentaire. Je vais devoir en aviser, Mme Chevalier !

— Il est 8 h 42, fit remarquer Fayton. Ça fait 15 minutes qu'il est là, ce qui veut dire que mon pote, ici présent, est arrivé à 8 h 28, peut-être 29. On nous paie à partir de 8 h 30 alors c'est quoi le problème ?

— 8 h 30 c'est l'heure où l'on commence à travailler et non pas l'heure à laquelle on doit arriver ! rugit-elle en retour. Il est 8 h 42 et il n'est pas prêt à travailler.

Fayton descendit de sur sa chaise et grimpa sur ses orteils afin de gagner quelques centimètres. Malgré tout, il n'arrivait pas à la hauteur de sa supérieure qui était plutôt grande. Il approcha son menton très près du sien et lui répondit :

— Alors, payez-nous à partir de 8 h 20 et nous arriverons à l'avance ! De cette manière, nous pourrons commencer à travailler dès 8 h 30…

Sonia rougit. Elle lui aurait mordu le nez si elle avait pu.

— Ahhh ! Crétins ! Ce n'est pas comme ça que ça fonctionne, clama-t-elle haut et fort. On doit arriver en avance pour…

— Pour… Pourquoi donc, Sonia ? s'interrogea-t-il en profitant de cet instant de doute. C'est donc pour ça la tache sur ton collet ? en déduit-il. Tu es arrivée à l'avance afin de commencer le « travail » ?

Fayton pointa la tache blanchâtre sur le col de son chemisier.

— T… Toi ! maugréa-t-elle entre ses dents serrées. Ce n'est pas ce que tu crois… J'ai déjeuné dans la voiture et… et puis j'ai dû échapper du yogourt !

Puis elle s'enfuit loin de leur vue sans demander son reste. Sonia, qui avait elle aussi fait ses études secondaires à Ste-Cross les mêmes années que les deux gamins, les avait pris en grippe depuis qu'elle était devenue responsable du département.

Son antipathie envers eux était présente bien avant, mais la sévérité de son aversion avait augmenté depuis qu'elle avait grimpé un échelon, un peu plus de trois semaines auparavant. Elle tentait de les coincer quotidiennement depuis, mais échouait chaque fois.

Damien, fidèle à ses habitudes, se contentait généralement de vaquer à ses occupations laissant le soin à Fayton de répliquer à sa place. Ce dernier s'interrogeait d'ailleurs :

— Qu'est-ce qu'il a le tailleur de maman ?

Il avait commencé à travailler pour A.G. Corp. du temps où le siège social était en banlieue de la ville, beaucoup plus près du lac Miroir, et était resté probablement par habitude lorsque l'entreprise avait déménagé ses quartiers au centre-ville délogeant son ancienne école, de surcroît. De plus, le travail qu'il avait à faire était aisé pour lui.

Il était passé maître dans l'art de gérer les plaintes. Pouvoir garder son calme en toute situation lui avait valu la tâche périphérique de maître de stage. La nouvelle arrivante allait d'ailleurs être à sa charge.

Celle-ci se nommait Juliette et s'était présentée à son bureau à l'heure convenue. Elle écoutait et avait le désir d'apprendre. Fayton, lui, était incapable de la supporter.

Juliette, à peine majeure, avait pourtant les cheveux blonds comme le soleil et était fort jolie ; elle avait le nez étroit et son corps était sculpté au couteau comme il les préférait. Cependant, elle portait l'ennemi juré des amateurs de poitrine c'est-à-dire un col roulé et ça, dans le monde de Fayton, ça ne pardonnait pas.

Comme si l'affront n'était pas déjà assez grand, elle allait jusqu'à l'interrompre au milieu d'une conversation avec Damien. Fayton était d'ailleurs à raconter l'invraisemblable histoire qu'il avait vécue la veille concernant un travesti lorsque Juliette vint les rejoindre en panique.

— Je te le dis, vieux, dit-il presque hystérique. J'étais prêt à passer à l'action. Je visais toujours plus bas lorsqu'en remontant mon regard jusqu'à ses lèvres... j... j'ai aperçu la plus grosse pomme d'Adam de ma vie au fond de sa gorge !

C'était à ce moment qu'elle était accourue en panique.

— Damien ! Damien ! s'écriait-elle. Il est midi, est-ce que je dois fermer mon application avant le dîner ? P... Parce que si je ne le fais pas, je vais continuer à recevoir des appels e... et là je vais...

— Un instant Juliette... reprend ton souffle, répondit-il lentement.

Damien avait ce don incroyable d'apaiser les gens. En fait, son don était plutôt celui de la persuasion qu'il maniait à la perfection et utilisait à bon escient. Ceci dit, lorsque Juliette fut calmée, il continua :

— Tu le fermeras seulement lorsque tu quitteras le bureau ce soir, il n'y a pas lieu de paniquer. Changement de sujet, ce midi Fayton et moi allions chez Pedro. Tu nous y accompagnes ?

Fayton sursauta de sur sa chaise. Malgré lui, il avait entendu son ami lancer l'invitation.

— Pas aujourd'hui Damien, gémit-il, c'est « faji-mer-credi ». Et puis je suppose que Juliette à pleins d'amis qui l'attendent pour dîner alors, désolé ma grande, peut-être un autre midi…

Fayton haussa les épaules en se montrant faussement désolé.

— En fait, je suis de Calton et je n'ai pas eu le temps de rencontrer beaucoup de gens. Avec le travail et tout…

— Alors c'est conclu ! Ça te donnera l'occasion de te familiariser avec ce coin de la ville et puis il n'y a rien de mieux que les fajitas de Pedro pour te souhaiter la bienvenue à Villemont.

Damien savait bien ce que Juliette devait ressentir, loin de sa famille et de ses amis. C'est pourquoi il ajouta en leurs deux noms :

— Ça nous fait plaisir de t'inviter, Fayt et moi ! N'est-ce pas, Fayt ? ajouta-t-il en lui écrabouillant les orteils.

— B… Bien sûr, Juliette, renchérit-il en grinçant des dents. Pourquoi ne pas venir avec nous après tout. Hé ! Hé ! Ça nous fera le plus grand des plaisirs !

Damien et Juliette s'étaient alors retournés afin d'enfiler leur manteau tandis que Fayton profita de ce moment pour se frictionner le pied qui élançait tout à coup. Damien, de toute évidence, ne connaissait pas l'étendue de sa force.

Ils étaient d'ailleurs devant l'ascenseur lorsque Fayton releva la tête et dit :

— Dam ! M… Mais attends-moi, vieux frère !

Trop tard, l'ascenseur avait déjà fermé ses portes. Fayton de rajouter pour lui-même :

— Pourquoi, Dam ? Elle porte un col roulé, un col roulé !

Le trio était attablé dans un coin assis sur une des banquettes du restaurant La Casa de Pedro. On y servait des fajitas à volonté en tout temps et à moitié prix le mercredi midi. Il régnait à l'intérieur de l'établissement une ambiance chaleureuse où s'entremêlaient musique latine et accessoires traditionnels mexicains.

Ces derniers étaient placardés sur les murs ou se retrouvaient sur des tablettes prévues à cet effet, çà et là. Les propriétaires du restaurant prétendaient d'ailleurs que tous les items ainsi que les recettes au menu étaient typiques de leur ville natale : Mexico, au Mexique.

Le couple fermait boutique quelques mois afin de fuir les périodes de froid intense de l'hiver et revenait en février le sourire aux lèvres, les poches pleines de babioles et le teint basané. Cela devait faire deux semaines que Pedro et Marguerita étaient revenus de leur voyage annuel et, déjà, le restaurant affichait leurs nouvelles trouvailles.

Afin de partager un peu de leur culture, un sombréro était mis à la disposition des clients. La plupart de ceux-ci dédaignaient de s'en coiffer, mais Fayton ne faisait pas partie de ce groupe…

Juliette, qui avait tout dévoilé de la vie dans son petit village allant jusqu'à parler de son chien Roxy, avait demandé à Damien et Fayton de faire de même. Tandis que Fayton claironnait fièrement avoir quatre frères et une sœur et vivre en commune avec ces derniers ainsi que leurs parents, Damien, pour sa part, était demeuré vague. Effleurant le sujet de sa mère brièvement, puis changeant de sujet lorsqu'elle lui demanda où se trouvait ce « lac Miroir » dont il parlait, puisqu'elle n'avait jamais entendu parler de l'endroit en question. Damien avait gaffé ! Voyant que son pote s'était mis les pieds dans les plats, Fayton détourna la conversation aussitôt.

Il avait alors amené le sujet de la fidélité. En fait, il n'avait jamais compris pourquoi Damien, qui était pourtant beau garçon et possédait ce je-ne-sais-quoi mystérieux dont les filles raffolaient, s'entêtait à ne conserver qu'une seule relation, sa première, de surcroît. Toujours selon Fayton, chaque être humain ressentait cette urgence de copuler, mais la plupart s'entêtaient à ne pas suivre leurs bas instincts et s'accommodaient autrement.

Il prétendait d'ailleurs que chaque humain, dans une situation donnée, était prédisposé à sauter la clôture.

— Je crois que tu te trompes affreusement, Fayton ! affirma Juliette à propos de ces allégations. Tu crois que toutes les femmes sont infidèles, n'est-ce pas ?

— Pas seulement les femmes ! Et je ne dis pas que toutes le sont, nuança-t-il. Je dis simplement que chaque humain est faible devant la tentation, si tu vois ce que je veux dire !

Évidemment, ils avaient compris.

— Fais-moi confiance, j'ai l'œil pour ces choses-là, ajouta-t-il.

— Et bien il faudra me le prouver ! répliqua-t-elle sur un ton nouveau.

Fayton semblait avoir piqué sa collègue ce qui lui plut énormément. Il était excité à l'idée du défi qui se présentait à lui. Damien pour sa part préférait ne pas se mêler à ce genre de conversation et feint de ne pas être intéressé.

Fayton prit alors une grande bouchée de sa fajita, son cinquième, puis déclara en pointant leur serveuse :

— Tu vois Maggie, là-bas ? Et bien, elle est notre serveuse depuis que nous venons ici et ça, c'est presque chaque midi depuis un an. Avant, elle était une prostituée et toute une à part ça !

— Fayton ! chuchota Damien de peur qu'elle les entende discuter.

— Q... Que veut-il dire par là ? demanda leur compagne.

— Pas grand-chose, répondit l'autre. À vrai dire, ce sont des copains à moi qui m'en ont parlé, mais là n'est pas le point : depuis qu'elle a « réorienté » sa carrière, elle n'arrête pas de nous casser les oreilles avec sa fille Lora et ses deux petits monstres, Michael et Jasper, nés de son « dur » labeur…

Cette fois-ci, même Damien refoula une envie de rire qui ne vint pas à leur compagne qui s'en offusqua presque.

— Elle pleurait et pleurait lorsqu'elle parlait de leurs notes à l'école ou autres sujets et puis s'en retournait en soufflant dans un mouchoir. Elle arrêtait de pleurer durant le plat principal et puis là, elle se remettait à pleurer au dessert. Je te le dis : depuis qu'elle a décidé d'assumer pleinement son rôle de mère, elle n'est plus que l'ombre d'elle-même !

— P… Pourquoi ? demanda la jeune fille. Elle a l'air tout à fait heureux.

Le grand sourire qu'affichait la brunette à ses clients en était la preuve. Juliette cherchait l'approbation de Damien, mais celui ne tenait toujours pas à se mouiller.

— En tout cas, il demeure que Maggie, il y a de cela six mois environ, a rencontré un homme du nom de Roger et c'est depuis ce temps-là qu'elle ne pleure plus.

— Elle a trouvé le bonheur ? Quel mal… ?

Elle haussa les épaules sans trop comprendre tandis que Fayton s'avança comme pour lui faire une confidence.

— Là est le point ! dit-il. Maggie croit avoir trouvé le bonheur, mais tout ça n'est qu'illusion. Lorsqu'on est une femme comme Maggie, sensible et tout, on est encore plus fragile que les autres et ça, c'est pour la vie !

— Si elle est heureuse avec cet homme alors elle n'a aucune raison de…

— Comme tu veux... alors voici mon défi : je vais te prouver que Maggie est à l'image de toutes ces femmes fragiles et sentimentales. Mettant jusque ma propre vie en danger, je vais sortir de cette pièce la main autour de sa taille et te prouver mon point !

Juliette hésita un moment, elle regarda la dame au regard radieux et épanoui, puis décida d'accepter la gageure.

Cent dollars avaient été mis en jeu. Damien était resté là à les écouter argumenter, mais savait trop bien qu'il allait finir par être inclus dans les combines de son ami. Fayton l'incluait toujours dans ses combines.

Le temps passait, pourtant Fayton laissait passer plusieurs chances d'intervenir auprès de la serveuse. Juliette savourait déjà sa victoire prochaine.

C'était au moment du dessert que Fayton passa à l'action. Sifflotant comme un imbécile, il sortit subtilement un pied de sous la table et fit trébucher la pauvre femme qui tenait un plateau du bout des doigts. Damien qui était en face et qui avait pressenti la manœuvre se précipita à sa rescousse. Il attrapa la femme en plein vol et lui évita la collision avec le sol.

Figés dans le temps pour un instant, ils ressemblaient à deux danseurs à la fin d'un tango langoureux.

— Tu vois, dit-il avec assurance. La force est grande en lui... Oh ! Oui !

— C... Cela ne veut rien dire, insista-t-elle. Elle est en détresse !

Maggie qui prit la parole :

— Damien, roucoula-t-elle soudainement. Je ne te savais pas aussi charmeur…

Il l'aida à se relever et s'empressa de s'écarter nerveusement.

— N… Non, c'est un malentendu. C'est Fayt qui t'a fait trébucher.

Damien pointa le coupable. Juliette eut un petit sourire en coin.

— Excuse-toi, Fayt, exigea-t-il. Elle n'a pas à être impliquée dans tes affaires de pari.

Fayton feint alors d'être insulté. Il s'approcha de Damien dangereusement en se bombant le torse et dit :

— Hé, l'ami ! Tu penses que je suis le genre d'homme à m'excuser ? Elle cherche qu'à se faire peloter ? Non, mais, une si belle femme avec de si grands « talents » se jette à tes pieds et tu lui refuses la moindre petite aventure ?

Damien sut alors qu'il s'était encore fait avoir par son ami plutôt rusé. Fayton était incomparable lorsqu'il jouait la comédie.

— Je me demande si tu es réellement un homme des fois, Dam. Laisse-moi te montrer…

L'homme retira sa coiffe et étant plus petit que la grande serveuse, il dut lui tirer doucement les cheveux pour la faire pencher à sa hauteur. Puis, il lui vola un baiser forcé.

Juliette pensait que la femme allait le repousser vu l'impertinence de son assaillant, mais non…

Au contraire, comme si tout cela l'avait excitée, elle se jeta à son tour dans ses bras énormes oubliant ses clients et le restaurant du même coup :

— Wow ! Fayton, si j'avais cru ça de toi ! gémit-elle en enfonçant sa langue dans la bouche de l'homme de plus belle.

Tout à coup, elle avait oublié ses enfants, son ex-mari et son conjoint actuel ainsi que toutes ces choses qui la rendaient si heureuse, pourtant si misérable à la fois. Il est curieux de se rendre compte que c'est souvent dans l'interdit que nous nous sentons le plus vivants.

Finalement, Fayton avait eu raison. En plus d'empocher la gageure, il allait ajouter Maggie à son tableau de chasse, lui qui en parlait depuis quelque temps déjà.

Entre deux baisers fougueux, il pria ses deux collègues de ne pas attendre qu'il revienne au boulot cet après-midi avant de reprendre ses ébats de plus belle.

Damien et Juliette en profitèrent donc pour acquitter leur propre facture ainsi que celle de Fayton qui en avait plein les bras. De toute façon, ils avaient envahi la table sur laquelle ils venaient de prendre leur repas et ne souhaitaient visiblement plus manger.

— Bienvenue en ville Juliette ! dit Damien sarcastiquement en sortant du restaurant. Villemont cache plein de belles surprises… à toi de les découvrir !

Chapitre Sixième
L'ACCIDENT

Gisait maintenant sur le sol humide le corps désarticulé d'un humain sans vie…

L'accident, 2J A-D

Fayton n'était pas revenu de l'après-midi. Damien avait dû inventer une excuse en vitesse. Il avait dit qu'il avait souffert d'une subite indigestion et qu'il l'avait reconduit chez lui où il avait continué de « vomir ses tripes », comme l'avait expliqué Damien.

Cela sembla suffisamment plausible, car Sonia, qui s'occupait des absences, ne fit que lever le nez et sourit à l'idée de le savoir malade. Damien aurait pu profiter de ces quelques heures de répit afin de rêvasser un peu si ce n'était de Juliette qui venait sans cesse le tirer de ses pensées.

Damien n'avait jamais accepté de promotions ni cherché à en obtenir une; son salaire actuel réussissant sans problème à payer les médicaments qu'il rapportait au village. Il laissait ces responsabilités aux ambitieux et ambitieuses qui garnissaient les quatre-vingt-dix-neuf étages de l'édifice. Les ambitieuses s'y retrouvaient en plus grand nombre, il va sans dire, puisque la plupart des têtes dirigeantes étaient maintenant des femmes, c'était connu de tous.

En fait, seul Aaron Gaskill, de qui la compagnie tenait son nom, et seulement une poignée d'hommes bien choisis occupait encore des postes de gestion.

La femme moderne de la ville recherchait avant tout la gloire et les honneurs au détriment des valeurs familiales traditionnellement innées en eux. Ces femmes, après une carrière qui les avait amenées à voyager au bout du monde et qui les avait fait travailler durant de longues heures, ne fondaient pas de famille et entretenaient de relations que pour les avantages stratégiques, comme les hommes avaient eux-mêmes fait avant elles, et ce, depuis la nuit des temps.

Certes, il s'agissait d'une généralité de ce temps, mais cette différence était très remarquable entre les femmes de la ville et les femmes de son village.

Damien, affalé sur sa chaise, se demandait justement si la belle Juliette, si timide et si chaste, était de ce genre de femmes ; celles pour qui chaque homme était un obstacle. Il y pensait en soufflant sur son café lorsque cette dernière apparut justement devant lui :

— Salut Damien ! dit-elle avec dynamisme. Je voulais te dire au revoir avant de partir.

Il était déjà 17 h. Damien avait promis à Rosalie de revenir tôt et il devait arrêter au *Soleil Levant,* mais ne put résister et lui posa sa question :

— Cela n'a rien à voir avec ton stage, mais je peux te poser une question ?

— B... Bien sûr, répondit-elle avec une soudaine anxiété.

— Pourquoi travailles-tu chez A.G. Corp. ?

Il l'avait demandé sur un ton si distant. Elle pensa que ce pouvait être un test alors elle répondit à la manière d'un répondeur :

— M... Mais parce qu'A.G. Corp. est la plus grande compagnie de Villemont et que...

Damien interrompit cependant sa collègue puis la regarda dans les yeux comme il le faisait parfois pour y sonder l'âme des gens :

— Non Juliette, je veux dire : que recherches-tu chez A.G. Corp. ? Pourquoi une jeune femme comme toi, qui de toute évidence ne connaît rien de la ville, vient s'y perdre ? N'y a-t-il pas de travail à Calton ?

— J... Je...

La jeune fille ne savait plus quoi répondre. Elle craignait toujours de subir un test, mais Damien avait ce don de mettre les gens en confiance. Elle finit par avouer :

— J... Je travaille ici pour mon frère. Il y a effectivement du travail à Calton pour quiconque n'a pas besoin de grand-chose pour vivre, mais ma réalité est bien autre.

— Tu recherches la richesse alors ?

La jeune femme s'insurgea :

— Non ! C'est que Maxime, mon petit frère, a une maladie dégénérative que les médecins ne connaissent seulement pas. A.G. Corp. produit et vend le seul médicament pouvant l'aider, mais il est très coûteux...

Damien se demanda si elle avait parlé de son frère au dîner, mais il lui semblait bien que non.

— C… C'est comme si son corps était mort, mais que son esprit l'habitait toujours, poursuivit-elle au bord des larmes. C'est terrible…

La voilà qui pleurait maintenant à chaudes larmes, sur ses épaules en plus ! Et lui qui devrait déjà être parti… Il tenta de s'excuser auprès d'elle en lui tapota doucement la tête espérant mettre un terme à la tempête qu'il avait lui-même soulevée :

— D'accord, Juliette, je comprends, ne m'en dis pas plus. Pardonne-moi de t'avoir fait penser à ces choses maintenant, c'est de ma faute. Je pensais à toutes ces ambitieuses et puis là, j'ai pensé que…

— Tu pensais quoi ? Que j'étais l'une d'elles ?

Malgré son talent, il n'allait assurément pas réussir à se sortir de celle-là si facilement. Pourtant, Juliette lui en donna la chance.

— Non, ça va, je comprends, enfin je crois, lança-t-elle contre toute attente. Les autres ne me regardent seulement pas, c'est comme si j'étais invisible. La ville est bien différente de la campagne.

— En effet…

Enfin, Damien rencontrait quelqu'un en mesure de comprendre sa réalité.

— En fait, ça m'a fait du bien d'en parler, rajouta-t-elle. Je pense à Maxime tout le temps de toute façon.

Elle s'était soudainement ressaisie. Elle remercia Damien de l'amitié qu'il lui témoignait et le quitta avec un grand sourire. Elle était bien, celle-là, pensa-t-il en quittant les lieux à sa suite.

Avant de quitter la ville, Damien sortait normalement avec son fidèle ami pour se diriger vers le dépanneur de ses parents, le *Soleil Levant*, qui se trouvait à un coin de rue de là. Cependant, l'endroit n'avait plus rien d'un petit dépanneur de quartier. De nos jours, il avait plutôt l'allure d'un minisupermarché. On y trouvait de tout allant des produits pharmaceutiques à l'épicerie fine et spécialement asiatique.

Les parents de Fayton avaient immigré en Amérique plus d'une vingtaine d'années auparavant afin de fuir le régime dictatorial dans leur pays natal. Ayant trahi les principes de leur religion, ils eurent tôt fait d'être reniés par leurs proches, car on n'avait pas le droit de quitter son pays. Depuis, ils avaient appris le français et ne parlaient maintenant plus leur langue ancestrale.

Jamais n'avaient-ils eu de nouvelles des proches laissés derrière depuis et seuls les dieux savaient ce qui était advenu d'eux. Il demeurait que le couple, qui avait fui avec leurs quelques économies, acheta pour une bouchée de pain le commerce qui n'était à l'époque qu'un petit dépanneur miteux.

À bout de maints travaux et efforts, le *Soleil Levant* était né des cendres de l'ancien commerce délabré. Même durant ces dures années, ils eurent le courage de faire des enfants qui se succédèrent au rythme des agrandissements du dépanneur qui était également leur résidence. Mme Wang donna naissance cinq fois, Fayton étant le troisième de cette famille nombreuse. Puisque Mme Wang avait donné naissance à un couple de vrais jumeaux, ils étaient six enfants.

Dès qu'il tira le rideau de bambou de la porte d'entrée, il fut accueilli par une musique à saveur orientale. Un petit garçon juché sur un escabeau étroit le salua. Il ne devait pas être bien plus âgé que sa fille, peut-être deux ou trois ans de plus.

— Hé, Dam! s'exclama-t-il. Tu me donnerais le CHeau à tes pieds, CHil te plaît?

L'enfant, qui était nul autre que le frère cadet de la famille, s'affairait à laver les vitrines internes du commerce. Il était vêtu d'une salopette trop grande pour lui et d'une casquette rose fluo, vestige d'une époque fort heureusement révolue. Tout chez lui était différent de ses frères, allant de ses traits physiques en passant par son dialecte et ses goûts vestimentaires douteux.

— Salut Jake, joli chapeau! lui fit-il remarquer.

— Le chic au travail CHa me connaît! répondit-il en laissant paraître une rangée de dents incomplète.

De toute évidence, il n'avait pas l'âge légal pour travailler avec rémunération, ce qui ne l'empêchait pas de participer aux tâches nécessaires au maintien du commerce comme laver les vitres, par exemple. Ce fut ensuite le tour de M. et Mme Wang de l'accueillir. Mme Wang serra le jeune homme dans ses bras tandis que M. Wang se contenta de lui servir une chaleureuse poignée de main. En fait, ils l'accueillirent comme l'un des leurs, car après toutes ces années, Damien faisait maintenant partie intégrante de la famille.

Ils devaient partir alors ils le laissèrent aux soins de Mika, le frère aîné et le patron du commerce. Le commerce étant en constant changement, Damien avait toujours besoin d'aide afin de compléter ses emplettes rapidement.

Mika, au contraire du reste de la famille, ne discutait jamais de façon familière ni amicale avec lui. Il était plutôt calculateur et froid, surtout depuis que ses parents lui avaient cédé la gérance. Il ne voulait surtout pas être tenu responsable d'une ingérence fatale puisque presque toute sa famille en dépendait. Tous sauf Fayton qui était d'ailleurs le seul des enfants Wang à ne pas travailler ou à ne jamais avoir travaillé au dépanneur.

Il l'avait trouvé dans la rangée numéro cinq.

— Qu'est-ce que je peux faire pour vous monsieur ? demanda-t-il en continuant de placer des conserves.

— Pas grand-chose, en fait : du sirop pour les enfants Grandmont et des pilules pour l'arthrite de Mme Renard. Il y a aussi la liste de denrées pour M. Belhumeur ici...

— Ah oui, ajouta-t-il en défilant sa liste. M. André m'a demandé si vous n'aviez pas une pommade pour son mal de dos ?

— Je peux vous aider pour les denrées, mais pour ce qui est des médicaments, il faudra voir Tabitha à la pharmacie, monsieur.

— Il y a un comptoir de pharmacie maintenant? se répéta-t-il.

Damien s'excusa de nouveau puis se dirigea au comptoir où une femme aux traits tout aussi asiatiques que les autres s'affairait frénétiquement à remplir des commandes. Damien la reconnut; Tabitha parlait toujours très rapidement et surtout très fort. De plus, elle avait cette fâcheuse habitude de prolonger les conversations indéfiniment. C'est pourquoi il s'approcha d'elle avec délicatesse et demanda tout doucement :

— S... Salut Tabitha, j'ai une liste de médicaments ici qui...

— Damichou! Damichou, mon chéri! Cela doit bien faire trois jours que tu n'es pas venu rendre visite à ta belle Tabitha.

Effectivement, au rythme où grandissait le business familial, il n'avait pas de difficulté à croire que trois jours pouvaient sembler une éternité dans leur monde.

— Je suis maintenant chargée de la pharmacie, dit-elle. Comment va ta petite famille, toujours en amour?

Damien savait pertinemment où Tabitha voulait en venir... Tout comme Fayton, Tabitha aurait bien aimé que Damien se tente dans une nouvelle aventure; avec elle. Pourtant, elle devait avoir au moins une dizaine d'années de plus que lui, ce qui l'embarrassait davantage. Il réalisa qu'il était inutile d'éviter la question.

— Tout va pour le mieux. Je suppose que c'est parce que je ne suis pas souvent là, lança-t-il à la blague et à la presse.

— Toujours à la course n'est-ce pas, Damichou ? Tu devrais prendre un peu plus le temps, tu aurais meilleure mine. Moi, je...

Pour l'instant, c'était elle qui le retenait.

— J'imagine... lança-t-il afin de changer de conversation. Il y a également sur la liste, une demande de M. André pour une crème pour son irritation au...

— Fesses ? compléta-t-elle à voix haute, l'air de partagé un secret. C'est donc la raison de ta mauvaise mine ? Tu n'as pas besoin de te cacher derrière les autres, Damichou.

Damien crut entendre quelqu'un répondre derrière lui en chuchotant :

— Surtout s'il a les fesses irritées...

Puis, un petit groupe d'observateurs avait éclaté de rire.

La voilà qui jouait au médecin et au psychologue maintenant. Un drôle de personnage cette Tabitha, vraiment spéciale. Sans se soucier de ces présumés spectateurs, il l'assura qu'il avait besoin d'une crème pour le mal de dos de M. André et, bien que peu convaincue, elle consentit à lui fournir ce dont il avait besoin.

Damien redouta le moment où il devrait se retourner. Il n'y avait pas que Fayton qui était moqueur, savait-il. Aussitôt qu'il eut fini avec Tabitha, il lui rendit un sourire puis remarqua de nombreux yeux se poser sur lui lorsqu'il quitta le comptoir. Mika eut un sourire à son endroit, lui qui ne souriait pourtant jamais, tandis que Yin, qui était derrière la caisse enregistreuse, et Yan, son jumeau, durent lui tourner le dos afin de camoufler leurs fous rires.

Seul Jake n'avait pas entendu la conversation. Il le salua comme si de rien n'était.

La neige avait recommencé à tomber en ce début de soirée. Des flocons flottaient au-dessus de la ville ce qui rendait tout ce béton un peu plus agréable à regarder.

Damien accourut à sa voiture, car la mésaventure de la pharmacie l'avait mis plus en retard qu'à l'habitude. Il prit place à bord de sa jeep et actionna la chaufferette afin de réchauffer ses doigts qui s'engourdissaient.

Un mot avait été placé sous ses essuie-glaces, remarqua-t-il. « Va au diable espèce d'enculé » lisait-il. Son parebrise avait été fracassé à l'endroit même où la note avait été déposée. Charmant ! La journée allait de mieux en mieux.

Comme il s'y était attendu, la neige tombait encore plus abondamment à l'extérieur de l'enceinte de Villemont. Les rafales qui ne tarderaient pas à devenir tempête l'empêchaient d'avoir une bonne visibilité quoique la condition du parebrise n'aidait pas non plus.

La chaufferette de son tacot étant aussi capricieuse que son moteur, elle fonctionnait par intermittence. Damien dut donc ajouter sa deuxième paire de mitaines qu'il gardait toujours dans la boîte à gants.

À la douane, Damien klaxonna pour qu'on lui ouvre. Castori sortit de derrière sa cabane couverte de cette neige qui pelotonnait ses habits de laine. Damien remarqua la déneigeuse non loin et en conclut qu'il revenait du village.

— C'est moi Antonio ! cria-t-il après avoir abaissé la vitre du côté passager. Ouvre-moi vite, je gèle ici !

— Bene, si c'é pas le piccolo Damiano qui retourne dé son boulot, cria-t-il de l'autre côté. Tou es in ritardo, comé al solito, ragazzo mio… Tou dois assolutamenté voir mia nuovelle invenziona !

— Demain peut-être, se pressa-t-il de répondre sous les rafales de neige qui se précipitaient à l'intérieur de l'habitacle. La dernière chose qu'il me faudrait aujourd'hui ce serait de rester pris sous la « Dompeuse ». C'est bien déblayé devant ?

— Ma bene sour, signoré, j'en reviens joustamenté. Tou es sour qué tou ne veux pas rentrer quelques minuti per riscaldarsi un peu ? Io muor d'envie d'une buon caffè italiano !

Damien déclina gentiment l'offre une seconde fois c'est pourquoi l'italien actionna le pont pour le laisser passer.

La nuit était pratiquement tombée. Les arbres dont les branches étaient aussi épaisses qu'une raquette cachaient les derniers rayons de la journée qui s'achevait.

Damien activa donc ses hauts phares afin d'y voir clair au plus profond de ce tunnel d'épines et de branches.

Il n'y avait effectivement pas une grosse accumulation au sol, car Castori avait fait du bon travail en ramassant sur les côtés le peu de neige qui s'était accumulée sur le sentier. Constatant que la route était belle et qu'il neigeait presque plus sous les grands branchages, Damien augmenta sa vitesse de quelques kilomètres à l'heure puisqu'il n'avait plus qu'une envie : être avec les siens. Il était 18 h 44 selon le réveil de Castori, toujours posté entre le parebrise et le tableau de bord.

Venant de contourner les terres de Lafosse, il entamait la dernière ligne droite vers la butte qui surplombait le village. Damien se disait que ce dernier devait être illuminé de mille bougies.

Damien pensait à un bon repas chaud lorsque, soudainement, quelque chose vint se placer au travers de son chemin. Un chevreuil releva la tête, inconscient du danger qui fonçait sur lui.

Sans y penser, Damien donna un coup de volant afin d'éviter la bête.

— Q... Qu'est-ce que... !

Un mauvais réflexe qui l'envoya valser en bordure du chemin. Même s'il tentait désespérément de reprendre le contrôle de son véhicule, ce dernier était son propre maître et ce qui devait arriver arriva : un pin magnifique, mais costaud se dressa devant lui et stoppa net sa course.

L'impact fut si brutal que le camion se chiffonna tel un accordéon et éjecta son passager hors de son siège et à travers le parebrise qui était déjà craquelé.

Son linge aussi bien que sa peau se déchiraient à mesure qu'il était fouetté par ces lourdes branches et leurs épines. Il se dirigeait vers une mort certaine et celle-ci s'annonçait à la vue d'un énorme érable à sucre.

Il heurta le tronc qui lui brisa le dos sur le coup.

Ses dernières pensées avant de s'évanouir furent pour sa petite famille.

Gisait maintenant sur le sol humide le corps désarticulé d'un humain sans vie, près duquel se trouvait une biche qui contemplait la dépouille de ses yeux normalement si doux, brûlant maintenant d'une flamme rouge.

Chapitre Septième
Déjà vu

Comment savoir si je suis un poltron ou bien un brave, un honnête homme ou un félon? Un diable ou un saint?

Damien, 8A A-D

À l'intérieur d'une chaleureuse maison de bois, un individu s'était endormi dans un fauteuil mœlleux, le cigare aux lèvres et une bouteille de whisky à la main. Son visage dur n'était éclairé que par les reflets du feu qui crépitait au fond du foyer.

Soudainement, les deux chiens husky endormis à ses pieds levèrent la tête. Ils avaient entendu un énorme écrasement qui aurait réveillé un ours, mais apparemment pas leur maître. Ils aboyèrent et lui léchèrent le bout des doigts pour l'inviter à se lever.

De toute évidence, l'homme qui était bien emmitouflé dans une couverture de laine bien chaude maugréait à l'idée de devoir sortir durant la tempête.

— C'est un arbre qui est tombé à cause du vent, affirma-t-il. Allez vous recoucher, sales cabots !

Comment pouvait-il penser que ce bruit métallique puisse être un arbre ? se demandèrent les chiens. C'est pourquoi ils insistèrent et finirent par l'extirper de son fauteuil.

Bertrand Lafosse redressa sa charpente laissant pendre sa généreuse panse qu'il entretenait avec avidité.

Son rôle au sein du village était de faire pousser du blé dans ses champs en été et d'élever quelques bêtes de boucherie à l'intérieur de son bâtiment de ferme durant l'hiver. Il avait peine à partager avec les autres villageois et gardait la plupart du temps beaucoup plus que sa part comme pouvaient en témoigner ses kilos en trop.

— Bon, si c'est comme ça, on va aller voir ensemble, grogna-t-il à l'attention de ses bêtes. Pis que j'en voye pas un oser me déserter !

On pouvait dire beaucoup de mauvaises choses à propos du bonhomme Lafosse, mais on ne pouvait pas dire qu'il était peureux. L'homme mit son manteau et ses bottes de fourrure, attrapa son fusil de chasse et ses raquettes au passage puis ouvrit la porte qu'il eut du mal à déplacer tellement la tempête poussait derrière.

Bertrand avait alors proposé à ses chiens de repousser les recherches au lendemain, mais ces derniers ne démordaient pas.

— J'vas vous vendre, sales bêtes ! avait-il juré tandis que la neige montait jusqu'à ses genoux malgré les raquettes dont il s'était chaussé.

Il ne vit rien en direction sud ni en direction nord, mis à part des traces de pneus qui disparaissaient devant lui. Les traces se dirigeaient vers le sous-bois, de l'autre côté de ses terres. Il avança aussi vite qu'il le put. Là où mourraient les traces, il découvrit la carcasse d'un véhicule, celui qui appartenait au fils de la sorcière.

Le vieux garçon n'affectionnait personne particulièrement, préférant la compagnie de ses chiens à celle de ses concitoyens. Cependant, il eut un frisson à l'idée de retrouver le corps du jeune homme. La voiture était dans un tel état...

Le vieil homme jeta un œil en avant de la voiture, mais Damien ne se trouvait plus à son bord. Le parebrise avait volé en éclats.

Il plissa les yeux afin de voir loin devant, mais ne distinguait aucune forme particulière si ce n'était que la silhouette d'un chevreuil qui dégustait paisiblement des branches de cèdres dans une clairière non loin. La tempête ne se rendait pas jusqu'au creux de la clairière et ne l'atteignait pas. Elle mâchonnait tranquillement les quelques branches de cèdres à sa portée.

— Le garçon doit être mort de toute façon, il peut bien attendre quelques instants de plus tandis que toi, tu ne m'attendras pas, dit-il pour lui-même. Tu feras le plus beau de mes trophées ! Hé, hé, hé...

L'avide personnage porta le fusil à son épaule et décocha un coup en direction de l'animal qui comprit, trop tard, qu'elle venait de prendre son dernier repas.

Quelques mètres plus loin à peine, un homme gisait au sol couvert par son propre sang. Sa poitrine se soulevait faiblement. Le coup de feu l'avait fait reprendre connaissance. Retrouvant ainsi ses esprits, il secoua la tête puis la releva de peine et de misère. Il se demanda :

— Je suis toujours en vie ? Comment ai-je pu survivre ?

Son questionnement était double, car il ne ressentait aucune douleur si ce n'était que son coeurcœur lui battait entre les doigts. Il avait entendu les os de son dos se briser et s'était senti mourir l'instant d'avant, pourtant…

Damien remarqua les taches rouges sur la neige blanche, mais il n'avait aucune blessure ni plaie ouverte sur son corps dénudé bien malgré lui.

Le miraculé mit un genou par terre pour s'aider à se relever et réalisa un autre fait étrange ; il était pratiquement nu et ne sentait plus la froideur de l'hiver qui aurait pourtant dû lui geler les os.

— On dirait que tu n'as pas eu de chance, ma belle biche ! entendit-il tout près. Je vais chercher l'autre gamin pis j'reviens te chercher dans un instant, mon p'tit ragoût ! Hé ! Hé ! Hé !

Bertrand Lafosse était proche, il devait réagir vite. S'il devait le voir dans cet état, couvert de sang et vêtu de lambeaux, il le prendrait assurément pour un fantôme ou quelque autre spectre et le prendrait en chasse.

Il devait quitter cet endroit sans tarder afin de sauver sa peau et s'accorder quelques instants pour faire le point.

C'est pourquoi il déguerpit vers le nord en coupant à travers le sous-bois.

Peut-être avait-il fait trop de bruit, car il crut un instant avoir été pris en chasse par les chiens de Lafosse, mais l'instant d'après, tous deux s'étaient retournés sous les ordres de leur maître. Ils avaient aboyé pour l'avertir, mais leur maître leur avait crié de rentrer et les bêtes avaient dû se résoudre à rebrousser chemin.

Damien s'était enfoncé plus profondément encore dans la forêt. Il avait couru à s'en rompre les poumons et croyait bien pouvoir reprendre son souffle en toute tranquillité. Il s'arrêta sous un gigantesque pin blanc.

Damien examinait ses mains à la recherche de cassures ou de plaies ouvertes. S'il avait réussi à en trouver une seule, cela aurait suffi à l'apaiser. L'incompréhension le faisait bouillir de rage. En fait, il bouillait littéralement. D'ailleurs, la neige fondait sous ses pieds. Il dégageait une telle chaleur que la neige autour de lui devenait de l'eau et puis de la vapeur.

— Ste-Cross...

Damien avait seize ans et fréquentait l'école secondaire Ste-Cross de Villemont à l'époque. Matin et soir, à bord de sa Rolls-Royce noire, il accompagnait M. André qui était son directeur.

L'adolescent avait eu beaucoup de mal à s'adapter et à s'intégrer à ce nouveau milieu. Le ventre toujours vide, il était plus maigre que jamais. Les jeunes de sa classe ne lui facilitaient pas la tâche non plus ; les brutes s'en prennent toujours aux plus timides.

En fait, sa vie aurait été un enfer s'il n'avait pas rencontré celui qui devint son meilleur ami. Fayton Wang était la seule personne aux traits asiatiques de l'école qui était réservée uniquement aux catholiques. Les autres étaient tous blancs ou noirs. Les comparses étaient donc devenus une cible facile et alléchante pour les fauteurs de troubles, bien malgré eux.

C'est face à l'adversité que malgré leurs nombreuses différences tant sur le plan physique que moral, ils étaient devenus inséparables.

Cela devait faire une semaine que Damien s'était réveillé et était descendu au rez-de-chaussée. Il avait trouvé, sur la table de la cuisine, une lettre visiblement écrite à la hâte ; une lettre porteuse d'un précieux message :

Je ne reviendrai plus. Pardonne-moi pour tout mon fils.

Je t'aime

Lilianne

— Je t'aime, avait-il répété alors.

Il ne se souvenait pas qu'elle ne lui ait jamais dit ces mots. Il n'était pas allé à l'école ce jour-là. M. André l'avait consolé et avait promis qu'il allait faire tout en son pouvoir pour en prendre soin.

Quelques jours plus tard, il avait été condamné, en quelque sorte, à vivre seul.

Dans la cafétéria, Damien en parlait justement avec Fayton lorsqu'il se fit interrompre par une joyeuse bande. Le meneur de la bande, un solide gaillard à la longue tignasse blonde, prit la parole :

— Et bien, qu'a-t-on à manger ce midi ? Des vers de terre ? Un sandwich au bran de scie ? dit-il.

Tous pouffèrent de rire. Il était coutume qu'on s'en prenne à la qualité de ses repas ou de ses vêtements. Il faut dire que la qualité de sa cuisine ne s'était pas améliorée non plus depuis le départ de sa mère. Cependant, Damien n'avait pas l'habitude de répondre à ces affronts. Fayton, qui avait le verbe plus dégourdi, avait répondu à sa place cette fois-là :

— Ça ne te regarde pas Timothy, va jouer ailleurs !

— Fayton ! dit-il sur un ton faussement outré. Nous, on ne fait que se soucier de sa santé, il est si maigre, ton copain. C'est quoi ça ? Un ragoût aux rats ou quelque chose que sa mère à trouver dans sa caverne ?

N'empêche qu'il fallait avouer que la mixture se trouvant dans son bol n'avait guère l'air appétissant. Malgré tout, Fayton avait repoussé sa chaise et l'avait averti :

— Tu as fini de venir nous emmerder, fils de riche ! Damien vient de perdre sa mère si tu veux le savoir. Ce n'est certainement pas le moment de venir l'embêter, encore moins le temps d'en parler !

Damien se souvenait lui avoir demandé de garder le sujet clos, mais Fayton n'était qu'égal à lui-même.

— N'empêche que manger de la boue…, s'indigna le richissime héritier en faisant couler un peu de soupe le long de la cuillère.

Puis Timothy s'était penché sur le bol qui avait une consistance vaseuse. Il renifla un grand coup et comme prit d'un malaise, il releva la tête. Il avait la nausée maintenant.

— Laisse-moi ajouter un assaisonnement, proposa-t-il.

Avec gentillesse, il se racla le fond de la gorge et cracha dans la soupe. Bien que Damien restait de glace, le cœur de Fayton, lui, battait à tout rompre. Damien eut tout de même la bonne idée de le retenir, lui qui était prêt à leur sauter au visage. Les jeunes voyous en étaient que plus excités.

Découvrant un large sourire, Timothy empoigna le bol et le projeta dans les airs. Les spectateurs excités éclatèrent littéralement de rire lorsque ce dernier rejoint le visage de Fayton.

— Mais sers-toi donc, face de riz ! renchérit-il en s'attirant la gloire de la foule.

Damien retenait toujours son ami qui était prêt à tout casser. Il ne voyait que d'un œil, mais celui-ci voyait rouge. Le ragoût coulait le long de ses joues. Entre-temps, la cloche avait sonné et la foule s'était dispersée assez rapidement.

— Ciao, face de riz ! avait dit le voyou avant de déguerpir.

— Fayt ! avait avisé son copain en le restreignant toujours. Arrête Fayt ! C'est Timothy Gaskill. Tu sais qui est son père ?

Bien sûr qu'il le savait. Il était Aaron Gaskill, l'homme le plus riche de Villemont, fondateur et unique actionnaire d'A.G. Corp., et son futur patron de surcroît.

— Je sais qui il est, mais je n'en peux plus ! Il me rend fou furieux.

Il chevrotait. Damien aussi pouvait se passer de ce genre de traitement, mais il se sentait si petit, si vulnérable.

À peine quelques minutes s'étaient écoulées depuis la reprise des classes. Un jeune adolescent ouvrit la porte de sa classe pour en sortir furieusement. On lui avait claqué la porte au nez :

— Savez-vous qui est mon père, madame ? beugla-t-il à la porte close. Vous en entendrez parler, je vous le dis ! Non, mais on n'a pas idée de traiter ainsi Timothy Gaskill !

Timothy dévalait justement les trois marches devant la toilette des hommes au moment même où Fayton en était sorti, accompagné de son fidèle ami.

— Je suis lavé au moins, mais si jamais je le revois lui… avait-il débuté.

Il n'eut pas le temps de terminer sa phrase qu'il l'aperçut. Fayton lui aurait sauté à la gorge si Damien ne l'avait retenu encore une fois. Timothy, qui avait entendu ses paroles, demanda avec le même air moqueur :

— Tu lui ferais quoi, face de riz si tu le voyais ?

Ce fut Damien, cette fois, qui tenta de calmer le jeu.

— C'est assez Timothy, passe ton chemin, avait-il répondu nerveusement.

— Eh bien, je croyais que tu ne parlais pas… l'orphelin !

— L'orphelin ?

Il l'était vraiment, réalisa-t-il pour la première fois. Il était seul au monde maintenant, il avait eu tortd au sujet de sa mère. Son cœur lui fit terriblement mal à l'intérieur de sa poitrine. Damien avait relâché son étreinte sur Fayton et son regard était devenu distant. Il n'entendait plus que faiblement ce que Timothy avait à lui dire, même si sa méchanceté était sans borne.

— Dis-toi que ta chienne de mère n'est pas partie avec tout, elle t'a laissé derrière ! avait-il complété en riant.

Puis, ces mots résonnèrent dans sa tête jusqu'à atteindre son subconscient qui veillait toujours.

— Ta chienne de mère, ta chienne de mère, ta chienne de mère…, entendait-il perpétuellement.

Chaque fois qu'il réentendait ce bout de phrase, son pouls s'accélérait. Il était las, voire fatigué d'avoir toujours à se battre.

— Fais-le souffrir, lui conseilla-t-on à l'intérieur de lui. Fais-le souffrir, il le mérite. Fais-le souffrir et tu ne souffriras plus… Tu le peux, tu en as le pouvoir !

Puis, comme si on venait de briser le sceau présent en lui, là où était enfermée sa rage d'une vie de misère, sa figure se mit à trembler. Il entendit un rire qui n'était pas le sien à l'intérieur de sa tête.

Sa bouche devint semblable à une gueule et ses traits s'étirèrent jusqu'à devenir méconnaissable. Il semblait avoir grandi de quelques centimètres et dégageait une aura qui fit reculer les deux spectateurs.

— M... Ma mère, grogna-t-il. Tu oses ridiculiser la m... mémoire de ma pauvre mère ? Je te ferai souffrir, oh oui, je serai cruel !

Sa voix était tortueuse, semblable à celle dans sa tête.

Fayton ne reconnaissait plus son ami ; sa voix, ses yeux rouges...

Ce démon cueillit Timothy par le cou comme on cueillerait une fleur par sa tige. Ses muscles étaient littéralement tétanisés par la peur. Puis, Damien le souleva de terre avec une aisance déconcertante. Il était possible que Timothy ait tenté de s'échapper à cette poigne meurtrière ou peut-être avait-il essayé de crier, mais l'emprise que le démon avait sur lui était telle qu'il était paralysé.

— Comme ça ! encourageait la voix dans sa tête. Fais-le grimacer de douleur !

Damien, sous cette forme à peine humaine, l'avait fixé de ses yeux rougis, dilatés comme s'ils avaient été plongés dans le noir absolu. Le richissime héritier crut bien assister à sa dernière heure lorsqu'une voix familière intervint juste à temps.

— Damien, grand Dieu ! Que fais-tu là ?

C'était M. André qui patrouillait dans les corridors. Ses paroles semblèrent le ramener à la raison puisque sa force l'abandonna aussitôt. Il reprit son apparence ordinaire.

Timothy, vidé de sa vigueur habituelle, épuisé et incrédule, s'affaissa sur le sol, dangereusement près de l'évanouissement. Tout de même heureux d'être toujours en vie, il avait pris ses jambes à son cou sans demander son reste.

— Tu es passé bien près de faire une terrible chose, jeune homme, lui avait-il dit. Que Dieu te vienne en aide, mon garçon, pour le salut de ton âme.

Bien qu'il eut passé à un cheveu près d'exécuter le pauvre garçon, Damien fut surpris de ne recevoir que ces quelques remontrances de la part de son tuteur. D'ailleurs, M. André n'avait jamais voulu aborder le sujet de nouveau.

Il se rappelait qu'une poursuite avait été intentée dans les jours qui avaient suivi par Aaron Gaskill, le père. Damien se souvenait que M. André l'avait reçu dans ses bureaux pour en discuter et il n'en avait plus jamais entendu parler.

C'est ainsi qu'après un certain temps, plus personne ne se souvint de l'évènement qui ne devint finalement qu'une légende. Timothy, pour sa part, devait toujours en avoir gardé un mauvais souvenir puisque plus jamais il n'avait osé approcher le duo.

Le soir même de l'évènement, Damien se souvenait qu'il s'était senti si seul à l'intérieur de sa maison du lac Miroir. Peut-être était-ce les paroles que Timothy lui avait dites plus tôt, mais l'odeur de sa mère imprégnait encore les murs de la maison et son absence le rendait misérable. Elle avait été horrible avec lui, certes, mais il avait toujours cru en elle jusqu'à la toute fin et il se sentit trahi lorsqu'il réalisa qu'elle ne reviendrait probablement pas cette fois.

Damien tournait en rond sans savoir que faire de son temps. Il n'avait de cesse de se questionner et les évènements de l'après-midi le hantaient toujours. Ce ne fut que lorsqu'il eut faim à s'en rompre l'estomac qu'il réalisa qu'il n'avait strictement rien mangé depuis le déjeuner. De plus, le garde-manger était vide.

Ce devait être une autre mauvaise nouvelle puisqu'il allait devoir se rendre au marché général. Encore plus aujourd'hui qu'hier, il n'avait pas envie d'affronter le jugement de M. Belhumeur.

Il s'était tout de même résigné à s'y rendre après avoir convoité l'idée de rebrousser chemin, car son ventre avait finalement eu raison de lui.

L'établissement n'avait rien à voir avec le *Soleil Levant*. La boutique était minuscule en comparaison et un choix de denrées plus restreint était à la disposition des visiteurs : patates, carottes, farine, sucre, œufs et lait formaient la majeure partie des options.

La variété des fruits et légumes frais manquait atrocement hors-saison. Bertrand Lafosse et les autres fermiers des environs venaient y déposer leur viande, leur lait et leurs œufs de temps à autre, mais le village comptait majoritairement sur les Braves pour leur survie.

C'était Rosalie qui tenait le commerce ce soir-là, Damien s'en souvint, il l'avait aperçue astiquer un verre sale à travers une vitre ronde. Elle s'occupait de tenir le commerce le soir depuis quelque temps. Damien peinait à demander quoi que ce soit à cette femme qui avait pris les mauvais plis de son père depuis l'incident de la plage.

Prenant son courage à deux mains, il tourna la poignée de la porte.

Comme il s'y était attendu, Rosalie le dévisagea comme on dévisage un bandit ou un félon.

— Que veux-tu ? demanda-t-elle.

— J... J'ai faim, dit-il. E... Est-ce que je pourrais avoir des patates ou bien du pain ?

— Et toi, t'es-tu bien amusé à Villemont aujourd'hui pendant qu'ici on travaillait ?

Rosalie n'entendait assurément pas à rire. Damien eut envie de lui rappeler qu'il faisait de son mieux étant donné les circonstances. Il n'en fit rien.

Il allait partir lorsque la rouquine l'apostropha :

— Et tu t'en vas où comme ça ! cria-t-elle. Tu n'avais pas faim ?

Allait-elle le suivre et rire d'elle jusqu'à sa porte ? se demanda-t-il.

— J'ai appris pour ta mère, laissa-t-elle entendre. Mon père dit qu'elle a bien fait, mais moi je trouve tout ça un peu triste tout de même...

Y avait-il de l'espoir après tout ?

— Mais ce n'est pas une raison pour ne pas voir clair dans ton petit jeu ! Je ne te prendrai pas en pitié, moi !

Peut-être que non finalement...

Depuis qu'il avait refusé de s'intégrer à son groupe d'amis, Rosalie en était venue à la conclusion que le garçon se trouvait trop bien pour jouer avec les autres.

Cette perception s'était concrétisée lorsqu'il fut invité à étudier en dehors du village. Pourquoi lui plus qu'un autre ? s'était-elle alors demandée.

Encouragée par son père qui ne se gênait pas pour affirmer que le jeune homme et sa mère fuyaient leurs responsabilités, elle avait développé un impressionnant arsenal de préjugés à son égard. Michel Belhumeur, son père, était allé encore plus loin en invoquant qu'ils n'étaient pas nets du tout, voire sataniques...

Damien n'avait plus la force ni physique ni mentale d'affronter la fougue de la jeune femme :

— Ça va, je reviendrai plus tard. Je n'en ai pas réellement besoin, je m'arrangerai...

— Te sauverais-tu de moi, par hasard ? l'interrogea-t-elle en laissant le torchon qu'elle avait à la main. C'est toi qui fais peur, pas moi, tu es blême comme un drap !

Et la voilà qui en rajoutait. Rassemblant le peu d'orgueil qui lui restait, il répondit :

— Pourquoi es-tu si méchante avec moi ? Tu ne sais rien de moi, personne ne veut vraiment savoir. On me fuit comme on fuit un monstre, ma mère n'était pas un monstre !

— Et les marques sur tes bras et sur tes jambes, la mine de cadavre que tu as toujours ? Si elle n'était pas un monstre alors elle n'était pas trop loin du profil !

Damien prit un instant pour rassembler ses esprits.

— Elle ne le faisait pas exprès, du moins pas de son plein gré, j'en suis certain.

— Ouais, j'ai déjà entendu ma mère dire une chose semblable à son sujet ; elle est spéciale ma mère aussi, tu sais ?

Il était vrai que Céleste qui faisait les cartes du ciel et prédisait l'avenir attirait également les moqueries de certains citoyens. Si Damien avait eu à gager sur la personne qui allait hériter du statut de sorcière maintenant que sa mère était partie, ç'aurait été elle.

Il demeure qu'ils étaient en train de discuter d'égal à égal pour la première fois. Il ressentait un poids qui voulait sortir. Il avait besoin de se vider le cœur, il se risqua à parler cette fois.

— Tu sais Rosalie, les gens du village ne savent réellement rien de moi, tu ne sais rien de moi et, de toute évidence, je ne sais rien de moi non plus.

— Et comment pourrait-il en être autrement ? Tu ne dis jamais rien. Tu t'enfermes avec la sorci… avec ta mère et puis…

— Tu n'as rien compris, l'assura-t-il. Vous ne savez pas ce que je vis.

— Alors, dis-le-moi.

Damien pesa l'offre un instant.

— Non, je ne peux pas.

Mais elle insistait, déterminée à percer l'énigme qu'il était. Elle était aussi fougueuse que laissaient présager ses cheveux de feu.

— Pourquoi ne pas en parler ?

— Comment veux-tu en parler alors que je ne connais seulement rien de moi ? répéta-t-il la larme à l'œil. Comment savoir si je suis un poltron ou bien un brave, un honnête homme ou un félon ? Un diable ou un saint ?

Il se sentait si faible.

— C'est idiot de te dire tout ça à toi, poursuivit-il. Nous n'avons rien en commun, nous venons de deux mondes si différents...

Rosalie n'avait soudainement plus ce vil regard. Damien s'était montré plus sensible qu'elle ne l'aurait jamais cru possible. Il avait raison, de toute évidence, elle ne le connaissait pas. Elle s'approcha de lui. Elle ne l'avait jamais réellement ausculté auparavant. Il avait les traits tirés certes, mais sous cette fatigue, il avait le visage doux et beau.

Sa rancœur envers l'adolescent ne lui semblait plus être que des chicanes d'écoliers alors qu'elle se baignait dans ses yeux couleurs cendres. Pourtant, il n'était plus un enfant et elle non plus d'ailleurs. Elle ne savait pas pourquoi elle était soudainement attirée par le garçon, mais son regard ne se détachait plus du sien.

Elle essuya une de ses larmes à l'aide de son pouce et sentit la chaleur de sa peau. Elle aurait plutôt cru qu'elle aurait été froide, lui qui l'était avec tout le monde.

— Moi non plus je ne sais pas qui tu es...

Elle s'y prit à deux fois :

— S... Si tu ne te connais pas alors peut-être ne serons-nous pas trop de deux pour le découvrir ?

Nul au village, ni même les plus sages, ne sut jamais ce qui s'était produit ce soir-là. Damien ne revint à la maison qu'à l'aube.

Chapitre Huitième

LE FUGITIF

Un chevreuil sauvage par un temps pareil ?
Difficile à croire…

BERTRAND, 2J A-D

Damien souriait en se rappelant ce doux souvenir. Cependant, il ne devait pas oublier sa situation et il était grand temps de se mettre en route. D'autant plus que Bertrand aurait tôt fait de remarquer l'absence de son corps.

Étant donné que ses vêtements n'étaient maintenant plus qu'une gênante masse de tissus imbibés de sang, il ne garda de sa garde-robe que ses sous-vêtements. De toute façon, il ne ressentait pas le froid. Il tenta de laver son visage, mais la neige fondait avant d'entrer en contact avec sa peau. Il eut une idée. Damien apercevant un énorme banc de neige sous un sapin s'élança dans sa direction. Le banc de neige disparu sous son corps en un nuage de vapeur.

Ainsi rafraîchi et lavé par la vapeur, il dissimula le reste de ses vêtements sous ce même sapin puis se laissa guider par la lune. Après maints efforts, à travers branches, buttes de neige et clairières, il aperçut la cime d'une cheminée. Ce devait être celle du magasin général, se dit-il en reconnaissant la forme ronde particulière du commerce.

Il y a longtemps que Rosalie ne travaillait plus les soirs à l'épicerie afin de s'occuper de sa Lili. Michel, son père, et Céleste, sa mère, se relayaient donc le quart de nuit comme ils l'avaient toujours fait en attendant que Lili soit en âge d'aller à l'école.

S'il devait être pris par l'un d'eux dans cette fâcheuse position, il n'aurait pas fini d'être la risée du village. Il ne pouvait pas non plus rebrousser chemin à travers les bois, car Bertrand Lafosse aurait tôt fait de lui mettre le grappin dessus.

Il décida que sa seule option était de courir tout droit et de disparaître dans les sous-bois d'en face en espérant ne pas être vu. De là, il n'aurait qu'à descendre la côte jusque dans sa cour.

Damien s'approcha du marché et s'accroupit. Il contourna les barils de farine et de rhum empilés à l'arrière du bâtiment. Fin préparé pour la course à venir, il scrutait le chemin de long en large guettant le moment propice pour le traverser. Il allait bondir lorsqu'il remarqua la charrette de M. Lemaire et celle de M. Lafosse attelées devant la boutique. L'achalandage, inhabituel à cette heure tardive, piqua sa curiosité.

Il leva les yeux vers une fenêtre afin de voir ce qui se tramait à l'intérieur. Il y aperçut les trois hommes discuter ensemble.

— Bertrand est là… avec Fleury ! s'écria-t-il en proie à la panique. Ils doivent être à ma recherche !

Le jeune homme voulant en apprendre davantage apposa son oreille contre le mur de bois vis-à-vis un nœud vide :

— Avez-vous vu Damien ? demanda Fleury, maire du village. Bertrand, ici présent, prétend avoir retrouvé son véhicule dans un état lamentable sur ses terres. Une mare de sang se trouvait à proximité laissant présager le pire...

Damien était cuit, il n'y avait pas pensé. Comment allait-il pouvoir expliquer la mare de sang ?

— Étant donné que votre commerce est le premier bâtiment du village, poursuivit-il, nous avons pensé que le jeune homme aurait pu réussir à s'y rendre, avec de la chance ? Son corps n'a pas été retrouvé...

— Et bien ! s'exclama le tenancier du magasin en se grattant le front.

Sa réaction l'étonna un peu.

— Je n'ai rien vu de ce genre ce soir mes p'tit m'ssieurs, dit-il. La soirée s'est déroulée sans histoires. Es-tu ben certain d'avoir vu ce que t'as vu « Grand Foin » ?

— Elle est bien bonne celle-là ! répliqua l'autre outré. Aussi certain que ces chiens sont des chiens que j'ai vu c'que j'ai vu, os à vache ! Ça se voit bien que t'as encore bu, « Tonneau » !

M. Belhumeur en perdit quelque peu l'équilibre puis toucha la poche de sa chemise pour se rassurer.

— On s'en reparlera, jura-t-il en le pointant de son gros doigt.

Bertrand eut l'air de s'en contenter.

— N'empêche que si tes chiens étaient vraiment des chiens, ils l'auraient flairé mon gendre !

M. Lemaire se demanda s'il devait intervenir. Il est vrai que les deux ne s'aimaient pas particulièrement et la discussion allait bientôt prendre des allures de champ de bataille.

— Les traces étaient brouillées, dit-il pour sa défense. Il était peut-être là depuis longtemps, qu'est-ce que j'en sais moi ! J'ai vu que le p'tit gars était plus là et je suis venu au village pour voir s'il y était, compléta-t-il. Ben là, pas de traces fa'que je m'en suis allé trouver Fleury. Si tu ne me crois pas, va voir par toi-même, os à vache. Y reste pu rien de sa bagnole !

Les deux gaillards n'en étaient pas à leur première prise de bec. Leurs mésententes étaient d'ailleurs légendaires dans tout le village. Fleury décida donc qu'il était temps d'intervenir.

— Du calme, messieurs ! Du calme ! Nous avons déjà perdu beaucoup de temps en venant ici. Je ne vois qu'un seul autre endroit où le jeune homme pourrait se trouver en ce moment...

— Autre que perdu au beau milieu de la forêt à geler et agoniser ? lança Bertrand pour lui seul, mais assez fort pour qu'on l'entende.

— Ça suffit, M. Lafosse, nul besoin d'aller aussi loin ! s'imposa M. Lemaire. Le jeune fils de la sorcière est un garçon débrouillard après tout et s'il ne se trouvait plus à l'endroit de l'accident, il est possible qu'il ait eu la force de se rendre à la maison.

— Si vous aviez vu la flaque de sang, vous ne penseriez pas de la sorte, protesta le vil homme. Aucun humain n'aurait pu survivre à un tel accident, il est mort, votre gamin !

Bertrand était impitoyable. Damien voyait bien que la bande était sur le point de quitter le magasin. Ils auraient tôt fait de se trouver au seuil de sa porte et Rosalie ne lui pardonnerait pas d'apprendre la nouvelle de cette façon, pensait-il.

Tentant le tout pour le tout, il s'élança à travers le chemin sans regarder derrière, espérant atteindre l'autre rive avant qu'on ne le voie.

Il disparut dans la forêt au moment même où la bande sortit du commerce. Bertrand Lafosse qui était le premier à sortir vit les branches devant lui s'agiter.

— L… Les gars, alerta-t-il. Avez-vous vu les buissons d'en face ?

Les deux hommes n'y virent rien hors de l'ordinaire. Bertrand insista sur le fait qu'il ait vu quelque chose bouger, une forme humaine, avait-il même suggéré.

— Peut-être un chevreuil ? proposa M. Lemaire à la blague. Prenons qu'une seule charrette afin ne pas attirer les regards.

— Je conduirai… avait-il ajouté à l'attention de M. Belhumeur qui louvoyait toujours.

— Un chevreuil ? se demanda Bertrand pour lui-même. Un chevreuil sauvage par un temps pareil ? Difficile à croire…

À travers la forêt, du haut de la colline, il apercevait sa demeure tout en bas. Lili devait être au lit à cette heure-ci, car seule une chandelle éclairait le salon où Rosalie l'attendait assurément morte d'inquiétude. Il était si près, pourtant si loin à la fois. La pente à ses pieds était telle que nul ne se risquerait à la descendre, et ce, même à bord d'un traîneau.

Damien aurait souhaité avoir plus de temps pour élaborer un autre plan, mais la charrette des hommes descendait déjà la pente à sa gauche. Il devait se résoudre à la dévaler au risque de se rompre le cou. Cela ne devait pas être si terrible que ça, s'était-il dit. Il avait survécu à pire après tout !

Il prit un grand souffle puis s'élança. Il dévalait la pente en effectuant de grandes enjambées maladroites. Il déboulait plus vite que ses jambes. Cela n'était qu'une question de temps avant que l'inévitable ne se produise.

Cet inévitable se manifesta sous la forme d'un buisson, un rosier en fait, dont quelques tiges sortaient hors de la neige et l'avaient fait trébucher. Il se rappelait l'avoir planté, alors que le rosier n'était encore qu'une pousse, l'été où Lili était venue au monde. Ce qu'il avait grandi !

Damien tomba la tête la première à travers les tiges piquantes. Il aurait voulu crier, mais il ne voulait pas trahir sa position.

Couvert d'ecchymoses et de petites coupures, il se releva de peine et de misère. Il courba le dos qui le faisait maintenant souffrir comme jamais et tenta de remuer ses orteils bleuis par le froid qui les dévorait. Bref, il ressentait la douleur de nouveau.

Plus que tout, il avait froid jusqu'aux os; d'autant plus que les ronces lui avaient volé sa dernière pièce de linge.

Il n'avait plus le loisir de s'y attarder. Assis sur la banquette de la charrette, les trois gaillards de fortes tailles étaient pratiquement à sa porte.

M. Lemaire tenait les rênes de la voiturette dont le cheval unique peinait à la tâche. Une fois devant la maison, il tira sèchement les guides vers l'arrière afin de faire stopper son cheval qui en avait bien besoin.

— Nous y voilà, messieurs, annonça le fonctionnaire. Je ne veux pas que quiconque brusque la demoiselle, c'est clair? Je lui parlerai...

Les deux hommes acquiescèrent dans l'espoir de pouvoir se soutirer à cette situation délicate. M. Lemaire attrapa la lanterne et fit signe aux deux hommes de le suivre.

Lili dormait paisiblement à l'étage. Rosalie qui s'était habituée aux nombreux retards de son époux commençait tout de même à se faire du souci. Après tout, il avait promis qu'il passerait du temps avec sa fille et pourtant, il était plus que jamais en retard.

Elle se berçait tranquillement devant la grande vitrine du salon en attendant son retour. Soudainement, elle entendit un fracas provenant de la chambre froide. Que pouvait-il bien s'y passer? La porte ne s'ouvrait pourtant que de l'intérieur et l'accès à la chute à bois était fermé pour l'hiver...

Elle entendit un toussotement puis un râlement.

— Q... Qui est là? demanda-t-elle du bout des lèvres.

— C'est moi, Damien ! Tu pourrais m'ouvrir ? Il fait froid ici sans parler de la poussière.

— Peux-tu bien me dire ce que… ? commença-t-elle en faisant sauter les gonds fatigués de la porte.

— M… Mais tu es nu comme un ver ?

L'évidence sautait aux yeux.

— Euh… ouais, ne put qu'admettre son époux. Bertrand, M. Lemaire et ton père sont à notre porte !

— Quoi ? Mais qu'est-ce qui se passe à la fin ?

Il n'avait pas le temps de lui expliquer.

— Rosa, tu te souviens de l'incident à Ste-Cross ?

— Bien sûr et tu sais ce que j'en pense… Qu'est-ce que ça a à voir ?

— Je n'ai pas le temps de t'expliquer, fais-moi confiance.

Elle n'avait visiblement pas le choix d'acquiescer puisqu'on cognait effectivement à la porte.

Toc ! Toc ! Toc ! fit la porte une deuxième fois avant de s'ouvrir. Quelle ne fut pas la surprise des trois hommes de voir Damien leur répondre douillettement emmitouflé dans sa robe de chambre, une lampe à l'huile à la main.

— Bonsoir, messieurs, dit-il le souffle court. Que puis-je pour vous à une heure si tardive ?

Il s'avança près de leurs oreilles et ajouta :

— Ne parlez pas trop fort, Rosalie est allée coucher la petite, il ne faudrait pas la réveiller.

Ce fut le vieux garçon qui ouvrit le bal.

— Ne fais pas l'innocent, gamin, j'ai vu ce qui reste de ta voiture !

— Ah oui, ma jeep… Alors je suppose que vous êtes tous au courant pour mon « petit » accident. Je pensais bien m'occuper de ces choses-là en matinée, il fait un temps horrible. Est-ce que ma voiture gêne à ce point ? Si c'est le cas, je vais aller voir Castori et je l'enlèverai dès ce soir.

Damien possédait indéniablement cette facilité d'être convaincu aussi bien que convaincant.

— Non, non, ce n'est pas ça, jeune Damien, reprit M. Lemaire. Cela peut certainement attendre à l'aube. En fait, nous nous inquiétions plutôt pour votre santé, monsieur. M. Lafosse, ici présent, dit avoir aperçu une mare de sang près du lieu de l'accident.

Damien se frictionna le cou qui était un peu raide. Il releva le bord d'une de ses manches dévoilant quelques égratignures çà et là, celles des rosiers, en fait.

— Comme vous le voyez, je n'ai que ces quelques éraflures tout au plus. Après l'accrochage, je suis revenu ici sans attendre afin de ne pas inquiéter Rosa…

— IMPOSSIBLE ! Tonna le tenancier. Je suis resté derrière le comptoir de l'épicerie toute la soirée. Je t'aurais vu passer à coup sûr, petit garnement ! Tu as ce petit sourire que tu as lorsque tu as fait un mauvais coup… Je suis maintenant de l'avis de « Grand foin » : tu nous caches quelque chose !

Son beau-père n'était manifestement plus inquiet pour lui.

— Je ne sais pas quoi vous dire, M. Belhumeur. Lorsque je suis passé devant le commerce, j'ai bien voulu vous en glisser un mot, peut-être emprunté votre charrette ou un manteau, mais…

— Mais quoi, mon garçon ? tonna son beau-père.

Damien tâta sa poitrine comme Michel le faisait régulièrement. Ce n'était plus un secret pour personne que Michel Belhumeur aimait bien s'enivrer. Lorsqu'il était énervé, il se calmait toujours en tâtant la flasque de gin qu'il gardait toujours dans sa poche de chemise.

— Bien, je vois que nous avons eu tort de venir vous déranger si tard, M. Damien, conclut le maire devant l'évidence de leur erreur. C'est ma Arlette chérie qui va s'inquiéter si je ne rentre pas bientôt… Vous semblez avoir la situation bien en main alors je vous laisserai régler les petits détails demain. Nous sommes tous rassurés de vous savoir en bonne santé et nous vous souhaitons une agréable fin de soirée.

Ils s'apprêtaient à partir seulement, Bertrand n'avait pas dit son dernier mot :

— Le sang, vous oubliez la flaque de sang, monsieur le maire. Comment peut-il l'expliquer ?

— M. Lafosse, s'excusa M. Lemaire. Il se fait tard et je suis las de cette soirée… Je suis certain que M. Damien en a plus qu'assez également…

— Il n'y a vraiment pas d'offense, M. Lemaire, j'insiste, lança-t-il à la surprise générale. En fait, j'espérais que Bertrand nous en apprenne davantage… Si ma mémoire ne me fait pas défaut, j'ai donné un coup de roue afin d'éviter un chevreuil sur la route. C'est d'ailleurs pour cette raison que j'ai frappé un arbre…

— En un temps pareil ? questionna Michel pour lui-même.

— Après la collision, lorsque j'étais en route pour le village, j'ai cru entendre un coup de fusil et nous connaissons tous l'appétit de Bertrand pour la viande sauvage. Je suppose que si j'étais là et que je voyais un magnifique chevreuil qui s'offrait à moi et que j'avais un fusil à la main…

— Je te demande pardon, mon garçon ? Que veux-tu insinuer par là ? rugit Bertrand insulté.

Mais M. Lemaire le somma de se taire en promettant d'en faire un point très important lors du prochain comité. Après s'être confondu en excuses, il referma la porte avant même que ses deux compères puissent en faire de même.

— Beau tissu de mensonges, mon cher, commença Rosalie aussitôt la porte close.

— Pas vraiment, si on y pense, ton père aime bien la bouteille et tout le monde connaît Bertrand et son appétit ! Ça, c'est la vérité !

Rosalie n'entendait pas à rire. C'est pourquoi Damien relata les évènements aussi fidèlement que possible. De l'accident dont il avait été victime, de l'étrange chaleur qu'il avait dégagée, sa fuite pratiquement nue à travers la forêt sans oublier sa rencontre avec le rosier en bas de la colline.

Il n'avait rien oublié, tout avait été raconté dans son intégralité si bien que Rosalie dut se trouver un siège.

— Q... Qu'est-ce qui m'arrive, Rosa ? avait-il demandé.

Rosalie n'eut aucune réaction.

— Ces choses semblent n'arriver qu'à moi... Qu'ai-je pu faire pour l'amour du ciel ?

En fait, Rosalie aurait pu lui trouver sur-le-champ une tonne de raisons pour lesquelles « Le ciel » voudrait lui tomber sur la tête. Damien n'était catholique que de baptême. De plus, il avait cette facilité à ne penser qu'à lui et ses petits problèmes que l'accident aurait bien pu être un de ses châtiments.

La brunette ne parlait toujours pas. Damien commençait à s'impatienter devant ce lourd silence.

— M'écoutes-tu ? Te rends-tu compte de ce qui m'arrive ? Je devrais être mort ! conclut-il alarmiste.

— Il t'est arrivé un terrible accident et tu as cru en mourir et puis ? Tu es là et c'est ce qui importe le plus. Il va falloir que tu arrêtes de tout dramatiser. Ce qui m'inquiète, par contre, c'est le fait qu'avec ta petite escapade, Lili n'a pas pu te voir, tu avais pourtant promis !

Tout dramatiser ? Ne l'avait-elle pas écouté, ne comprenait-elle pas la portée des évènements ?

— Mais j'ai pourtant... Je veux dire ; je me suis senti mourir...

— Et tu ne feras pas que te sentir mourir si tu continues à nous négliger ! menaça-t-elle.

Réalisant que Damien ne dédramatiserait pas aussi aisément, elle lui demanda de penser à autre chose.

— On a tous des jours où tout va mal, mais pense au visage de ta fille lorsqu'elle va apprendre que tu as traversé le village flambant nu !

— Si jamais tu racontes cette histoire à Lili je…

— Tu feras quoi ? Hein ? Ha ! Ha ! Ha ! Tu me parleras avec ta « grosse voix » d'outre-tombe ? ajouta-t-elle pour se moquer.

Les amoureux se chassèrent un moment à travers l'appartement. Damien put décrocher un instant. Peut-être avait-il exagéré la réalité comme le prétendait sa femme. Peut-être aurait-il intérêt à consulter, mais une chose était certaine, il était drôlement heureux d'être à la maison plutôt que mort sous un arbre.

Chapitre Neuvième
ÉTALION

…essaie de me dompter si tu t'en crois capable !

ÉTALION, 1J A-D

Le réveil fut brutal. Damien était courbaturé de la tête au pied. Ce mal eut tôt fait de lui rappeler l'épisode de la veille. Le soleil se levait timidement et étirait ses rayons jusqu'à la cime des arbres et des montagnes endormies.

L'homme se surprit que sa fille ne l'ait pas réveillé plus tôt. Il apprit, lorsqu'il eut descendu l'escalier, que sa femme l'en avait empêchée jugeant qu'il avait grandement besoin de sommeil. Il s'était étiré comme il le faisait toujours et s'était habillé avant d'affronter une autre journée.

Effectivement, la tempête ne tarda pas à s'abattre sur lui, car dès qu'elle eut aperçu son père, Lili délaissa les pièces de son casse-tête afin de se jeter à son cou. Malgré la douleur qu'elle infligeait à son corps meurtri, il était heureux de la voir. Ses grands yeux bruns, sa mignonne petite bouille, elle n'avait aucun souci, elle, songea-t-il.

Lili lui raconta sa journée de la veille en essayant de ne pas omettre de détails. Damien ne l'écoutait que d'une oreille. Il nageait dans ses yeux. Elle les avait hérités de

Lilianne. Ceux qu'elle avait avant qu'ils ne deviennent gris, bien entendu.

Il n'avait jamais parlé de sa mère à sa fille, le sujet était beaucoup trop délicat. De plus, elle était beaucoup trop jeune. Malgré tout, Damien brûlait d'envie de la rassurer.

— Jamais je ne vais devenir un de ces gens gris brisés par leur démon, lui jura-t-elle en silence.

Il avait fait la grasse matinée et allait assurément être en retard maintenant. Il n'avait plus de voiture et n'avait d'autre choix que d'emprunter la Rolls-Royce de son voisin, la seule voiture qui se trouvait au village. La tâche en soi n'allait pas être aisée puisque M. André avait un attachement bien connu pour sa voiture. C'était une Rolls-Royce après tout !

Il avait déjeuné à la hâte et avait son épais manteau sur le dos lorsque Rosalie se décida à lui dire :

— T... Tu pourrais rester. J... Juste aujourd'hui, je veux dire... Avec la voiture et tout...

— Ne t'inquiète pas, je suis certain que M. André va me prêter sa voiture ! Il est gentil M. André.

— Ce n'est pas ça. Je parlais plutôt de l'accident. C'est que Lili et moi, nous sommes un peu inquiètes...

Elle n'avait pas eu le temps de terminer sa phrase qu'on entra brusquement dans sa demeure. C'était M. André avec son énorme trench-coat noir qui s'était invité.

— Pardonnez-moi de vous déranger, les enfants, dit-il sans même remarquer le garçon qui était pourtant sur le pas de la porte. Que fait Damien ?

C'est à ce moment qu'il le vit.

— Ah, mais te voilà, mon garçon ! Dépêche-toi, tu es encore en retard.

Rosalie se croisa les bras. Damien se sentit soudainement pris entre l'arbre et l'écorce.

— M. André, c'est que je pensais peut-être que…

— Ne pense pas trop, mon garçon, sinon tu perdras ton travail !

L'argument était à peine valable. Après tout, qu'en avait-il à faire de son travail ? se disait-il. Il ne le faisait que parce que personne d'autre ne voulait le faire.

— Non, ce n'est pas ça, poursuivit-il. Puisque je n'avais plus de voiture, Rosalie et moi pensions que…

— Bêtises, mon garçon ! J'allais justement en ville alors je te déposerai chez Castor.

Il était si convaincant, si insistant. Rosalie finit par céder et lui fit promettre de rapporter une bouteille de vin afin de se faire pardonner.

Dehors, le moteur de la Rolls-Royce ronronnait discrètement dans le stationnement voisin. M. André avait pratiquement tiré Damien jusqu'à sa portière. Quelque chose l'angoissait, c'était évident.

— C… Comment vous avez su pour mon accident ? balbutia-t-il une fois à l'intérieur de la voiture.

— Tu veux rire ? Je m'en reviens de l'église et ton accident est le seul sujet dans tout le village. D'ailleurs, Fleury est en train de rassembler tout le village pour une assemblée extraordinaire.

— Ah oui ? Alors, c'est pour ça que vous êtes venu cogner à ma porte alors ?

M. André avait acquiescé distraitement.

— Il y des choses urgentes à régler ce matin, l'assura-t-il. Fleury est pris d'une certaine folie : il veut interdire les voitures au village. Il a réussi à rassembler tant de gens que si nous ne partons pas maintenant, ils seront trop nombreux à convaincre.

— Alors, laissons-les s'en faire, dit-il. Après une semaine ou deux, ils vont bien réaliser que l'apport des Braves leur est essentiel et ils nous laisseront passer de nouveau.

— N… Nous n'avons pas le temps d'attendre, répondit-il en actionnant l'ignition de sa voiture. Je suis attendu en ville…

— D'accord, mais, comment je vais faire pour revenir sans voiture ?

— Je m'assurerai que Castori t'en prête une…

Damien n'avait pas insisté davantage. M. André avait ce don d'être encore plus convaincant qu'il ne l'était lui-même. Au pied de la côte, il constata l'attroupement d'une vingtaine de villageois qui leur barrait la route.

— Les voitures sont des machinations du diable, prétendit l'un de ses concitoyens.

— Penser aux enfants ! Quelqu'un a pensé aux enfants ? s'était interrogée la mère Blackburn affolée.

Fleury Lemaire s'était élevé au-dessus de l'attroupement en montant sur une caissette de bois.

— Pourquoi nous empêche-t-on de passer ? demanda M. André le plus sereinement possible en abaissant sa vitre.

— D... Depuis que ce jeune garçon a frappé cet arbre, le village en entier est en émoi, prétendit le maire. Les gens sont en droit de se questionner sur leur sécurité. Pensez-y, M. André ; et si l'arbre avait été un enfant ?

— Que me dis-tu là ? pesta M. André qui réussissait avec grande peine à contenir son humeur massacrante. C'est ridicule !

M. Lemaire qui avait toujours eu une profonde estime pour le vieil homme religieux déglutit difficilement puis jeta un œil vers Arlette sa femme qui caressait leur caniche blanc qu'elle tenait d'une main. Elle pleurait à chaude larme en murmurant quelque chose à propos de la santé de Fifi.

— N... Nous ne pouvons pas vous laisser passer, M. André, je regrette, insista-t-il.

Cependant, M. André n'était pas de cet avis. Il était sorti de sa voiture et avait recommandé que le jeune homme demeure à l'intérieur de la voiture puisque sa présence à ses côtés aurait amenuisé ses chances de succès.

Cela ne lui déplut pas puisqu'il n'aimait pas prendre part à ce genre de discussion de toute façon. En fait, il aurait été rejoindre sa famille en douce si ce n'était pas de ce groupe d'hommes qui le regardaient à travers la vitre de leurs mines patibulaires.

La chaufferette fonctionnait au maximum et son bruit, ajouté à l'insonorisation de l'habitacle, l'empêchait d'entendre ce qui se disait à l'extérieur.

M. André était venu le retrouver toujours aussi silencieux après avoir obtenu vraisemblablement l'accord du maire. M. Lemaire avait d'ailleurs la figure rouge de honte et sa conjointe, qui lui assénait des coups de sac à main de sa main libre, était restée sur la place publique alors que tous allaient regagner leur domicile.

Puis, lorsque la voie fut libérée, ils se mirent en route. Ils n'échangèrent que des banalités lors du bref voyage. M. André avait refusé de revenir sur l'incident sur la place publique et ça lui était égal à bien y penser, mais ce lourd silence était inhabituel.

Son voisin avait pourtant l'habitude de le sermonner sur ses choix de vie chaque fois qu'il en avait l'occasion. Il lui rappelait l'importante mission qu'il s'était attribuée : celle de rétablir la foi chez les gens gris.

Mais il se faisait vieux et n'avait pas la force de se rendre à Villemont aussi souvent qu'il l'aurait souhaité. Il aurait souhaité que Damien suive ses traces, mais hélas, son cœur fut brisé lorsqu'il décida de se marier et de se concentrer sur sa famille plutôt que d'embrasser la vie qu'il voulait pour lui. C'était il y a bien longtemps.

Malgré tout, ce n'était pas la raison de son silence, Damien le savait :

— Pourquoi êtes-vous si nerveux ? Ce n'est pas M. Lemaire, c'est autre chose…, avait-il senti. E… Est-ce votre santé qui vous tracasse ? J'ai rapporté votre onguent, vous savez. Il est dans la carcasse de ma voiture…

M. André flattait nerveusement son épaisse moustache blanche.

— Ma santé est bonne, je t'en remercie. Disons que les évènements des derniers jours me donnent beaucoup de soucis, poursuivit le vieil homme avant de sombrer dans ses songes une nouvelle fois. De terribles choses pointent à l'horizon, je le crains…

Les évènements de la veille… ? Damien en avait pratiquement oublié *Les doigts de La Mort*. Il se rappela alors que M. André avait reçu la nouvelle plutôt durement. Peut-être allait-il en ville en rapport avec les attentats ? se disait-il.

Après tout, M. André avait rencontré et connu un grand nombre de personnalités publiques puissantes et influentes du temps de Ste-Cross. Damien respecta son silence à défaut de partager sa mission.

Il n'avait pas vu la carcasse de sa jeep sur le bord du chemin. C'est pourquoi il ne fut pas surpris de l'apercevoir pendre au crochet de la remorque de l'italien. Cela le troubla quelque peu de voir sa fidèle jeep ainsi chiffonnée.

Arborant son traditionnel casque en peau de castor, l'italien s'affairait à décrocher la voiture. M. André arrêta le moteur de la sienne et s'en éloigna sans attendre le jeune homme qui vint le joindre en coursant.

— Ha ! Damiano ! lança Antonio en l'apercevant. Io sono contento di vous voir. Lorsqué j'ai vou votre macchina embouttie dé la sorte, j'ai crou qué ti abbiamo perdou, mamma mia ! Par chance il signoré Belhoumeur m'a appris qué tou étais en bonne santé...

— Hé oui, en un seul morceau comme vous pouvez le voir.

— La jeep, invece est una perdita totalé, confirma-t-il.

Le voisin sans aucun doute pressé mit fin à la conversation :

— En fait, tu devras lui fournir un véhicule Castor, car je ne vais pas dans le quartier nord, ce matin.

Il était toujours direct avec Castori. Personne ne savait vraiment pourquoi les deux hommes ne pouvaient pas s'entendre.

Sans s'attarder davantage à l'homme de foi, il se tourna vers son garçon préféré.

— Ben sour qué j'ai un macchina pour mon petit Damiano, reprit-il. Ma dimmi, raconta lé détayes di quest'incidenté ? Tou es pourtant une très buon conduttoré...

Damien livra la version courte de son invraisemblable récit tandis que l'italien s'essuyait les mains salies par les cordages graisseux de la dépanneuse. Dès qu'il eut terminé, Castori vint les rejoindre au sol.

Sortant ses lunettes qu'il avait rangées dans leur étui, il les accrocha au bout de son nez, fixa le jeune homme puis

M. André. On ne disait pas qu'il était fou pour rien, celui-là ! C'est avec un doute qu'il déclara :

— Un chevreuil, dis tou ? Il n'y a plou de chevreuil selvaggio dans la régioné, ragazzo moi, et encore moins en inverno !

— C'est pourtant ce que j'ai vu, Castori.

— Peut-être une animalé di signor Lafossé qué c'é serait échappardo ? insista-t-il une fois de plus. N'a-t-il pas des chevreuils dans suo enclos ?

— Non, je ne crois pas, répondit le garçon agacé. Il n'a que des vaches à lait.

Damien n'aimait pas qu'il doute de son intégrité. C'est alors que M. André réitéra sa demande :

— Maintenant, monsieur Castor, auriez-vous l'obligeance d'accorder une voiture à ce jeune homme qui est déjà bien en retard ? Il n'a certes pas besoin d'entendre vos babillages ce matin ! répliqua-t-il sèchement.

M. André tolérait généralement les excentricités de l'italien. Il s'excusa d'ailleurs auprès de son jeune protégé et vaguement auprès de la personne concernée de s'être laissé emporter.

— Castori... mio nomé est Antonio Castori, avait-il commenté. J'ai ben pensé qué il nostro ami aurait besoin d'una macchina. J'ai esattamenté cé qu'il loui faut ! Suivez-moi, signori !

Ce n'était pas d'hier que le vieux garçon se passionnait pour les engins de la ville. Mise à part sa passion pour les inventions, Antonio n'avait qu'une autre passion : les voitures.

Il en possédait autant qu'il y avait de maisons au village. En fait, Castori inventait bien souvent des choses qu'il troquait ensuite pour des voitures ou des pièces de remplacement pour celles-ci. Il avait donc amassé des dizaines de véhicules dont la pratique déneigeuse et l'inégalable dépanneuse sans laquelle on aurait pu récupérer la jeep.

Ils longèrent le long corridor de carcasses de voitures et de camions, boguets et véhicules hors routes. La grande majorité de ces modèles ne fonctionnaient plus, n'avaient plus de moteurs ou une partie de leur carrosserie manquait. L'italien les gardait pour les pièces, bien évidemment.

Il conduisit le groupe jusqu'à une voiture qui n'était recouverte que d'une mince couche de neige au-dessus d'une bâche bourgogne. Damien vit les éclairs dans les yeux de son ami au moment où il soulevait la toile la recouvrant.

— Io ti présento Étalion, Damiano !

La voiture avait l'air d'un animal. Sa calandre provocante ressemblait plutôt à une gueule prête à dévorer la route. Rouge comme le feu, elle semblait dire dans toute son impertinence « essaie de me dompter si tu t'en crois capable ! » La suspension de ce « muscle car » féroce avait bien évidemment été rehaussée pour satisfaire aux exigences de Castori, mais également des terrains accidentés de la région.

L'inventeur invita le jeune homme à prendre place à l'intérieur de l'engin.

Damien n'en revenait tout simplement pas. De toutes les inventions que l'homme lui avait présentées à ce jour, elle était la plus géniale.

— Io n'en aurai pas di bésoin pour il momento, poursuivit-il tout bonnement. Alors, si tou t'en crois capabilé, io penso à ti la prêter...

— Sans blague! s'écria Damien au volant de la voiture aussi haute qu'un camion. V... Vous pensez vraiment me la prêter?

— Étalion que lei s'appelle. Tou né voudrais pas la froissée, crois-moi!

Le moteur rugit dès qu'il eut tourné la clé et appuyé sur l'accélérateur. Il y avait plusieurs boutons spéciaux sur le tableau de bord.

— E... Est-ce qu'Étalion crache des flammes? demanda-t-il en pointant un bouton représentant une flamme.

— Tou veux rire? s'émerveilla-t-il. Bien sour que lei crache delle fiamme...

Ce disant, il proposa au jeune homme d'appuyer sur l'accélérateur. Il n'avait pas menti, des flammes sortirent de ses deux gros tuyaux d'échappement. Damien était euphorique.

— C... C'est vrai, Castori... V... Vous voulez bien me la laisser?

Il hocha la tête en guise d'acceptation alors Damien rinça le moteur une autre fois et n'entendit que des bribes de la prochaine conversation.

— Il est malsain de laisser un tel engin à un gamin, s'insurgea M. André qui regardait la voiture avec horreur.

— Damiano n'est plou une enfant M. Andréa. De plus, lei lui va comé un guanto ! Ça rend il ragazzo heureux, il ne l'a pas eu facile, sapete…

— Et il serait mieux pour tous qu'il ne l'ait pas plus difficile, n'est-ce pas ? C'est vous qui avez nettoyé le chemin le dernier hier, si j'en crois ce qu'on dit au village ?

— Q… Qu'insinouez-vous ?

— Rien. Il est hors de question qu'il parte avec cette chose que vous appelez une voiture ! Ai-je été clair ?

Castori n'avait pas les arguments ni la force de tenir tête à l'autre homme. Cependant, Étalion était la seule voiture en bon état de fonctionnement et disponible en ce moment ; la vieille Chevrolet qui servait aux sorties ordinaires de l'inventeur nécessitait un nouvel essieu et ni la dépanneuse ni la déneigeuse n'étaient un moyen de transport convenable pour la ville. C'est pourquoi M. André dut accepter le prêt malgré tout.

Malgré son exaltation, M. André supplia Damien d'être prudent avec la voiture et les quitta sans plus de cérémonie, bien décidé à changer le monde. Damien allait partir lui aussi, excité comme un garçon à la veille de Noël lorsque Castori le serra contre lui. Il l'avait serré si longuement que Damien dut le repousser. Il n'avait jamais été aussi familier avec lui auparavant, il tremblait lorsqu'il lui dit au revoir…

Chapitre Dixième
L'INCENDIE

*Dam ? C… C'est bien toi ? Je… J… Je ne sais pas trop ce
qui t'arrive, le gros… T… Tu… es en feu !*

FAYTON, 1J A-D

Devant la porte numéro 505, Damien replaçait le col de
sa chemise noire qu'il portait de manière décontractée, re-
troussa ses cheveux du revers de la main puis d'un même
souffle poussa la porte bleue qui sembla peser une tonne.

Sous le charme de sa nouvelle compagne, il en avait
pratiquement oublié qu'il était encore une fois en retard. Il
était passé devant le bureau de Jeannine en sifflotant, rêvas-
sant à l'instant où il pourrait, de nouveau prendre le volant
d'Étalion. Il se savait en retard, mais, c'était à ce moment-
là , le dernier de ses soucis.

La secrétaire l'avait fait descendre de cet état second :

— Vous n'oublieriez pas votre réunion par hasard,
M. Castor ? avait-elle demandé gentiment.

— La réunion ? Quelle réunion ?

— Mais la réunion de 9 h, M. Damien, répondit-elle tout
simplement.

— Il y a une réunion à 9 h ? Je l'avais complètement oubliée !
s'écria-t-il.

Débarquant brusquement de sur son nuage, il avait emprunté les escaliers sans tenter d'appeler l'ascenseur. Avec le même aplomb que la veille, il avait grimpé les cinq étages en un temps record. Heureusement, la réunion se faisait au cinquième et non huit étages plus haut. Rassemblant son courage à deux mains, il allait ouvrir la porte.

La salle était sombre, l'attention convergeait vers un tableau éclairé par un projecteur. Une femme faisait la lecture de quelques résultats à l'audience attablée devant elle.

Elle avait l'attention de tout le monde sauf un certain individu aux yeux bridés. Ce qui était frappant c'était qu'en plus d'être d'une ethnie apparente, il était également le seul représentant de son genre.

C'était Sonia qui discourait devant le tableau rétroéclairé.

— Comme vous pouvez le constater, les résultats obtenus par notre équipe sont stagnants depuis deux mois. Ces résultats s'expliquent en autre par...

Elle fut cependant interrompue lorsque la porte s'ouvrit sans avertir. Un homme penaud passa par son âtre attirant inévitablement l'attention de l'auditoire.

— Pardonnez-moi, Mme Chevalier, dit-il à l'attention de la femme assise à côté de lui. J'ai été retenu...

— Ne vous excusez pas à moi, M. Castor, mais bien à vos collègues. En particulier, auprès de Mme Sonia, ici présente, qui fut interrompue dans la délivrance d'un important discours, lança-t-elle en guise de réponse.

La dame commençait à grisonner et quelques rides parsemaient son visage de couleur noire. On distinguait bien qu'elle n'était pas aussi jeune que les employés sous sa tutelle, mais était tout aussi sinon plus séduisante que la plupart d'entre elles.

Ses qualités physiques importaient peu en réalité, car un contenant sans contenu est vite mis au recyclage ou jeté à Villemont. Mme Chevalier était le portrait type de la femme Villemontaise ayant réussi.

Elle occupait un poste de gestion et détenait plusieurs actifs de la compagnie, mais encore là, sa réussite seule ne lui aurait pas amené le respect de ses employés ; il avait été acquis grâce à son grand côté humain.

Parmi les robots et les « machines à exécuter » qui peuplaient les étages, Mme Chevalier, elle, usait de son jugement, de son sens de l'équité et de son intelligence pour régler les différents conflits avec lesquels elle devait composer. C'était probablement ce qui expliquait qu'il n'ait pas été congédié auparavant puisqu'il rapportait des dividendes lorsqu'il était présent, bien entendu.

— S… Sonia, je…, balbutia-t-il embarrassé.

Sonia ne le laissa pas aller plus loin et sans hésiter passa immédiatement à l'offensive.

— Pas la peine Damien, je sais tout sur les raisons de ton retard cette fois-ci !

— C'est vrai ?

— Ton collègue et bon ami « monsieur » Wang m'a dit que tu as eu un malencontreux incident technique dans les toilettes du 13e au moment même où tu t'apprêtais à descendre pour la réunion…

Fayton sourcilla à l'écoute de son nom.

— Un malencontreux incident dans les toilettes, dites-vous ? répéta le retardataire.

Damien cherchait à croiser le regard de celui qui tentait plutôt de le fuir.

— Oui, intervint Mme Chevalier. Il est certain que l'on peut comprendre qu'un accident du genre puisse survenir lorsque l'on est aussi distrait que vous l'êtes seulement il y a plus, n'est-ce pas, Mme Sonia ?

Sonia reprit donc la parole qu'on lui avait cédée de nouveau. Elle jubilait. Après tout, elle avait attendu ce moment depuis si longtemps. Son excitation transcendait sa voix lorsqu'elle poursuivit :

— Effectivement Mme Chevalier, dit-elle. Lorsqu'on m'a mise au courant de cet incident curieux, n'écoutant que ma bonté, je me suis empressée d'accourir à son poste afin de le fermer seulement lorsque je fus arrivée, j'ai dû constater que son ordinateur n'était seulement pas ouvert…

Sonia tenait sa proie. Elle décrivait les détails de son enquête et bientôt les conclusions de celle-ci allaient s'abattre sur lui :

— Ceci prouve donc hors de tout doute que Damien ne s'est pas présenté ce matin comme le prétend son petit ami. Je sais que Damien est en probation présentement en rapport à plusieurs manquements de ce côté alors je n'ai eu aucun autre choix que de venir vous en avertir…

Ça y est, il allait être renvoyé avant même de pouvoir placer un autre mot. Mme Chevalier reprit le flambeau.

— Bien que je ne sois pas convaincue de la soi-disant « bonté » de Mme Sonia à votre égard, je ne peux évidemment pas nier les faits, jeune homme. Ceci s'ajoute à tous les avertissements qui vous ont été fournis et cette situation me met dans l'embarras.

— Ce n'est pas la première fois qu'on m'avise de vos retards…, sermonna-t-elle.

La dame se leva solennellement ce qui ne pouvait signifier qu'une seule chose. Comment sa vie pouvait-elle avoir effectué une volte-face aussi soudaine, il ne le savait pas. Chose certaine, Mme Chevalier n'allait pas y aller de main morte cette fois…

— Bien que cela ne soit pas dans mes habitudes de faire ce genre de choses devant tout le monde, je pense que l'humiliation pourra vous servir dans le futur. M. Damien, je n'ai autre choix que de…

Le visage angélique que Sonia présentait généralement s'étira, allant jusqu'à grimacer de bonheur. Ainsi à l'affût, elle buvait ces mots comme une eau de vie. Cependant, une voix vint interrompre ce moment de pure jouissance.

Se dressant timidement au-dessus de la mêlée, une fille menue s'inclut dans la conversation :

— C… C'est moi, Mme Chevalier, dit-elle. C'est moi qui ai fermé l'ordinateur de Damien ce matin.

— Pourquoi aurais-tu fait une telle chose, petite sotte ? Tu es avec eux, tu ne fais que le protéger, je le sais !

Sonia insistait avec une telle verve que ses collègues eurent du mal à la reconnaître. Elle avait la figure toute rouge et de la fumée semblait s'échapper de ses narines écartées.

Un silence inconfortable s'était alors installé dans la pièce avant que la jeune fille ne complète non sans peine :

— Il faut me comprendre, Mme C… Chevalier. Je ne voulais pas créer autant de commotion. Je ne voulais qu'aider un collègue. Il en avait déjà plein les bras comme vous le savez alors j'ai pensé que… Je suis désolée si j'ai mal agi…

Elle se rassit alors sur sa chaise et se regarda les pieds comme pour ne pas attirer davantage l'attention.

— Vous n'avez pas à vous excuser, Mme Juliette, l'assura la patronne. Vous avez fait ce que vous avez cru juste de faire. D'ailleurs, nos résultats se verraient certainement augmenter si l'on employait tous nos efforts à s'améliorer au lieu de relever les torts des autres, n'est-ce pas, Mme Sonia ?

Le monde de l'ambitieuse jeune femme s'écroulait autour d'elle. Pourtant, l'instant d'avant, elle goûtait au doux fumet de la victoire et puis, elle était humiliée et réprimandée par-dessus le marché.

— Alors, passons outre cette fois-ci, M. Damien. J'espère tout de même que vous avez pris le temps de bien tout assécher. Je veux vous voir à votre poste au retour de la réunion sans faute ! C'est compris ?

Mme Chevalier n'en revenait pas de devoir agir comme à la petite école avec ce groupe-là. Cela ne datait pas d'hier qu'elle devait faire l'arbitre entre les deux parties. Elle remercia Juliette de son intervention et pria Sonia de continuer son exposé.

La réunion continua donc pour se terminer peu de temps après. Damien, Fayton et Juliette se retrouvèrent donc à la cafétéria immédiatement après afin d'y prendre le lunch. Damien avait pris soin de remercier sa nouvelle collègue. Autant n'avait-il que des louanges à faire à propos de cette dernière qu'il avait l'impression qu'il n'allait pas aimer ce que son ami allait lui apprendre.

— De quel genre de « malencontreux incident technique » parle-t-on ici ? demanda-t-il en faisant référence à ce qu'il avait entendu. On dirait que tout le monde me regarde d'un drôle d'air depuis que je suis arrivé.

— E... Et bien, débuta-t-il. Il semblerait que tu te sois rendu à l'urinoir et que tu aies eu un petit problème de... direction...

Damien prit l'homme par l'oreille, car il avait compris quelques bribes de son balbutiement.

— Pourquoi ai-je à subir ça ? demanda Damien au ciel. Ça ne te tentait pas de dire quelque chose du genre « il est allé nous chercher du café » ou bien « il s'est stationné dans un endroit inapproprié et est allé déplacer sa voiture » à la place ?

— Dit comme ça, répondit-il en grimaçant, c'est vrai que ça sonne bien… m… mais… Aïe !

Fayton s'était dépris de l'étreinte de Damien et tenta un revirement de situation :

— Mais tu n'es pas mieux avec ton histoire d'indigestion. De quoi j'ai eu l'air ce matin devant tout le monde ?

— À propos des fajitas ? As-tu été malade, oui ou non ?

Fayton dut avouer.

— Peut-être un peu, mais ça ne veut pas dire que c'est impossible que tu te sois pissé dessus non plus. Tu te crois parfait ou quoi ? Ce qui me fait penser que je ne te suis toujours pas revenu concernant Maggie et moi…

C'est ainsi que Fayton s'appropria la conversation pour lui seul comme il avait l'habitude de le faire. Damien et Juliette l'écoutèrent malgré tout jusqu'à ce qu'ils aient terminé leur repas.

Damien avait été le premier à quitter la table de la cafétéria laissant son cabaret derrière. Fayton prit sur lui d'en débarrasser la table. Juliette, quant à elle, portait son propre cabaret. Elle ne lui adressait jamais la parole sans la présence de Damien, surtout depuis l'incident de la veille.

— Si tu es encore fâchée à cause de l'incident d'hier, je peux t'assurer que…

Il s'arrêta net.

— Tu peux garder un secret ? demanda-t-il.

Fayton s'était approché afin que personne ne l'entende.

— La serveuse d'hier, Maggie, je n'ai pas vraiment couché avec elle, tu vois… parce que je vois quelqu'un actuellement, mais je ne voudrais pas que Dam s'en aperçoive… Il me tournerait au ridicule à coup sûr !

— Fayton, dit-elle. Tu me regardes les seins.

— Oh ! Oui ! répliqua-t-il faussement embarrassé. J… Je… C'est très différent des cols roulés, félicitations…

Juliette allait partir prestement lorsqu'une horde de types en cravates déambulèrent sur l'étage. Une aura d'importance émanait du convoie. Fayton lui expliqua que le premier en ligne, celui qui était entouré par deux gardes du corps, était Aaron Gaskill.

— Aaron Gaskill ? C'est le président de la compagnie, non ? dit-elle. Que fait-il sur l'étage ?

— Probablement un rapport annuel avec les actionnaires. Vaut mieux ne pas croiser son regard, il n'est pas commode depuis la mort de sa femme.

Juliette se souvenait avoir entendu l'annonce de sa mort à la radio. C'était il y a deux mois environ, un meurtre selon ce dont elle se souvenait. Quelle tragédie ! s'était-elle dit sans se douter qu'elle travaillerait un jour pour le type en question.

— Et le jeune homme qui le suit ?

— Lui, c'est Timothy. Dieu merci, Damien n'est pas là. Timothy a horreur de Damien…

— Vraiment, pourquoi ? Damien me semble être un bon gars.

— Et il l'est, je t'assure seulement, il y a toute une histoire entre ces deux-là.

Fayton serrait le poing. Lui aussi le haïssait et probablement plus que quiconque. Ceci dit, les cravates disparurent à l'intérieur d'un bureau sans les apercevoir ni l'un ni l'autre c'est alors qu'ils regagnèrent leur étage.

De retour au bureau, l'atmosphère s'était détendue quelque peu entre Damien et Fayton. Damien l'avait échappé belle une fois encore et Juliette s'annonçait être une alliée fort efficace. Cette dernière avait regagné son poste de travail quelques paravents plus loin. En prime, Fayton ne la méprisait pratiquement plus, peut-être était-ce dû au fait qu'elle s'était portée à la défense de son ami, mais Damien pensait que ce devait plutôt être dû au chemisier à col plongeant qu'elle portait aujourd'hui.

Juliette faisait des progrès remarquables dans son travail et il pouvait se consacrer un peu de temps. Entre deux appels, il partait dans ses songes.

Parmi les nombreuses idées qui lui traversèrent l'esprit, le souvenir de son accident revint le hanter pour la première fois depuis la veille. Bien que Rosalie fut convaincue qu'il s'imaginait des choses, Damien avait le profond sentiment d'avoir vécu les évènements tels qu'il les lui avait décrits.

Son corps entier se souvenait la souffrance que l'on ressentait lorsqu'on se sentait mourir.

— C'est quoi cette face-là ? lui demanda-t-on sans avertir.

— En tout cas, poursuivit le même individu. Tu ne devineras jamais c'était qui la furie au téléphone ?

Damien qui n'avait pas été témoin de l'appel et qui n'en avait strictement rien à foutre accepta tout de même de jouer le jeu :

— La reine d'Angleterre ? Ton chien Kiki a parlé ? Ou bien c'était ta mère qui pensait que tu t'étais fait kidnapper depuis le temps qu'elle ne t'avait pas vu ?

— Non. Tu sais très bien que Kiki ne parle pas... Ce n'est pas important finalement, reprit-il sur un ton plus sérieux. Tu ne sembles pas dans ton assiette le gros, es-tu correct ?

Il avait vu juste pour une fois. Damien hésita à partager ses états d'âme, mais se risqua.

— A... As-tu déjà eu l'impression d'être quelqu'un d'autre ? De pouvoir faire des choses dont les autres ne sont pas capables ?

— Comme *Superman* tu veux dire ? proposa-t-il. Ouais, ça serait super ! Une fois au gym, j'avais mis cent quatre-vingts kilos sur la barre pour impressionner une fille. Je me suis installé sur le banc puis j'ai réussi à la décrocher, mais là, au moment de la descendre, elle m'est tombée dessus. J'ai dû passer le mois d'ensuite avec le bras dans le plâtre. Mais à cet instant-là, durant cette fraction de seconde juste avant de me faire écraser le bras, j'ai senti que j'aillais réussir !

— Non, intervint-il agacé. Quoique tu ne m'avais jamais dit auparavant pourquoi tu avais eu le bras dans le plâtre… Je te parle de vrais pouvoirs, du genre « surnaturels » !

Fayton saisit l'allusion cette fois.

— Tu repenses encore à Ste-Cross ? Tu lui avais fichu une sacrée trouille à ce vaurien de Timothy ! Depuis qu'on travaille ici, il n'a même pas essayé de nous rencontrer et pourtant il travaille à l'étage au-dessus de nous. Quoique travailler est un grand mot quand on est le fils du patron…

— Sérieusement, Fayton ! siffla-t-il d'entre ses dents serrées. Il m'est arrivé une mésaventure étrange hier.

— Ah oui ? demanda son ami, intrigué.

Damien se rapprocha afin de demeurer discret.

— J'ai perdu le contrôle de ma jeep puis j'ai heurté de plein fouet un arbre. J'ai été éjecté de mon siège et ma course s'est arrêtée contre un sapin. J'ai senti les os de mon dos se briser, lui expliqua-t-il en pesant chacun de ses mots. Pourtant, je me suis relevé frais comme une rose. J'étais pratiquement nu, mais je n'avais pas froid !

Sans réellement s'en apercevoir, il serrait le bras de son ami. C'était comme s'il réalisait l'irréalisme des évènements passés et que la peur le traversait à mesure qu'il parlait.

— D… Doucement le gros, gémit-il douloureusement. Tu me sers le bras si fort que ce sont mes os que tu vas briser si tu continues ! Tu ne m'avais pas dit que tu avais eu un accident…

Damien avait une drôle de lueur au creux de son œil. Fayton secoua son bras libéré afin de vérifier s'il était encore fonctionnel.

— C... C'est quoi que tu dis alors ? demanda-t-il en chuchotant. Que tu es justement comme *Superman* ? Ça serait vraiment trop cool !

— Tu n'y es pas Fayton, je n'ai rien de *Superman*. J... Je ne comprends seulement pas ce que je ressens. Rosalie pense que je suis fou et que c'est le fruit de mon imagination.

— Et il en faut une sacrée grande imagination pour s'imaginer voler comme un oiseau !

Soudainement, Fayton battait des ailes comme un grand oiseau. Juliette, qu'on n'avait pas vue de l'après-midi, passa par hasard devant ses collègues lorsqu'elle l'aperçut agir de la sorte.

— Il se prend pour une perdrix maintenant ou quoi ? s'exprima-t-elle à haute voix.

— Si seulement..., répondit-il en leur faisant signe d'être plus discrets. Il est en train de démontrer que sa stupidité n'a pas de limite.

Fayton arrêta de gesticuler puis prit la parole. Il s'était croisé les bras à la manière d'un superhéros.

— Non, mademoiselle, je ne suis pas une perdrix, mais bien *Superman* en chair et en os ! Je possède des superpouvoirs comme Damien, le tout puissant !

Damien regretta à l'instant de s'être confié à son vieil ami. Chaque fois, il réussissait à lui faire honte ou bien il le tournait au ridicule.

— Que veut-il dire par « le tout puissant » ?

— Ce n'est rien Juliette, Fayton joue à l'imbécile, je t'assure.

Fayton n'en était pas aussi convaincu :

— Ce n'est rien ? s'emporta-t-il. « Monsieur » passe à travers un parebrise, frappe un arbre, joue les calorifères et ce n'est rien ? Tu n'es même pas blessé alors comment expliques-tu ça autrement que par ton trop-plein d'imagination « Monsieur » le superhéros ?

Et il criait en plus. Il ne comprenait rien à rien celui-là ! se dit-il.

— Pourquoi tiens-tu toujours à jouer l'imbécile ? protesta-t-il vivement. Comment fais-tu pour me faire honte à chaque fois !

Son sang fourmillait. Les battements de son cœur devenant un peu plus rapide à chaque coup.

— Mais c'est affreux ! cria Juliette sans retenue. C'est donc pour ça que tu étais en retard ? Tu vas bien ?

— Oui, c'est ce que je tentais d'expliquer à ce bougre de crétin ! Je t'en prie, ne parle pas trop fort, tu vas…

Trop tard, on n'écoutait que leur conversation maintenant. Une personne en particulier s'y intéressa de plus près.

— Quelle est la raison de ce rassemblement ? demanda Sonia qui s'était jointe à eux avec son air hautain habituel. Vous vous croyez donc tout permis ?

Comme si la conversation ne pouvait s'envenimer davantage, Fayton ajouta :

— Bien sûr que « Monsieur » se croit tout permis. Il n'est pas des nôtres, il est un extraterrestre !

Fayton avait vraiment l'air d'un bouffon.

— Qu'est-ce que cette nouvelle machination ? J'en ai assez entendu, je vais en aviser Mme Chevalier immédiatement !

— Ce n'est pas ce que vous croyez, intervint Juliette afin de tempérer les choses. Damien a eu un accident !

— Un accident ? répéta Sonia sans le croire.

La situation tournait au ridicule. Ce qui, au départ, n'était qu'une anodine conversation entre deux collègues avait dégénéré en un véritable cirque aux dimensions pratiquement incontrôlables.

On pouvait entendre une femme quelques bureaux plus loin sursauter en s'exclamant :

— Damien est blessé ! Il faut appeler les services d'urgence !

— Respire-t-il encore ? s'était interrogée une employée tandis que Maurice, le concierge, bougonnait à l'idée de devoir nettoyer sur son passage.

Damien aurait eu envie de répondre à tous ceux qui étaient à l'écoute. Il leur aurait dit qu'il allait bien, que ce n'était qu'un malentendu. Cependant, la nouvelle courait comme une traînée de poudre et il sentait que l'explosion n'allait pas tarder.

Son sang accélérait son cycle dans ses veines. Autant il était en colère contre son ami autant il aurait voulu disparaître sous le tapis. Soudainement, il lui vint un flash horrible. Pendant un instant, l'envie de tous les éliminer d'un seul coup l'envahit.

— Il paraît qu'ils vont lui greffer un foie de cochon, entendait-il en provenance du bureau de Lola.

— On m'a dit qu'il aurait tenté de mettre fin à ses jours, le pauvre garçon.

— Fais-le ! dit une voix familière dans sa tête. J'entends ton cœur te parler. Fais-les souffrir, fais-les taire, je t'en donne le pouvoir !

Littéralement, Damien ne s'appartenait plus. Il n'avait vécu une sensation semblable qu'une seule fois dans sa vie. La cruauté, la souffrance, la mort étaient les seules émotions qu'il ressentait à présent.

L'endroit où se trouvaient d'ordinaire ses yeux n'était plus que deux fentes noires sans fond. Son corps n'était plus que flammes et braises.

— Q... Que m'arrive-t-il ? demanda-t-il de sa voix caverneuse.

Damien réalisait bien qu'il n'était plus lui-même.

— Que m'arrive-t-il ? répéta-t-il une seconde fois pris de panique.

Juliette s'évanouit sur-le-champ tandis que Sonia prit ses jambes à son cou. Seul Fayton restait devant lui, comme obligé à son ami.

— Dam ? C... C'est bien toi ? Je... J... Je ne sais pas trop ce qui t'arrive, le gros... T... Tu... es en feu !

La chaleur qu'il dégageait, il ne la ressentait pas sur sa peau. À elle seule, elle réussit à repousser Fayton qui fit un pas en arrière.

— Non, Fayt, ne me laisse pas toi aussi... J'ai besoin de ton aide.

— J... Je veux bien, le gros, mais la chaleur... la chaleur est insupportable, l'air manque...

Effectivement, l'air avait pratiquement été entièrement consumé. La panique s'empara finalement de Fayton lorsqu'il sentit l'odeur de sa propre peau qui fumait. Il souleva son avant-bras l'air horrifié. Celui-ci était déformé et bientôt, il sentit que c'était tout son visage qui lui échappait entre les doigts.

— Fayt, j... je ne voulais pas, assura-t-il sans pouvoir y faire quoi que ce soit.

Puis les gicleurs se déclenchèrent les uns après les autres. Le réseau de gicleur fait de métal était devenu tellement chaud que l'eau qu'il projeta était en ébullition. Les cris et les lamentations des gens atteints par cette pluie meurtrière résonnaient dans sa tête. Soudainement c'était la structure de l'édifice en entier qui semblait vouloir céder.

— Aide-moi, Fayt, gémit-il de plus belle. Quelqu'un, aidez-moi !

Fayton gisait à ses genoux, évanoui ou bien, mort. Jamais ne s'était-il senti aussi désemparé.

— Oui... Souffrances... Désolations...

— Qu'ai-je fait ? se demanda-t-il en vain à peine conscient de ce qui se passait.

Damien leva les yeux au ciel. Il n'avait jamais prié auparavant.

— Aidez-moi, avait-il prié. Aidez-moi, je vous en supplie...

Puis soudainement, tout devint blanc, la voix dans sa tête se tut. L'aveuglante lumière lui brûlait les yeux si bien qu'il dut les fermer. Lorsqu'il les rouvrit, il se trouvait assis confortablement dans sa chaise. Damien se sentait humain de nouveau.

Il s'étira la peau de la joue comme pour bien sentir la douleur et s'assurer qu'il ne rêvait pas. Quelqu'un lui parlait.

— Tu ne sembles pas dans ton assiette, le gros, es-tu correct ? lui demandait Fayton.

Il lui posait la même question qui avait culminé en ce capharnaüm démentiel. Damien ne courut pas le risque cette fois et répondit qu'il avait une crampe à l'estomac. Fayton lui avait répondu à la blague de ne pas se retenir trop longtemps puisqu'une rumeur courait à son sujet sur l'étage. Cela ne l'avait pas dérangé. Il avait même souri à la mauvaise blague de son ami, plutôt content de le voir en vie.

Malgré tout, et il ne le dit pas à son copain immédiatement, il était décidé à ne plus jamais mettre les pieds à Villemont. Finalement, les anciens du village avaient eu raison : la ville est malsaine, elle corrompt et rend les gens fous...

Chapitre Onzième
DANS L'AU-DELÀ

Tu connais mon profond ennui plus que quiconque. Tu peux donc imaginer les conséquences si je devais me désintéresser complètement.

Lui, 1J A-D

Un homme tout de blanc vêtu entra en trombe à l'intérieur d'une pièce inondée de lumière. La pièce semblable à un auditorium médiéval, voire à une salle du trône, était couverte de pierres grises et d'immenses vitraux au plafond qui faisaient pénétrer les rayons des trois soleils à l'intérieur.

Il y avait un trône au sommet de l'autel sur lequel prenait siège un être immatériel dont la présence était à tout le moins indescriptible. Il était fait de neutrons et de particules fines qui s'agitaient pour former l'apparence d'un corps humanoïde.

— Satan a encore enfreint une de vos règles, mon seigneur, je demande à ce qu'il soit puni cette fois ! exigea l'homme en blanc aussitôt devant celui qui devait être le roi des lieux.

— Calme, répliqua l'être formé de particules. Aucune règle enfreinte… Le Temps est intervenu… Plus la moindre trace d'infraction… pas d'infraction.

— N'empêche, reprocha l'homme en blanc, le jeune ter-
rien, lui, il se souvient de tout ! Satan viendrait à bout de
son esprit si tout ceci devait persister.

L'autre dont la présence était indescriptible prit une
pause afin de réfléchir un moment.

— Arrivera ce qui doit arriver... La réforme promise est en
marche... Si elle doit se concrétiser par sa victoire alors je
n'y vois aucune raison d'intervenir...

La difficulté avec laquelle il enchaînait les mots portait
à croire qu'il ne parlait pas souvent. Il lui était impossible de
compléter une phrase sans prendre de pause et chacun des
mots étaient pesants et bien choisis.

— Le garçon est trop faible, insista l'homme en blanc. Il
n'a fait que jouer avec lui jusqu'à maintenant.

— Excitant, n'est-ce pas ? Je suis las de cette attente,
Conseiller Blanc... Par conséquent, je ne permettrai pas
que l'on s'oppose à ma volonté...

L'énergie dont il était fait brillait encore plus intensé-
ment. Le Conseiller Blanc dut s'incliner.

— O... Oui, ô grand Lui, mon seigneur. Je ne voulais
pas...

— Tristesse, pourquoi ?

Celui qu'il avait appelé Lui ricana si cela était possible
pour un être aussi incroyable.

— Tu es pratiquement mon égal après tout.

Le Conseiller Blanc releva la tête, l'air sévère.

— Tu connais mon profond ennui plus que quiconque. Tu peux donc imaginer les conséquences si je devais me désintéresser complètement.

— O… Oui, maître, je le sais. Veuillez pardonner mon impertinence.

— Alors, laissons les choses telles qu'elles le sont. De toute façon, ta plainte à mon égard n'est que trop partiale, n'est-ce pas ?

Il préféra ne rien ajouter avant de tirer sa révérence.

Chapitre Douzième
LE SOUPER

*Il y a un bruit qui court comme quoi tu aurais une trop
grande imagination. Il ne faudrait pas donner raison aux
rumeurs !*

SATAN, 1J A-D

Étalion sillonnait les montagnes avec aise, son moteur imposant sa loi à des kilomètres à la ronde.

Elle ne s'arrêta que devant la maison familiale. Il devait
être l'heure du souper puisque le soleil était disparu derrière les montagnes depuis peu et que personne ne se trouvait dans les rues.

Un homme sortit de la voiture, un sac brun à la main.
Il accourut jusqu'à la porte de sa demeure qu'il ouvrit sans
hésitation. À l'intérieur de la chaumière éclairée à la seule
lueur des chandelles et des lampes à l'huile, on s'affairait à
la cuisine d'où émanait un puissant parfum poivré.

Le jeune homme retira ses bottes nonchalamment puis
s'apprêtait à s'annoncer lorsqu'on vint l'interrompre :
— Papa ! Papa ! Maman, c'est papa ! annonça une fillette
qui lui arrivait à la taille.

Elle avait raison, son père était bel et bien de retour.
Elle lui sauta au cou et lui donna une bise. Elle tenait une
peluche orangée à la main.

— Regarde papa, s'exclama-t-elle. C'est un ourson, il s'appelle Cody. C'est grand-pa qui me l'a donné.

Damien était estomaqué. Qu'advenait-il de Daagard, son gardien en peluche, grand protecteur de la veuve et de l'orphelin ? Que faisait-elle de la peluche qui veillait sur elle en son absence ?

— M... Mais D... Daagard ? bredouilla-t-il.

— Ce n'est qu'une peluche, Damien, précisa une voix en provenance de la cuisine. Daagard est rangé dans sa commode...

Damien n'était pas de cet avis. Il s'agenouilla à la hauteur de sa fille.

— Mais il est ton ange protecteur, ton confident, ma chérie, Daagard, le terrible !

Il était difficile de comprendre sa réaction excessive envers la peluche. Damien en était venu à croire son discours à propos de ses pouvoirs de protection et était mal à l'aise de la voir ainsi sans son fidèle compagnon sans qui elle ne voyageait jamais d'ordinaire.

— Mais papa, dit-elle doucement sans chercher à comprendre. Cody a un collier avec son nom écrit dessus : Cody. Il est doux, lui... Daagard, lui, est usé et tout rugueux.

Damien était toujours sans mots lorsqu'on cogna à la porte.

— Qu'est-ce que c'est que ça ? lança-t-il en relevant la tête comme s'il avait entendu le tonnerre dans sa propre cuisine.

— La porte, répondit simplement Rosalie. Généralement, les gens cognent à la porte avant d'entrer. Ce doit être ma mère et mon père qui arrivent pour souper. Je vais leur ouvrir.

— Ta mère et ton… père…

Lui qui avait souhaité passer une sympathique soirée en compagnie de ses amours. C'est d'ailleurs pourquoi il avait fait l'achat d'une bouteille de rouge au *Soleil Levant* avant de revenir au village. Il la sortit de son emballage comme pour dire adieu à sa petite soirée lorsque Rosalie s'exclama en allant ouvrir.

— C'est parfait ce petit vin rouge, mon amour, il se mariera parfaitement avec les steaks !

Son malheur n'avait donc pas de fin ? De toutes les personnes que Damien ne souhaitait pas voir en ce moment, Michel, son beau-père, devait être le premier sur la liste. Ce dernier, qui était pourtant à sa porte, accepta volontiers d'entrer et lui confia son chapeau ainsi que son foulard comme s'il était un vulgaire domestique.

Damien réalisait qu'il n'avait seulement pas eu le temps d'enlever son manteau que Michel et Céleste, sa femme, l'avaient délesté de sa bouteille et s'en versaient une coupe. Il n'en avait pas pour la bouteille qu'on lui avait dérobée puisqu'il s'était procuré une bouteille d'eau minérale pour son propre usage. Il regrettait seulement la soirée d'amoureux que celle-ci représentait et qu'il voyait partir en fumée.

— Je suis content de voir que tu nous reçois plus chaudement vêtu que la veille, seulement, tu peux enlever ton manteau maintenant, mon garçon !

Michel était en grande forme. En s'excusant du regard, Céleste, qui était beaucoup plus discrète, alla rejoindre son mari qui jouait maintenant dans le salon avec sa petite-fille. Il les entendait parler de Cody comme s'il était la huitième merveille du monde.

Il faisait maintenant nuit au lac Miroir et comme tous les soirs depuis quelque temps, Damien n'avait pas réussi à voir ni même jouer avec Lili avant qu'elle aille au lit. Rosalie, lui avait fait du macaroni qu'elle avait mangé avant tout le monde. C'était Michel et Céleste qui s'en étaient occupés jusqu'à ce qu'elle demande le lit tandis que lui devait assister Rosalie dans la cuisine.

Il était dépassé 20 h lorsque tous s'assirent autour de la petite table de bois à quatre chaises.

La table était remplie de patates et de petits pains croustillants. Le beurre ne manquait pas puisque Michel pouvait s'en procurer aisément et en raffolait de surcroît. Damien avait rempli chacune des coupes sauf la sienne qu'il remplit d'eau minérale puisqu'il ne buvait pas d'alcool.

Il amenait les condiments sur la table lorsqu'il remarqua que Michel s'était assis à sa place. Il avait éloigné cette coupe d'eau pétillante qui le gênait et y avait établi ses quartiers.

Il releva ses manches puis déboutonna sa chemise puisque le poêle à bois derrière lui le chauffait à vif. Damien

préférait cette place justement pour cette raison. Michel
délia sa ceinture en prévision du festin puis commença par
attaquer la dinde que sa fille venait à peine de déposer sur
la table.

Il avait le don de l'exaspérer celui-là. On s'était tous
assis à la table et bientôt, on ne parlait plus. Chacun mas-
tiquait sans grand soin jouissant du goût exquis qu'avait la
nourriture.

Céleste était menue à côté de son costaud de mari. Elle
avait les traits allongés par le travail. Ses cheveux longs et
frisés formaient une boule au-dessus de sa tête ce qui lui
procurait une allure plutôt ésotérique.

Elle ne parlait que très rarement. En fait, elle était de ce
type de gens qui préférait écouter et qui ne parlait jamais
pour ne rien dire.

C'était d'ailleurs de cette dernière que Rosalie tenait sa
sagesse, pensait Damien tandis qu'elle avait hérité son côté
intempestif de son père.

La tension qui existait entre Damien et celui-ci datait
de tous les temps, donc avant même que Rosalie et lui ne
forment un couple. Michel détestait par-dessus tout la lâ-
cheté, défaut qu'il reprochait depuis toujours à son gendre
et à sa famille.

Ce fut Michel qui brisa le silence.

— J'ai entendu dire que tu es allé importuner M. André
encore une fois ce matin. Qui plus est pour tes affaires de
voiturettes ! Le pauvre homme n'est plus d'âge à courailler

à la ville, mon garçon. Il faudra que t'apprennes à te débrouiller seul un jour ou l'autre, je l'ai toujours dit !

— Papa ! Arrête un peu, veux-tu ? intervint sa fille sans délai. Je t'ai demandé plusieurs fois de te montrer un peu plus conciliant. En plus, ce n'est pas lui qui est allé le voir, mais le contraire...

— Laisse tomber Rosa, dit-il sobrement. De toute façon, je n'aurai plus à partir maintenant, précisa Damien.

— Et comment ça, mon garçon ? demanda le gros homme.

— C'est vrai, pourquoi chéri ? s'inquiéta sa femme. Il est arrivé quelque chose à la ville, aujourd'hui ?

— Pas vraiment...

C'était un mensonge, bien entendu.

— Disons qu'après tant d'émotion en si peu de jours, je vais profiter des quelques jours de congé qu'il me reste pour être en famille. Peu importe, même un peu plus que mes jours de congé restants...

— Et voilà ! Un lâche ! Qu'est-ce que je disais ? Donne-moi les patates mon p'tit gars si cela te convient, bien entendu ?

Il s'était faussement incliné afin de le ridiculiser davantage. Damien allait s'exécuter lorsque Rosalie s'en mêla de nouveau.

— Papa ? Il n'est pas un chien non plus, depuis le temps...

— Oui, mon chéri, ajouta sa femme. Regarde le pauvre petit, il a l'air si fatigué...

Cela ne lui plut pas de soigner ses manières, mais il daigna offrir ses excuses à son gendre et lui demanda les patates plus poliment cette fois.

N'empêche qu'il faisait de grands efforts pour ne pas se montrer détestable devant sa fille. Il faut savoir que Michel n'avait jamais compris son amour pour le jeune homme et n'avait pas été enchanté de devoir lui céder sa main. Il n'en revenait pas ; sa fille unique, mariée au fils de la sorcière et de Marcus, son pleutre de mari…

Marcus et lui avaient pourtant été les meilleurs des copains avant que ce dernier ne disparaisse sans laisser de traces. Peu de choses étaient connues sur les circonstances de sa disparition. On crut qu'il avait pu s'être égaré en forêt, mais Marcus était le plus habile des bûcherons. Lilianne ne s'était jamais expliquée sur le sujet de sa disparition. On avait alors cru à sa mort prématurée, mais un indice naquit enfin neuf mois plus tard et tous comprirent qu'il avait eu peur et avait fui ses responsabilités.

C'est d'ailleurs les seules choses qu'il connaissait à propos de son père puisque sa mère ne lui en avait pas parlé, pas plus à lui qu'à un autre. La seule fois qu'elle avait prononcé son nom, c'était le soir même où elle lui avait donné ce pendentif en forme de fève argentée qu'il portait au cou depuis.

Céleste, pour sa part, était de celles qui avaient toujours soutenu Lilianne et son fils dans les moments les plus lugubres au grand désespoir de son conjoint. Elle était démesurément fidèle à celle qu'elle considéra comme sa meilleure amie jusqu'à la toute fin.

Céleste avait été au-devant des ragots. Elle avait proposé que Lilianne fût possédée d'un mal inconnu. L'idée avait été mal reçue. Peut-être était-ce parce que les autres femmes étaient jalouses de sa beauté et que les hommes, pour leur part, ne lui avaient pas pardonné son choix de mari si bien que tous s'étaient plu à dire qu'elle était une sorte de sorcière. Certaines langues, les plus mauvaises, avaient même été jusqu'à dire que la folie avait été le châtiment divin pour un crime odieux : le meurtre de son conjoint.

Par chance, Damien n'avait jamais eu vent de ces rumeurs.

Michel avait entrepris sa seconde assiette tout en rapportant les histoires du village des derniers jours. Il raconta l'histoire sur M. Lemaire qui avait déposé une proposition officielle afin que soit élargi le chemin jusqu'au Lac Castor afin d'éviter les accidents de la route et d'autres histoires que Damien n'écoutait que d'une oreille.

Il picorait sans qu'on lui porte grand intérêt. En fait, seule Rosalie le regardait encore du coin de l'œil, inquiète de l'annonce qu'il avait faite plutôt à propos de ne plus retourner à la ville.

— Pas très relaxant ce souper, n'est-ce pas ? dit une petite voix nasillarde qu'il ne put reconnaître immédiatement.

Personne ne semblait l'avoir entendu non plus. Michel continuait de faire de grands moulinets avec ses bras comme il le faisait toujours pour agrémenter ses histoires tandis que les deux femmes l'écoutaient maintenant avec grand intérêt.

— Ne te fatigue pas, petit, reprit-elle. Ils ne peuvent pas m'entendre, je discute avec toi directement dans ta tête.

— Qu'est-ce que… ? lança-t-il insulté à l'idée même qu'on puisse entrer délibérément dans son cerveau.

Heureusement, son étonnement n'avait pas attiré l'attention.

— Relaxe je te dis, l'assura la voix. Il y a un bruit qui court comme quoi tu aurais une trop grande imagination. Il ne faudrait pas donner raison aux rumeurs !

— Q… Que savez-vous sur… ?

C'est à ce moment qu'il trouva enfin celui qui lui parlait. Aussi incroyable que cela puisse paraître, une créature pas plus grosse que l'auriculaire était sortie du creux de l'oreille de son voisin d'en face.

Il était tout rouge, ratatiné et franchement laid. L'étrange créature avait les cornes d'un taureau et la barbichette d'une chèvre. Il n'avait pas de vêtements autres qu'une cape bourgogne et noire. Damien vit la forme de ses jambes qui étaient en fait celles d'un bovidé monté sur ses pattes arrière. Tout son corps était rouge et était fumant comme s'il était composé de feu.

La « chose » était si laide et si petite qu'elle en était pratiquement mignonne. Une chose agaçait Damien plus que tout. Cette étrange impression de l'avoir déjà vue quelque part…

— Vous ne seriez pas… J… Je veux dire… balbutia-t-il sans trop de succès.

Damien ne savait pas comment il avait réussi cet exploit, mais il avait parlé sans remuer les lèvres comme s'il utilisait une connexion mentale avec le petit être.

— Effectivement, je suis toujours aussi célèbre ! Je me présente : Satan. On me connaît comme étant le tenancier des enfers et maître du feu, du vent et de l'illusion, prêt à servir vos plus sombres désirs…

Horrifié par cette subite annonce, Damien sauta hors de sa chaise avec frénésie. L'attablée aussi surprise que le jeune homme demanda à ce dernier d'expliquer son comportement. Le jeune homme prétendit avoir vu une araignée sur la table et se rassit sous les ires de Michel qui ne tarda pas à continuer son récit.

Il l'avait échappé belle. Cependant, Damien voyait bien que Rosalie se souciait toujours de son comportement.

Il prit quelques bouchées de son steak qu'il avala se disant que ce n'étaient que des accroires.

— Ce n'était que mon imagination, ce n'était que mon imagination, se répétait-il nerveusement.

Franchement, il commençait à en avoir marre de ces visions, accidents, combustions spontanées, imaginés ou non !

Il n'entendait plus la voix maintenant. Peut-être l'avait-il imaginée après tout ?

— Ç… Ça te dérangerait de me filer un coup de main, petit ? Non ? Tant pis… s'écria la voix qu'il redoutait.

La créature avait perdu pied et peinait à se hisser de nouveau sur l'épaule du gros homme. À force d'efforts, il réussit à se hisser sur ses pattes arrière. Il se secoua comme un animal puis poursuivit son introduction :

— Je ne l'avais pas vu venir celle-là! avoua-t-il humble-
ment. Je crois qu'il vaudrait mieux pour toi et pour moi que
tu ne fasses plus de gestes brusques, n'est-ce pas? Je vois que
ta charmante épouse commence à s'inquiéter pour ta santé
mentale...

— C... Comment?

Damien résista à la tentation de l'envoyer chez le diable,
car disons le franchement, il prétendait l'être en personne.

— Finissons-en avec les enfantillages et venons-en aux
choses sérieuses, dit-il en renvoyant sa cape derrière lui.

— Comme je te le disais avant qu'on ne me coupe, je suis
Satan. Normalement, j'aime apparaître aux gens dans toute
ma grandeur, mais même le grand Satan ne peut pas s'offrir
le luxe de faire tout ce qu'il souhaite.

Il n'arrivait pas à croire qu'il était le seul à le voir.
N'empêche que s'il était vraiment qui il prétendait être,
alors il ne faisait pas très peur.

— Je ne suis évidemment pas venu pour te voir faire du
boudin alors j'irai droit au but tandis que j'ai ton attention :
je suis venu pour toi, Damien.

— Qu... Qu... Quoi?

— Je suis venu te chercher! répéta-t-il en pesant chacun de
ses mots. Es-tu sourd?

— M... Me chercher? Pourquoi? Je suis trop jeune pour
mourir! plaida-t-il au moyen de la télépathie.

— Tu dois me méprendre avec La Mort, gamin. Moi, mon
truc, c'est la torture et la cruauté; le Mal quoi! Je m'atten-
dais à beaucoup plus de ta part, mais disons que j'ai été

négligent dans ton éducation, mais tout cela va changer, poursuivit-il en laissant poindre ses crocs. Ton éducation a déjà repris, tu sais ?!

— Mais qui es-tu à la fin ? se décida-t-il à demander.

— Je te l'ai dit : je suis Satan. Tes capacités me déçoivent, mais c'est de ma faute. Pour mieux t'illustrer la situation, je vais te dresser un tableau puisque « Monsieur » semble avoir tout son temps.

Satan dessina un grand rectangle dans les airs à l'aide de ses longs doigts griffus. La forme s'alluma comme un téléviseur et projeta les visions de son créateur :

— Au début des temps, c'est-à-dire il y a des milliards d'années, il n'y avait pas de Terre, pas de Soleil, pas d'univers, il n'y avait rien. Pour une raison qui ne t'est pas utile de connaître, seuls deux êtres existaient à travers ce vide incommensurable…

Damien ne comprenait rien de ce que tentait de lui expliquer l'être surnaturel.

— Comme tu t'en doutes sûrement, un de ces deux êtres, c'était moi. L'autre et moi, nous nous sommes livrés de nombreuses batailles durant de longs millénaires sans jamais arriver à soumettre l'autre, nos forces étant semblait-il pratiquement égales. L'autre, vous le connaissez peut-être ; vous, les humains, vous l'appelez Dieu.

Chapitre Treizième
L'origine de l'homme

Créons un être qui sera à notre image. Un être pourvu de nos forces et de nos faiblesses, capables des plus grandes choses. Un être capable du plus grand Bien, mais également du plus grand Mal!

Satan, 1J A-D

— Dieu ? C'est impossible, s'insurgea-t-il. Dieu ne pourrait jamais pactiser avec le diable !

— Un pacte avec le diable ? Bien sûr ! assura-t-il. Ton jugement est embrouillé par le livre qu'il fit écrire par ses adorateurs. Dieux, nous le sommes tous dans l'au-delà, mais lui, il est vaniteux, il se fait appeler ainsi par les humains. Quel crétin !

— En regard au pacte, il fallait qu'il en soit ainsi, enchaîna-t-il. Car sans lui, la formation même de la Terre n'aurait pu être possible. Bien que tout-puissants, nos pouvoirs avaient leurs limites. Seule la combinaison de nos facultés respectives pouvait achever une œuvre d'une telle grandeur. Nous en avions envie. Créer un environnement un peu moins morne dans lequel nous pourrions nous divertir était donc devenu une nécessité...

Tel un enseignant, il sortit une baguette de sous son aisselle puis la dirigea sur un point noir au milieu du tableau :

— Au début des temps, il n'existait donc que « Dieu » et moi dans cet espace où ne flottait que poussière galactique. Utilisant mes pouvoirs, je créai le Soleil afin d'y voir plus clair. Ensuite ce vieux gâteux forma une boule avec les saletés galactiques qu'il put accumuler et modela les planètes du système solaire. Il aspergea la plus belle d'entre elles de ses propres larmes, ému devant un « travail si magnifique ».

Satan se moquait ouvertement de son ennemi.

— Après quoi, comme le lâche qu'il est vraiment, Dieu se reposa alors que je dus faire le reste du travail. Je pris alors une grande inspiration, dit-il en se bombant le torse, j'accumulai autant de néant que je pus à l'intérieur de mes joues puis je soufflai sur la planète qu'on vint à appeler la Terre avec une telle force que des crevasses se formèrent sous la pression, soulevant de gigantesques pics qui devinrent les montagnes et creusant de profondes cavités qui se gorgèrent d'eau et devinrent les océans.

Peu importe ce qu'on avait à dire sur son compte, Satan n'en demeurait pas moins captivant.

— Tu veux essayer de me faire croire que toi, si petit et si misérable, tu es à la base même de la création du monde ? s'étonna l'élève.

Satan regretta amèrement s'être présenté sous cette forme réductrice. Il avait suggéré qu'il l'imagine plus grand et plus effrayant avant de poursuivre.

— Aussi petit puisses-tu me trouver, il n'en demeure pas moins que je règne sur cette Terre depuis l'éternité, que tu m'en trouves le physique de l'emploi ou non !

Satan était vraisemblablement vexé.

— Je vais donc devoir abréger ma présentation devant tant de mauvaise volonté de ta part. La Terre ainsi pourvue d'oxygène, d'un sol, d'eau et d'un soleil, tous essentiels à la formation de la vie, était prête à être habitée. Au début, nous nous étions donné le droit de créer autant de monstres, bêtes ou esprits que nous le désirions, mais nous ne devions jamais influer directement sur nos créations. Sinon, à quoi bon mettre les efforts dans ce monde, s'il n'y avait pas un minimum d'équilibre ?

Damien se surprit de constater que Satan qu'on disait fourbe à l'extrême prétendait au respect de certaines règles. Satan livrait l'information à un rythme tel qu'il avait de la difficulté à tout emmagasiner. Rêvait-il encore ? Lui confiait-on vraiment les réelles origines de la planète ou jouait-il encore avec son esprit ?

Satan en rajouta :

— C'est ainsi que fut créée la première ère de la Terre, l'ère Fantastique. Les géants, dragons, et elfes se faisaient la guerre pour notre plus grand plaisir. En fait, Dieu s'était bâti une armée d'elfes et de centaures tout aussi puissante que la mienne afin de m'empêcher de faire régner le chaos sur Terre. Ce fut la plus belle époque de la planète, confia-t-il nostalgique. Hélas, nos forces étaient encore une fois trop égales. Cette guerre qui perdurait depuis trois cent trente-trois millénaires prit fin lorsque nous balayâmes du revers de la main l'ensemble de ces brutes.

Satan effaça les créatures de légendes qui se trouvaient sur son tableau d'un geste lent, voire cruel. La première ère de la Terre venait de prendre fin sans effusion de sang, mais emportant avec elle tout souvenir de son passage.

— Puis vint ensuite l'ère des dinosaures, ajouta-t-il. Nos puissances individuelles ayant diminué considérablement après tant d'années à se faire la guerre, nous avions décidé de garder les mêmes bases. Seule différence : les bêtes allaient pouvoir se reproduire de par leur propre volonté.

— Les elfes, i... ils ne pouvaient pas se reproduire ? demanda-t-il sans savoir pourquoi il s'y intéressait soudainement.

— Tu veux rire ? C'était beaucoup plus facile de gérer les naissances et de conditionner les troupes si on contrôle le débit. Cependant, comme je l'ai déjà dit, nos pouvoirs avaient trop diminué et nous devions laisser la reproduction à nos espèces. C'est donc sur ces bases que les dinosaures virent le jour et la guerre entre les carnivores tyranniques et les herbivores pacifiques débuta. Mes carnivores auraient assurément eu le dessus sur ces satanés « mangefeuilles », mais le jour vint où nos querelles eurent épuisées l'entièreté des ressources de la Terre et nos créations moururent de faim, une à une, jusqu'à ce qu'il ne reste plus âme qui vive...

Le diable pesait chacune de ses syllabes avec un contentement déconcertant.

— Je dis « âme », mais il faut savoir que les dinosaures en sont dépourvus comme l'étaient les créatures fantastiques, d'ailleurs. C'est à la dernière et actuelle ère qu'une âme fut accordée à l'une de nos créations.

— U… Une âme, balbutia le gamin pour lui-même.

Satan continua son discours sans lui porter attention.

— Durant des millions d'années, plus aucune vie digne de ce nom n'exista sur Terre. Du moins c'est ce que nous crûmes durant de longues années à s'entretenir sur la suite des choses. Nos forces nous abandonnaient de plus en plus.

Il était visible que la simple pensée de ces discussions avec Dieu le dégoûtait au plus haut point.

— Durant ce temps, nous pensions que plus rien n'existait sur Terre, mais une chose avait échappé à notre attention. Nous étions convaincus, Dieu et moi, d'avoir vu la dernière forme de vie mourir sur Terre. Cependant, une seule cellule avait échappé à l'extinction. Une seule cellule qui s'était divisée et qui, petit à petit, au fils des ans devint autre chose : un mollusque. Puis de mollusque, elle devint poisson…

— Enfin, tu connais l'histoire, réalisa-t-il. Le petit poisson finit par devenir singe et ainsi de suite engendrant une variété de stupides animaux plus inintéressants les uns que les autres. C'est ce que vous appelez l'évolution.

— Le jour vint où je convoquai Dieu à une rencontre. Douteux comme il l'est toujours à mon égard, il me demanda les raisons de cette dernière rencontre. Je lui dis ceci : « Cela fait longtemps que nous avons créé la Terre, en unissant nos forces… » Mais Dieu, toujours occupé, me pressa de lui dire où je voulais en venir alors je lui proposai simplement ceci : « Créons un être qui sera à notre image. Un être pourvu de nos forces et de nos faiblesses, capables des plus grandes choses. Un être capable du plus grand Bien, mais également du plus grand Mal ! »

— L'homme, vous parlez de l'homme ? s'écria mentalement le jeune homme.

— Tu n'es pas aussi niais que tu en as l'air ! lança-t-il contenté. Dieu vit en cette offre la seule façon de mettre un terme à cette guerre, car pas grand-chose ne subsistait de nos pouvoirs originels et plus aucun ne devait subsister après cet ultime effort.

— Si vos pouvoirs ne sont plus, alors pourquoi êtes-vous là ? demanda Damien intrigué. Je veux dire que…

— Voilà qu'il joue encore à l'imbécile ! Nous ne pouvons certes plus agir directement sur notre peuple ni même penser l'effacer une nouvelle fois cependant, je peux toujours me matérialiser comme je le fais devant toi. Je peux également influer sur l'âme des êtres faibles si je le désire, rajouta-t-il comme s'il s'attendait à une réaction de la part de son interlocuteur.

Satan changea de forme sous ses yeux prenant celle d'un chevreuil aux yeux de feu.

— C… C'était toi ? s'étonna le garçon.

— C'était évident ne trouves-tu pas ? C'est comme ton co-pain, tu sais, le nain boursouflé ?

— Fayton...

— Ne t'inquiète pas, petit, il n'aura pas de séquelles seulement son âme était si accessible !

Les idées se bousculaient à l'intérieur de son crâne alors que son sang accélérait une nouvelle fois à l'intérieur de ses veines.

— Mais vraiment, je dois m'incliner, poursuivit-il. Contrairement à ton ami, il y a des êtres qui ne sont pas aussi influençables. Il y a des humains qui ne cèdent jamais par amour pour autrui. Il y a même des humains prêts à abandonner leur santé, voire leur vie afin de lutter contre mon influence. J'ai pourtant tenté de la posséder, avoua-t-il. Mais jamais a-t-elle succombé, dois-je dire. Plutôt, elle pré-férait endurer ma torture jusqu'à s'évanouir ! Elle n'a jamais cédé, pas même une seule fois, jusqu'à la toute fin !

Satan avait cette folle cruauté au creux de l'œil. Il riait à s'en fendre l'âme tandis que Damien s'emportait.

— M... Ma mère ? C'était toi ? C'était toi !

Ça y était : Damien perdit contact avec la réalité une nouvelle fois.

Il s'élança sur le minuscule être en oubliant tout autour de lui. Michel ne put esquiver le poing du jeune homme qui vint lui casser le nez.

— Mais tu as perdu la raison, mon p'tit gars ! dit-il en pos-tillonnant des morceaux de salade tachés de sang.

Damien n'entendait pas ce que disait l'homme qui saignait du nez. Il aperçut la créature réapparaître au travers des cheveux grisonnants et bouclés de Céleste. La bête le narguait de mille grimaces enfantines.

Le garçon tendit une main ouverte vers cette dernière. Le regard doux qu'avait le garçon d'ordinaire n'était plus. Ses yeux étaient rouges et son regard sévère.

De la paume de sa main jaillit un éclair de feu. Céleste le supplia de revenir à ses sens tandis que son époux gueulait sa rage tout en tamponnant son nez d'une serviette. Il ne l'écoutait pas.

La balle de feu percuta l'impressionnante chevelure tandis que son conjoint tentait d'étouffer les flammes avec la même serviette qu'il tenait toujours à la main.

— Où es-tu ? criait-il. Je te tuerai, sale bête, de mes mains, je te tuerai !

Damien reniflait l'air et scrutait les environs sans relâche tel un chasseur cherchant sa proie sous le regard ébahi des spectateurs qui s'étaient tus.

— Je t'ai retrouvé, Saleté, lança-t-il soulagé.

Son regard s'était posé sur la petite fille qui s'était extirpée de sous ses draps, alertée par tous ces cris. Elle se trouvait au bas des marches de l'escalier.

— P… Papa ? dit-elle sans le reconnaître. Q… Que fais-tu ?

Damien était aveuglé par la colère. Sa lèvre inférieure découvrit un sourire diabolique.

— Tu as tué ma mère et ça, je ne te le pardonnerai jamais !

— M… Mais papa, je n'ai rien fait !

Elle tenait Daagard à la main, elle qui l'avait repris à la commode pour s'aider à dormir. La peluche non plus ne comprenait pas. Le diable qui dansait sur la tête de la peluche s'arrêta brusquement comme s'il avait entendu un bruit pourtant inaudible à l'oreille humaine. Sa joie se transforma en une autre grimace.

— Die... Merde !

Bien malgré lui, il dut tirer sa révérence bien bas et le salua :

— Je pars, mais c'est pour mieux revenir, gamin. Profite bien de tes derniers instants !

Puis au moment où Satan disparut, ce fut Rosalie qui le ramena à la réalité.

— C'est assez, Damien, dit-elle haut et fort.

Ses paroles étaient senties, sa voix tremblait d'horreur.

— Il est malsain, ce garçon, je l'ai toujours dit. Il doit partir ! avait ajouté Michel.

Damien constatait l'étendue des dégâts qu'il avait occasionnés. Michel avait le nez ensanglanté tandis que les cheveux de Céleste étaient calcinés par endroits. Les chaises étaient renversées sur le sol tout comme les bols de patates, sauces et autres.

— J... Je suis désolé, je ne sais pas ce qui m'a pris. Je vais tout nettoyer, je vais vous expliquer...

— Il n'y a pas grand-chose à expliquer, mon garçon ! rugit Michel sans ménagement.

Céleste retint son conjoint en insistant pour que ce soit leur fille qui prenne la décision.

Elle avait pris Lili dans ses bras. La pauvre fille était inconsolable.

— Papa a raison, dit-elle.

— Rosa…

— J… Je ne veux plus te voir, Damien, peina-t-elle à dire.

Son monde s'effondrait. Elle pleurait, elle aussi.

— Pars tout de suite ! s'écria-t-elle les nerfs à fleur de peau.

L'homme qui peinait lui aussi à retenir ses émotions réalisa que la situation était sans issue. Il n'aurait pas pu lui faire plus de mal, réalisa-t-il.

Jamais il n'aurait osé lever un seul doigt sur sa fille, du moins il s'en convainquait, mais il était inutile d'insister. De toute évidence, il avait choqué l'audience et avec raison, il ne lui restait qu'à battre en retraite.

Il attrapa son manteau et ses affaires puis ouvrit la porte qu'il referma en silence. Dehors, le vent lui glaçait les os.

Chapitre Quatorzième
LE REFLET DU LAC

Peut-être devrais-je fuir comme tu l'as fait ? Est-ce que ça éteint le mal, dis-moi ? Laisser tout derrière ?

DAMIEN, *1J A-D*

Michel l'avait regardé d'un air final. Et pourquoi pas ? Après tout, il avait chahuté Céleste, sa femme, qui avait toujours été bonne pour lui, et puis il y avait Rosalie. Elle avait fait connaître clairement ses sentiments à son égard. Mais par-dessus tout, le cœur du jeune père se tordait de douleur lorsqu'il revoyait le visage horrifié de sa fille.

Damien ne savait que faire, quoi penser ni même où aller. Il n'avait qu'un seul chez-lui et il n'y était plus le bienvenu.

C'était avec ce sentiment d'être de nouveau seul au monde que Damien se mit en route vers nulle part. Ses pas se succédaient et il fut bientôt à l'unique intersection du village. Il ne pouvait plus continuer tout droit. Damien regarda à sa gauche où montait la pente qu'il affrontait inlassablement chaque matin puis décida de ne pas prendre ce chemin. Il ne savait pas où il voulait aller, mais savait qu'il n'en avait pas envie.

De l'autre côté, la route continuait un moment puis se perdait vers le lac puis vers les montagnes. Cette section de la route principale ne comptait que deux bâtiments. Un de ceux-ci était l'église, plus haute et plus large que toutes les autres structures du village, puis aussi invraisemblable que cela puisse paraître, en face se trouvait la taverne. Les deux établissements servaient deux clientèles fort différentes il va sans dire. La première avait soif de savoir et de spiritualité puis cherchait à s'accomplir en observant les commandements mis en place tandis que la deuxième servait les fuyards et couards de tout acabit, mais également ceux qui cherchaient simplement à se réjouir et à s'amuser librement. C'était notamment l'endroit idéal pour oublier…

Damien ne pouvait voir à travers les vitres crasseuses de l'établissement que la lumière du soleil ne pénétrait jamais. Il crut reconnaître les voix de Bertrand Lafosse et de Marco Grospoings parler à l'intérieur au son des chopes de bière qui s'entrechoquaient. Damien ne buvait jamais. Lui qui ne s'était jamais risqué à l'intérieur du bâtiment eut envie d'y faire sa toute première entrée.

Il aurait pu boire à s'en rendre ivre mort, son âme serait noyée à coup sûr et il n'aurait plus ressenti de douleur. Il le savait, car on le lui avait dit. Ne plus rien ressentir…

Malgré la tentation, Damien décida finalement de ne pas pénétrer par crainte de ne jamais en ressortir. Il était désespéré, mais jugeait qu'il valait mieux demeurer lucide.

Puis il se tourna de l'autre côté de la rue, là où se dressait l'énorme structure de pierre grise. Damien était étonné chaque fois qu'il posait les yeux sur le bâtiment construit par ces gens venus s'établir plus d'une soixantaine d'années avant son temps.

Ces gens qui avaient voulu préserver leur mode de vie et perdu leurs terres ancestrales n'avaient rien vu de bon dans l'industrialisation.

Ces centaines d'hommes et femmes avaient renoncé à leurs biens matériels afin de partir à la quête d'un d'asile où la vie serait vécue en collectivité sans contrainte autre que celle du respect de ses voisins et de la Terre.

C'était l'automne. Ils avaient apporté quelques outils et autres objets utiles qu'ils transportèrent à bord de leurs charrettes. Ils étaient dirigés par un certain Rogatien Lemaire dont la descendance dirigeait toujours le village à ce jour. Ce dernier les conduisit hors des chemins battus à travers les arbres et les collines vers le nord qui était désert et inhospitalier.

La forêt était si dense qu'ils durent abandonner leurs chevaux derrière.

Malgré tout, chacun gardait l'espoir de trouver cet eldorado qu'on leur avait promis, à l'abri des autres pour toujours. C'est pourquoi personne n'avait rouspété. Chacun prit sa juste part de bagage qu'ils transportèrent sur leurs dos déjà fatigués par le voyage.

Les gens étaient lourdement chargés et aucune route n'avait été tracée là où il faisait toujours froid. Plus d'une semaine de marche plus tard, ils avaient finalement trouvé une vallée, au milieu de laquelle dormait un petit lac ovale, entourée d'une muraille naturelle et imprenable.

Dès cet instant, tous savaient qu'ils avaient trouvé leur terre promise. Tout de cet endroit les appelait et le soir même, ils montèrent leurs tentes tout près de ce lac dont l'eau était drôlement rafraîchissante.

M. Lemaire avait déclaré ce soir-là que la première chose qui devrait être faite une fois la terre promise trouvée serait d'ériger un bâtiment assez grand pour y héberger toute la troupe avant que l'hiver ne s'installe pour de bon.

Mgr Beaumont, chef du clergé à l'époque, avait pour sa part exigé qu'on construise une église. Il était appuyé par son clergé formé d'une dizaine d'hommes. Son format traditionnel suffirait à coup sûr à loger les villageois, avait-il prétendu. M. Lemaire et les autres n'avaient pas dit le contraire. Cependant, le débat avait plutôt porté sur le matériau avec lequel ils exigeaient que le lieu soit construit.

En effet, le clergé avait demandé à ce que l'église soit construite de pierre comme devait l'être la maison de Dieu, solide et inébranlable comme l'était la foi.

Dans ces temps anciens, il faut savoir que ce que l'église voulait, elle l'obtenait. Les villageois plièrent donc malgré eux à cette demande. Ils durent travailler des journées entières et suer sang et eau pour venir à bout du projet. Même à ce rythme, il fallut trois ans pour compléter son érection. Trois années durant lesquelles les villageois durent dormir dans des cabanes de fortune, hormis les membres du clergé qui habitaient le presbytère à peine assez grand pour les loger.

Tout ça, Damien le savait bien, car c'était l'histoire qui était enseignée au village, mais également puisqu'il avait prêté une oreille attentive aux ragots.

Damien observait toujours le bâtiment dont l'histoire le captivait. On disait que Mgr Beaumont avait eu l'honneur de présider son inauguration officielle. Les mines étaient basses ce jour-là. Sans même poser un regard sur la foule de spectateurs, il avait terminé son discours en proclamant ceci : « Ce lac est comme le miroir de l'âme. Il a été mis au travers de notre route par Dieu et il saura nous préserver de ce mal qui sévit à l'extérieur. Le village sera baptisé lac Miroir et ce dernier sera à l'abri de la civilisation tant que vos âmes seront pures et véritables. »

On avait d'ailleurs gravé ces mots sur le roc : « Le lac Miroir est le reflet de l'âme. »

Cette histoire à propos du lac Miroir et des âmes devait lui revenir à un moment fort opportun, car Damien savait maintenant où il devait aller.

Damien s'était rendu aux abords du Trou du survivant, là où l'eau ne gelait pas. On appelait ce lieu ainsi parce que le lac se déversait sur plusieurs plateaux rocheux jusqu'au fond d'une caverne forgée par l'eau, à même la montagne.

L'eau n'y gelait pas en raison des geysers qui jaillissaient de la Terre.

Il avait toujours évité l'endroit autant que possible, car c'était ici, disait-on, que son père y avait été recueilli, affamé et affaibli, laissé et condamné à mourir par ses parents biologiques.

Lilianne, même dans ses moments les moins sombres, n'avait jamais consenti à lui dévoiler quelque détail que ce soit sur son père et sur ses origines. Cependant, les villageois sont bavards et Damien avait l'oreille aiguisée.

Il ne savait pas pourquoi, il avait espoir de trouver des réponses dans cet endroit lugubre éclairé seulement par la lune.

C'était Mgr Beaumont, maintenant âgé de près de cent ans, qui avait trouvé le poupon. Le vieux prêtre, aujourd'hui décédé, l'avait trouvé à l'intérieur de son landau, emmitouflé maladroitement dans des couvertures trempées et sales. Ce bébé qui devait avoir à peine une saison de vie était d'une extrême maigreur en plus d'être glacé, pratiquement bleu.

Le Dr Jolicoeur, qui le reçut dans ses appartements, avait déclaré après examen qu'il aurait dû mourir de ce mauvais traitement, mais que pour une raison que sa science ne pouvait expliquer, il avait survécu.

Mgr Beaumont avait baptisé le malheureux sur-le-champ et l'avait donné aux soins de sages-femmes en attendant. Une battue avait été organisée afin de trouver ses parents, mais aucun indice n'avait été relevé. On avait recherché la trace de ces intrus infâmes sans jamais penser un instant qu'il pouvait s'agir d'un enfant né d'une Lacmiroise.

Une réunion fut alors convoquée afin de décider du sort de l'enfant. Il fut conclu que l'enfant ne représentait aucun danger pour la sécurité du village. Et qu'étant donné l'absence évidente de ses parents, il devait être remis à une famille qui saurait en prendre soin. Ce fut Polo, le bon ami de M. Lemaire, et sa femme qui se portèrent volontaires n'ayant reçu qu'un seul fils de La Providence.

Damien ne savait plus autre chose à propos de ce survivant. Seulement, il savait que la grotte dans laquelle il se tenait présentement avait été baptisée le « Trou du survivant » en l'honneur du miraculé, mais rien de plus.

« Le lac est le reflet de l'âme », disait l'écriteau sur le roc de l'église, se rappelait-il. Damien contemplait toujours son reflet dans l'eau claire à peine agitée par les bouillonnements des geysers qui réchauffaient constamment sa surface. Il remarqua ses cheveux qui assombrissaient ses yeux couleur cendre. Soudainement, un vent venu de nulle part vint remuer la surface de l'eau. Les vagues, qui se dispersèrent en de petits rayons, laissèrent place à un tout autre reflet. Son ombre s'était allongée et ses épaules s'étaient élargies. Son visage s'était assombri, pourtant c'étaient ces mêmes yeux sombres qui le fixaient.

— P... Papa ? demanda-t-il à peine capable de discerner ses traits.

Damien trouvait étrange de l'appeler ainsi puisqu'ils devaient avoir environ le même âge que le reflet même, l'âge que Marcus avait alors qu'il l'avait quitté.

— Peut-être devrais-je fuir comme tu l'as fait ? Est-ce que ça éteint le mal, dis-moi ? Laisser tout derrière ?

Le reflet de Marcus ne répondait toujours pas. Damien prit le pendentif qui lui appartenait autrefois entre ses doigts puis forma un poing.

— Est-ce que ça éteint le mal, dis-moi ? s'époumona-t-il en vain.

Damien frappait l'eau de ses pieds et de ses poings heurtant l'eau puis le sol rocailleux. Le médaillon frappait la pierre, mais ne se brisait pas. Il luisait. Il continua à marteler de la sorte jusqu'à ce qu'il soit à bout de force. Ses jointures saignaient ; il était trempé et misérable.

Il s'apprêtait à lancer le pendentif, seul héritage laissé derrière par son père, lorsqu'il découvrit le doux visage de Lilianne qui se tenait à ses côtés. Il se rappela la promesse qu'il lui avait faite. Il remit le pendentif autour de son cou et le reflet de ses parents se brouilla. Ce fut celui de Satan qui prit leur place. Il riait à s'en fendre l'âme.

Damien ferma les yeux et transposa la situation de sa mère à la situation présente. La prochaine à qui il allait s'en prendre était assurément Rosalie ou bien Lili. Il voulait à tout prix éviter à sa famille les souffrances de sa mère…

Quelles autres options possédait-il autres que de fuir ? Il venait de s'en prendre à son propre reflet, Satan était à ses trousses tandis que Dieu, puisqu'il existait véritablement, ne le considérait vraisemblablement pas sinon comment expliquer qu'il ne se soit jamais manifesté auparavant ? Il ne savait plus à quel saint se vouer. Soudainement, le simple fait de se trouver dans le village compromettait la sécurité de tous.

Sa décision était maintenant prise : il allait fuir sa terre natale comme l'avait fait son père vingt-cinq ans plus tôt. Partir et ne jamais revenir.

Damien en voulait maintenant au destin. Le garçon titubait lentement vers le village, aveuglé par l'eau dans ses yeux. Il retournait chercher Étalion qui devait être sa seule compagne lors de sa fuite lorsqu'il aperçut la Rolls-Royce noire de M. André garée devant le pénible escalier de béton de l'église. Cela ne devait pas faire longtemps que le vieil homme était de retour, car Damien ne l'avait pas croisé précédemment.

La valise du véhicule avait été laissée ouverte. M. André apparut de derrière l'une des portes du presbytère transportant dans ses bras fatigués une boîte de carton. Damien alla à la rencontre de son vieil ami dont les mains tremblantes avaient grandement besoin d'assistance. Il fourra la boîte dans le coffre arrière à côté d'autres boîtes identiques. M. André le remercia en faisant remarquer que la vieillesse n'aidait rien.

— Mais que fais-tu errant dans les rues si tard le soir, mon garçon ? lança-t-il en s'allumant une pipe de ses mains ainsi libérées.

Damien ne savait pas s'il devait confier son projet à son mentor. Après tout, il s'apprêtait à fuir comme l'avait fait son père autrefois. Un jour, Damien se souvenait clairement avoir entendu M. André condamner ouvertement son geste. L'abandon, comme l'avortement, n'était jamais bien vu par les gens de foi.

C'est pour cette raison qu'il préféra se taire.

— D'où viens-tu comme ça ? renchérit-il de plus belle. C… Ce sont des larmes que je vois sur tes joues, mon garçon ?

Damien chargeait le coffre en silence. Il fuyait son regard. Plutôt, il préféra changer de sujet.

— V… Vous partez ? Si c'est à cause de M. Lemaire et de ce qui s'est passé ce matin, je suis convaincu que…

— Non, l'assura-t-il. Ce sont des conserves. Il y a eu des attentats en ville, cela devait bien arriveré un jour ou l'autre. J'ai capté la nouvelle en revenant. Il y a des gens qui auront besoin de ces quelques vivres.

Damien fut surpris par la nouvelle. Étrangement, il se sentait concerné pour la toute première fois. Il se sentait coupable.

— D… Des attentats ? Sait-on qui est responsable ?

— Non. Du moins pas officiellement, mais je gagerais ma moustache que ce sont ces satanés *doigts de La Mort*, se désola-t-il. La partie ouest du district Saint-Marcellin est en flamme à ce qu'on dit.

— Des flammes ? pensa-t-il. V... Vous vous inquiétez beaucoup pour les sinistrés, n'est-ce pas M. André ? souleva-t-il pour enlever cette pensée de son esprit. Moi, je m'inquiète davantage pour votre santé, voyez-vous.

Le vieil homme, fatigué par la journée éprouvante qu'il avait dû avoir, répondit d'un ton agacé :

— Ne t'inquiète donc pas de ma santé, l'assura-t-il. J'ai une mission et des plus importantes, dois-je le répéter. Durant ces périodes d'épreuves, je dois continuer à donner de mon temps plus qu'à tout autre moment.

— C'est le temps de montrer au monde entier que l'église ne s'est pas évanouie. Nous apaiserons les souffrances et ferons la démonstration que la foi peut venir à bout de ces maux.

Il était tellement convaincant. Pas surprenant qu'avec de telles convictions, il fut vénéré tant par les villageois que par les gens de la ville durant toutes ces années. Avec le recul, la communauté avait gagné le plus valeureux des Braves en acceptant d'accueillir le pauvre pèlerin en leur sein.

— Bien que très importante, ma mission peut attendre quelques instants. Tu ne m'as toujours pas révélé la raison de ton chagrin.

Damien savait que M. André viendrait à bout, tôt ou tard, de son entêtement alors il céda sans insister davantage.

— J... Je quitte le village ce soir, monsieur André, avoua-t-il.

À cet instant, on entendit clairement un animal prendre la fuite à travers la forêt. Probablement tout aussi choqué que M. André par la nouvelle.

— Que veux-tu dire par là, mon garçon ? demanda-t-il. Ta femme t'attend à la maison...

— Pas vraiment, M. André... I... Il est arrivé un incident terrible et j... je dois absolument quitter ces lieux, monsieur. Ce soir et pour toujours !

Il recherchait l'approbation de son voisin, au moins un signe, une poignée de main, un sourire. Il était confus...

— Pauvre enfant, que me dis-tu là ? Peu importe ce que tu as pu faire, mon garçon, je suis certain qu'on te pardonnera. Ta femme et ta fille ont besoin de toi...

M. André se demanda.

— T... Tu n'as pas tué un homme toujours ? Je t'en prie, dis-moi ?

— Non, non bien sûr, M. André. Vous savez que j'en serais incapable. Le problème est beaucoup plus complexe.

Damien reprit son souffle un instant. Il se souvint alors que M. André lui en avait déjà parlé autrefois et se sentit à l'aise de se confier.

— I... Il me traque, il me hante ! dit-il avec verve. Je ne sais ni comment, ni pourquoi, ni depuis combien de temps seulement, il me l'a dit en personne !

— Mais de qui parles-tu ? demanda l'homme sans réponse.
— Satan !

M. André eut un petit rictus comme s'il venait de révéler le punch d'une mauvaise blague.

— Voyons, mon garçon. Je t'ai déjà dit que Satan existait, mais c'était au sens figuré. Il n'est qu'une image, un exemple servant à illustrer le Mal...

— Il n'est pas une fable, il est réel ! insistait-il. S'il y a quelqu'un qui peut me croire, c'est bien vous !

Damien tenta d'appuyer ses dires avec des exemples :

— L'accident, c'était lui, monsieur ! Puis l'incendie...

— L'incendie ?

— Oui, c'est-à-dire que...

— J'en ai assez entendu, mon garçon, dit-il d'un point final. Je n'ai pas le temps de m'occuper d'enfantillage. Le monde est en crise et je ne peux gérer ce trop-plein d'imagination qui ne mène nulle part. Disparais si tu le veux.

M. André n'essayait plus de comprendre. C'est comme si ses mots avaient allumé un incendie.

— Tel père tel fils, avait-il ajouté afin d'enfoncer le dernier clou.

Damien fit une dernière tentative désespérée.

— L... Laissez-moi au moins amener les vivres en ville à votre place...

Mais son voisin lui avait tourné le dos et s'engouffra à l'intérieur de l'église. Il avait mieux à faire que de l'entendre se plaindre, avait-il dit.

Il n'avait plus aucune raison de rester.

Damien fouillait à l'intérieur de ses poches de manteaux à la recherche de son trousseau de clés. Il avait dû enlever ses mitaines multicolores afin de l'aider dans sa recherche qui s'avéra plus ardue qu'il ne l'avait imaginée. Il se tenait là, devant sa maison qui était toujours faiblement éclairée. Il aurait bien aimé pouvoir trouver ses clés sans trop de difficulté et ainsi pouvoir se sauver en douce, sans faire plus de mal.

Il commençait à avoir le bout des doigts endoloris à un point tel que lorsqu'il réussit enfin à les saisir, il les échappa sur le sol neigeux qui les avala aussitôt. C'est en se penchant pour ramasser le trousseau que sa pire crainte se concrétisa.

— C'est ta façon de me présenter tes excuses : me montrer tes fesses ?

Le jeune homme se redressa d'un coup. Son épouse était calme et toujours aussi belle malgré la longueur de ses traits en cette fin de soirée. Elle l'avait interpellé d'un ton moqueur, mais bienveillant, ce qui était toujours bon signe après les querelles.

Damien n'eut seulement pas le temps d'ouvrir la bouche à son tour qu'une voix tonitruante l'interpella de l'intérieur :

— Rosalie, parles-tu à ce misérable ?

— Ça va papa, je suis une grande fille maintenant ! répondit-elle avec autorité.

Le message dut être pris en considération, car Damien et Rosalie purent discuter.

— C… Comment va ta mère ? se risqua-t-il.

— Elle va bien, dit-elle en restant derrière la porte afin de
ne pas attraper froid. Ils n'ont pas cessé de me faire la morale depuis que tu es parti. L'horreur, je ne te raconte pas…
Je suis extrêmement fatiguée et peut-être que je délire en
te disant cela, mais… je m'excuse de t'avoir mis à la porte.
Tu es tendu ces temps-ci, je le vois bien. Même s'il n'est pas
« normal » de se jeter à la gorge des gens et de les mena-
cer, je suis certaine que tu n'as pas fait ça par méchanceté.
J'aimerais comprendre…

Elle semblait omettre la balle de feu qu'il avait fait jaillir
de ses propres mains. Peut-être était-ce lui qui délirait ou
bien les gens ne pouvait voir ces choses surnaturelles qui lui
arrivaient.

— Ta place est ici auprès de Lili et moi.

Rosalie avait remarqué que le jeune homme cherchait
toujours la clé de son véhicule. Elle tempérait les battements de son cœur en attendant que son époux vienne
enfin la prenne dans ses bras.

— Papa ne t'embêtera plus, jura-t-elle. Il jappe fort, mais
tu lui as fichu une sacrée trouille !

Le cœur de Damien voulait la croire. Il voulait rentrer.
Mais sa décision quoique déchirante était prise. Il ne pouvait risquer de les mettre en danger.

Il récupéra le trousseau puis jeta un coup d'œil à la fenêtre du second étage où dormait Lili.

— J… Je suis désolé Rosa, déclara-t-il avec hésitation. Je
dois partir, dès maintenant… À jamais !

Puis il s'installa à bord d'Étalion, mit la clé dans le contact sous les yeux ébahis de sa conjointe dont les bras requéraient sa présence plus que jamais. Il fit marche arrière en silence et se mit en route. Il se força à ne pas regarder derrière. Il savait qu'elle pleurait et qu'il n'aurait pu lui faire plus de mal qu'en cette soirée tragique.

Chapitre Quinzième
Faux frère

*Bon disons un an et puis après? Ce n'est pas comme si on
était marié!*

FAYTON, L'avènement

Les essuie-glaces battaient au rythme des paupières de
l'homme qui commençait à manquer terriblement de sommeil. Il était minuit dépassé. La neige avait recommencé
à tomber doucement à travers le branchage des sapins.
Bien que le chemin demeurait praticable et que la neige
ne s'amassait que faiblement, Damien tentait de garder un
œil alerte, à l'affût de chevreuils ensorcelés ou quelconque
autre machination du diable.

Damien avait eu l'idée d'allumer la radio. Il rechercha,
sans pourtant abaisser son regard, le bouton approprié. Par
mégarde, il actionna le climatiseur qui se mit en marche à
puissance maximale ce qui eut pour effet de souffler jusqu'à
sa tuque. Il faut dire qu'il n'était pas encore familier avec
la voiture de Castori. Plus encore, il appuya sur un gros
bouton en forme de diamant duquel émanait une curieuse
lumière violette. La faible lumière de l'objet lui avait suffi
à trouver ce qu'il cherchait. Il mit le volume au maximum
puis abaissa sa vitre côté conducteur.

Damien avait une vague idée de ce qu'il allait faire une fois sur la route asphaltée, mais rien n'était décidé. Tout avait été si soudain.

M. André, il y a de cela plusieurs années, lui avait dit que la Cathédrale Ste-Cross voisine de l'édifice A.G. Corp. était le dernier rempart contre les forces du mal de ce monde. Il avait dit cela de façon imagée, bien entendu, mais l'idée de se retrouver dans un lieu prétendument sûr lui plaisait bien.

La musique inondait la cabine de son rock pesant lorsqu'elle fut interrompue par une alerte radio.

— Nous interrompons ce bloc « Heavy music » pour un reportage éclair en direct de Villemont-Ouest où se trouve notre collègue Marie-Christine Du Dober. Marie-Christine, je crois qu'il y a des changements concernant la situation en cours, n'est-ce pas ? déclara la voix chargée du bulletin de nouvelles.

— Effectivement, Jean-Claude, remercia-t-elle en criant par-dessus la cohue environnante. Je suis présentement en bordure du quartier Saint-Marcellin de Villemont où des scènes d'horreur se sont succédé tout au cours de la soirée. Des feux ont pris naissance dans pas moins de vingt-quatre immeubles et tours à bureaux. Juste derrière moi, où des flammes s'élèvent jusqu'au ciel, un camion de livraison rempli de mazout a soudainement pris feu et a ensuite littéralement explosé ! Pour l'instant, il est impossible de connaître l'ampleur des dégâts, affirma-t-elle. On ne peut également pas confirmer s'il s'agit d'actes terroristes, d'actes isolés ou naturels seulement tout porte à croire qu'il s'agit d'actions du mouvement sectaire radical se faisant appelé *Les doigts de La Mort*. Nous rappelons à la population de…

Damien éteignit son poste. Premièrement parce que son cerveau souffrait atrocement de l'écoute à trop fort volume et deuxièmement parce qu'il avait assez de problèmes sans devoir se soucier en plus de ceux des autres. Fort heureusement, la Cathédrale Ste-Cross était dans le nord à quelques dizaines de kilomètres des évènements.

— Si Satan me recherche alors pourquoi ne pas le faire sentir comme chez lui ? se dit-il.

Il mit de côté les règles de sécurité les plus élémentaires ainsi que le code de conduite au grand complet. Ce soir, il n'avait plus rien à perdre.

Loin derrière les règles, loin derrière sa vie, Étalion avalait les pentes dangereuses des montagnes. Il roulait à vive allure et sans sa ceinture de sécurité.

— Que le diable vienne me chercher s'il le peut ! Heehaw ! s'écria-t-il la tête hors de l'habitacle.

Après la construction de l'édifice A.G. Corp., la Cathédrale Ste-Cross, sa voisine, n'avait pas été détruite grâce aux pressions exercées notamment par M. André et d'autres militants. Aaron Gaskill, alors propriétaire des terrains, avait cédé après plusieurs mois de négociation. En signe de sa mauvaise fois, il laissa le bâtiment intact et érigea la tour à bureaux la plus haute de la ville à l'endroit où se trouvait l'école. La cathédrale de pierre n'avait jamais plus vu la lumière du jour. Elle paraissait si minuscule et insignifiante en comparaison, voire dominée par le mastodonte.

Les gens la croisaient sans jamais y accorder le moindre égard, sans jamais s'interroger sur son histoire ni même sur sa mission.

Trois cloches de dimensions variées ornaient le pignon unique de la maison de Dieu inondant les rues de Villemont les jours de célébrations. Cependant, Damien ne se souvenait pas avoir déjà entendu le son de celles-ci à travers les bruits de freins, de klaxons ainsi que les autres bruits qu'émettait la ville en permanence.

Il s'était donc stationné en bordure de la cathédrale dans le but unique d'y demander refuge. Étalion, bien entendu, était couverte de boue et de blessures. Castori l'aurait tué à coup sûr, mais il ne pouvait s'en foutre davantage. Le parebrise était fissuré et quelques égratignures sur les côtés faisaient montre du mauvais traitement que Damien lui avait réservé.

La voiture avait été garée dans une voie réservée aux déneigeuses.

Damien savait que la cathédrale offrait le gîte à plusieurs sans-abri et nomades de passage moyennant un léger don. De toute façon, les dortoirs qui avaient servi à héberger les membres de son clergé en temps plus faste étaient maintenant désertés. De nos jours, les membres du clergé se comptaient sur le bout des doigts alors qu'à une époque pas si lointaine, les quelques dizaines d'appartements ne suffisaient pas à abriter tout le monde. On parle d'une époque datant de bien avant la fondation du lac Miroir.

Lorsqu'il enleva la clé du contact, Damien entendit la voix de Castori lui souhaiter une bonne journée puisqu'Étalion était également dotée d'un système à traitement vocal. Il eut une pensée pour le vieux fou. Le pont était déjà abaissé lorsqu'il était passé à la hauteur de sa cabane. Curieusement, la remorque et la déneigeuse étaient pourtant stationnées dans son parc automobile seulement, il ne semblait pas y être. Sa chaumière n'était pas éclairée et le feu dans la cheminée avait depuis longtemps rendu l'âme.

La porte principale du bâtiment devait faire plus de douze mètres de hauteur et ne pouvait être ouverte qu'avec l'aide d'une demi-douzaine d'hommes. Une porte de taille régulière avait été construite sur le côté pour faciliter les allées et venues quotidiennes.

Il cogna trois fois sur celle-ci.

Damien entendait le gazouillis des discussions venant de l'intérieur, pourtant personne ne venait lui répondre. Il essaya de nouveau.

— Toc ! Toc ! Toc !

Cette fois-ci, une vieille femme courbée vint lui ouvrir.

— B… Bonsoir, dit-elle distraitement. Faites comme…

Il y avait une telle cohue derrière qu'elle fut interrompue par quelqu'un qui lui parlait.

— Pardonnez-moi un instant, s'excusa-t-elle en se retournant.

L'ambiance était frénétique à l'intérieur du bâtiment. Damien s'étira le cou afin de mieux voir. Il avait l'impression que des centaines de gens fourmillaient à l'intérieur. À cette heure de la nuit, comment était-ce possible ?

Ce devait l'être puisqu'une demi-douzaine d'hommes et de femmes accourait dans tous les sens. Ceux vêtus d'une longue toge brune étaient chargés de diriger des couples, parfois même des familles complètes, vers les dortoirs, avait-il compris. La vieille dame continuait de donner des indications à ces gens qui avaient vraisemblablement besoin de son aide. Elle, ainsi que les autres, était visiblement dépassée par les évènements.

— Gemma, ne restez donc pas ainsi devant cette porte ouverte, lui dit une jeune femme qui s'était détachée du groupe. Faites entrer cet homme...

— Non, non, je ne veux surtout pas m'imposer, dit-il réalisant qu'il allait être de trop. Je vais appeler dans un hôtel et je...

— Voyons jeune homme, répondit celle que l'autre jeune femme venait d'appeler Gemma. Vous savez tout comme moi que les hôtels sont tous complets. N'ayez crainte, il y a toujours de la place dans la maison de Dieu.

— Laissez-moi l'aider, suggéra la jeune femme en lui faisant signe d'aller se reposer.

La jeune femme, elle aussi vêtue d'une longue toge brune, s'approcha. Elle découvrit son visage assombri par son capuchon puis lorsque leurs deux regards se croisèrent, elle lui balança la porte à la figure sans mot dire.

Il n'avait seulement pas eu le temps de dire quoi que ce soit qu'il était de nouveau dehors, à grelotter sous la neige.

Puis, la porte s'entrouvrit d'un centimètre pour ensuite se refermer avec fracas. Il entendait comme une sorte de murmure violent à l'intérieur, une argumentation. La porte vacilla puis soudainement explosa de sur ses gonds.

— Mais voyons jeune fille ! déclara Gemma hébétée. Que dites-vous, mademoiselle Bellerive ? Ce jeune homme a visiblement besoin de notre aide sinon pourquoi viendrait-il cogner à notre porte ?

— Il n'a pas besoin d'aide ou de quoi que ce soit, si ce n'est qu'une bonne gifle en plein visage Mme Gemma ! annonça la jeune femme qui était maintenant furieuse. Je ne sais pas ce qu'il fait ici, mais il est clair qu'il ne cherche qu'à profiter de notre hospitalité, un point c'est tout. Je le connais très bien vous savez…

Damien aussi la connaissait bien. S'il s'était attendu à ça : Sonia Bellerive, celle qui cherchait toujours des poux à Fayton et à lui.

— Il ne reste pas en ville et ne peut donc pas être sinistré comme les autres ! argumenta-t-elle de plus belle tandis que Gemma retenait la porte s'interposant entre Damien et elle.

— Auriez-vous oublié la mission de cette église par hasard ? Il est vrai que nous recevons une quantité exceptionnelle de gens ce soir, mais, malgré tout, notre devoir ne se limite pas qu'à aider les sinistrés. Il y a d'autres gens dans le besoin et nous leur tendrons la main, jeune fille !

Gemma avait été formelle.

— M… Mais Mme Gemma…

Damien n'avait soudainement plus envie d'entrer. Il avait plutôt eu le goût de partir en douce lorsque Gemma tira sur la ceinture de son trench-coat.

Une autre personne vint se mêler à la conversation. Une horrible impression de déjà vu lui glaça les os.

— Ma petite biche en chocolat doré ? appela-t-il. Est-ce qu'il y a un problème ?

— Non, pas toi, pas maintenant, souffrit-elle à peine audible.

C'est alors qu'un bénévole plutôt désinvolte, la toge entrouverte dévoilant une camisole blanche et des bras trop gros pour sa taille, apparut devant lui. Cet homme prit la taille de celle qu'il avait affligée de ce petit nom d'amour fielleux. Il allait lui donner la bise lorsqu'il comprit la raison de toute cette commotion. Hébété, lui aussi, il salua son vieil ami.

— S… Salut, Dam ! Q… Quel bon vent t'amène ?

Dans une grande pièce rectangulaire qui servait normalement de salle à manger, une poignée de gens était attablée et discutait afin de passer le temps. Certains jouaient aux cartes tandis que d'autres lisaient le journal, seuls dans un coin de la pièce. Ils avaient tous la mine longue. Certains profitaient de ces instants de répit pour dormir.

Seul un petit groupe formé de trois personnes conversait toujours. Ils s'étaient approprié le salon où ils discutaient sans trop de retenue.

— Comprends-moi, Dam, je ne pouvais pas te le dire. Surtout pas à toi ! Après tout ce qu'on a dit sur son compte. Qu'aurais-tu pensé de moi si je t'avais avoué qu'on se fréquentait ?

Sonia l'avait regardé de travers.

— Pas plus tard qu'hier tu disais qu'elle était une vraie chipie !

— Une chipie ? l'interrogea-t-elle intéressée.

— C… C'était pour jouer mon rôle, ma belle citrouille citronnée ! Un rôle, ce n'était seulement qu'un rôle…

— Alors comment expliques-tu ta langue dans la bouche de Maggie chez Pedro ? Ça faisait partie de ton rôle ça aussi ?

Damien était intraitable à l'endroit de son copain. Sonia, pour sa part, gifla l'arrière de sa tête. Fayton ressentit la force de cette dernière jusque dans ses orteils.

— N'empêche que tu aurais pu montrer certains signes…

Fayton haussa les épaules comme s'il se demandait ce qu'il aurait pu faire de plus.

— Ça fait combien de temps que tout cela dure ?

Fayton hésitait. Sonia voyait bien son embarras et s'en moquait.

— Six mois… environ ? avança-t-il.

— Un an, Fayt ! reprit-elle. Ça fait un an, crétin !

— Vraiment ? se surprit-il. Bon disons un an et puis après ? Ce n'est pas comme si on était marié !

Sonia grafigna le comptoir de ses longs ongles puis rugit comme une lionne :

— On le sera dans moins d'un mois, Fayton ! Et que veux-tu dire par là : « Et puis après ? »

La conversation avait pris des allures de guerre sans merci.

— Tu allais te marier ? s'insurgea le pauvre Lacmirois. Et tu pensais me le dire quand ?

— Ben justement, débuta-t-il honteux. Il fallait que je t'en parle. Je ne savais simplement pas comment aborder le sujet avec toi. Tu es du genre à ne pas bien réagir à ce genre de nouvelles…

— Et avec raison ! renchérit-il.

Finalement, la conversation se déroulait à merveille ; Fayton était malmené par toutes les parties, Sonia faisait la gueule et Damien était dépassé, voire exténué. Il faut dire qu'il n'avait pas dormi depuis les dernières vingt-quatre heures, tout comme ses acolytes d'ailleurs, mais il pensait avoir eu une journée un tant soit peu plus mouvementée que la leur.

Damien décida de changer de sujet question d'épargner son ami quelques instants.

— Qu'est-ce que vous faites ici au juste ? Vous ne devriez pas être chez vous et couchés comme tout le monde ?

Ce fut Sonia qui répondit à la place de Fayton qui avait décidément besoin de ce moment de repos :

— Si tu étais un peu plus à l'écoute des autres Damien, tu saurais déjà que ça fait des années que je sers la cathédrale.

Ce savoir lui revint vaguement.

— Je ne fais que ce que ma foi me dicte, rajouta-t-elle. On ne peut pas en dire autant de toi, n'est-ce pas ?

Effectivement, Damien n'avait pas mis les pieds dans une église depuis des années, voire depuis son mariage.

— Fayton, lui aussi, donne de son temps pour aider ceux dans le besoin ! ajouta-t-elle.

— Disons que c'est plutôt toi qui m'y obliges, marmonna-t-il à peine audible.

— Je veux bien croire que je suis un peu égoïste et je m'en excuse, mais comment se fait-il que… Je veux dire… Pourquoi toute cette cohue ce soir ?

— Les membres du clergé ont demandé vers les 20 h 30 hier soir à ce que tous les bénévoles se rencontrent à la cathédrale. D'innombrables groupes de sans-abri faisaient déjà la file dehors. Les quartiers ouest et sud sont déjà contingentés.

— Plus qu'à l'ordinaire ? se surprit le jeune homme.

— Bien sûr, beaucoup plus qu'à l'ordinaire ! Dehors, il y a des centaines de gens qui n'ont plus de logis à cause de tous ces incendies et ces explosions qui continuent de rager un peu partout… Nous venions justement de recevoir les gens amenés par le dernier bus lorsque tu es arrivé.

— Ah oui…

Damien se souvenait maintenant avoir entendu parler M. André d'actes terroristes sans oublier ce bulletin de nouvelles plus tôt. Décidément, il était plus égoïste qu'il ne l'avait cru.

— S... Sait-on pourquoi il y a autant d'incidents tout à coup ? demanda-t-il soudainement intéressé.

— Je suis clairvoyante maintenant ?

Il se faisait tard et la mèche était de plus en plus courte. Fayton tenta de calmer sa douce à grands coups de « canari farci à l'ail » et de « bébé enrobé de jujubes arc-en-ciel », mais celle-ci résistait étrangement. Elle avait plutôt la nausée.

Fayton n'en resta pas là. Il entreprit de lui présenter ses excuses puis, après quelques instants de chamaillerie, ils remarquèrent que leur invité avait fermé les yeux. Damien était beaucoup trop fatigué pour réfléchir. Sinon, peut-être aurait-il pu en venir à croire que ces incendies étaient l'œuvre de son pourchassant. Le cas échéant, il n'aurait jamais fermé l'œil de la nuit.

— Je n'en ai pas fini avec toi ! rugit-elle en se jetant sur l'homme endormi. Et toi, pourquoi tu es venu ici ?

Pourtant, Damien ne réagissait pas.

Le garçon n'était plus des leurs. Sonia prétendait que chaque bénévole devait rester éveillé. Fayton l'empêcha d'insister. Après tout, Damien ne faisait pas partie du comité et avait de toute évidence grandement besoin de sommeil.

Fayton prit donc sur lui de le porter dans ses bras jusqu'au deuxième étage où on avait installé ses quartiers.

À l'intérieur de cette petite chambre carrée dépourvue de tout, Damien dormit paisiblement et en oublia durant ces quelques heures, l'épée de Damoclès qui pendait au-dessus de sa tête.

Chapitre Seizième
LE RÊVE

...les rêves et les cauchemars ne sont qu'une façon que l'esprit humain possède qui lui permet de demeurer en contact avec le monde céleste...

LILIANNE, *L'avènement*

Le doux bruit des feuilles dans les arbres et celui d'un ruisseau qui coulait non loin étaient les seuls sons qu'il entendait. Une douce odeur de lavande flottait dans l'air. Il ouvrit un œil, puis l'autre.

Il était couché sur un sol moelleux. De sa position, la seule chose qu'il voyait était la cime des grands fouets violets qui l'entouraient comme de l'herbe haute dansant sous le bleu du ciel. Le jeune homme, qui n'était vêtu que d'un peignoir de soie blanche, essaya de se relever, mais bondit plutôt comme s'il n'était plus soumis aux lois de l'attraction terrestre.

Il ne ressentait pratiquement plus son poids, les pieds enfoncés dans cette matière blanche semblable à de la ouate.

Les quelques fleurs de lavande qu'il déracina lors de son acrobatie retombèrent sur sa tête le couronnant d'honneur. Il s'était dit à ce moment que sa mère aurait aimé connaître cet endroit magique... d'ailleurs où était-il ?

Il n'était assurément plus sur Terre, il en était certain. Il s'approcha du cours d'eau qui l'avait réveillé et se désaltéra de son eau dorée au goût de miel.

Quel extraordinaire endroit ! s'était-il dit. Tout était si beau, si grandiose. Était-ce un rêve ? Cet endroit était trop beau pour être vrai, ça, c'était certain !

Plutôt que de s'inquiéter, il se proposa de profiter de ces instants de répit afin d'oublier ses soucis. Il longea la rivière dont les rives étaient parsemées de pommiers aux pommettes écarlates.

Le chemin de pommiers continuait un moment puis montait une petite colline en haut de laquelle un arbre argenté aussi grand qu'une maison se dressait au milieu d'un mégalithe du même ton que l'arbre.

Damien suivit le chemin de pommiers jusqu'au pied de cet arbre immense aux fruits dorés. Ses branches étaient noueuses et son tronc était aussi large qu'un silo à grains. L'arbre devait être millénaire.

Ses fruits ressemblaient à des pommes, mais n'en étaient pas tout à fait. Ils avaient tantôt la forme d'une assiette, tantôt celle d'une boule. Il y en avait des dégonflés, des pleins et il y en avait même d'autres aussi minces qu'une feuille de papier.

Chaque fruit étant ciré comme une voiture neuve, Damien, lorsqu'il se tenait sur la dalle de marbre près de son massif tronc, pouvait y voir son reflet. Seulement, quelque chose clochait.

Dans l'une d'elles, il se voyait aussi vieux que M. André, le dos courbé et plus maigre que jamais, le regard absent. Le fruit était pratiquement rond.

Tandis que dans une autre de ces innombrables fruits, il se voyait quelques années à peine plus âgé, le torse aussi bombé que celui de son ami et les muscles saillants, il avait une horde de filles sans visage à ses pieds. Pourtant, le fruit était sur le point de disparaître tellement il était mince.

Il y avait une demi-sphère dans laquelle il portait une toge blanche et un sceptre ancien. Il surplombait une foule abondante d'un air solennel.

Il était à se demander la signification de toutes ces visions lorsqu'une voix céleste vint se mêler à ses songes.

— Bonjour à toi, Damien. Bienvenue chez moi.

Il se retourna convaincu que la voix venait de derrière, mais personne.

— V... Vous connaissez mon nom ? demanda-t-il.

— Bien sûr.

Mais Damien avait beau chercher, il ne réussissait pas à trouver qui lui parlait.

— Q... Qui êtes-vous ? Où suis-je ?

— Tu n'as aucune raison d'être effrayé, répondit-elle sans pour autant se manifester. Tu te trouves dans mes appartements, dans l'au-delà.

Cela lui sembla étrange de parler à quelqu'un qu'il ne voyait pas.

— Mais quel est cet endroit ? Enfin, je veux dire... Est-ce que c'est le paradis ?

— Le paradis ? Ô grand Lui, non ! On y fait que du tricot et autres trucs de vieilles personnes. C'est plutôt ennuyant le paradis, tu sais. Tu te trouves chez moi comme je te l'ai déjà dit, mais cela me flatte que la décoration te plaise, Damien…

Elle prononçait son nom avec une telle tendresse. C'est alors qu'elle se matérialisa devant lui. Son hôte, à première vue, avait une apparence humaine ayant une dimension et des proportions semblables. Il en fut rassuré, car il s'était attendu à y rencontrer un géant tellement tout, en cet endroit merveilleux, était surdimensionné.

Le corps de la dame était enroulé dans un drap de satin blanc et seul ses bras couleur crème ressortaient de cet accoutrement inhabituel. Damien ne réussissait pas à distinguer ses yeux au travers cet accoutrement qui n'allait pas sans rappeler le voile des femmes musulmanes.

Il était impossible de voir ses courbes ni même sa taille et encore moins son âge.

— Que se passe-t-il ? Qu'est-ce que je fais chez vous m… madame, sauf votre respect ? bégaya-t-il avec hésitation.

— Je ne te sens pas encore entièrement rassuré. Qu'à cela ne tienne, sache que je t'ai fait venir expressément dans mon royaume à mon plus grand risque et péril afin de t'y faire découvrir des choses que tu ne connais pas encore sur toi. Vois la preuve : cet arbre porte ton nom.

Ce disant, elle pointa l'arbre qui avait attiré son attention.

« Damien », pouvait-on lire à sa base.

— Damien ? répéta-t-il. C'est mon nom… Comment est-ce possible, cet arbre est assurément plus vieux que moi ?

— Certainement, répondit-elle avec assurance. Seulement, il est le tien depuis peu. Ce serait trop long de t'expliquer comment fonctionnent les arbres du Destin, mais, crois-moi, il y a bien des choses que je ne peux pas ou que je n'aurai pas le temps de te dire…

— V… Vous voulez vraiment me faire croire que je ne rêve pas ?

Damien n'en revenait pas.

— Le monde des rêves est intimement connecté avec le royaume céleste alors techniquement tu es toujours dans un rêve. Cependant, tu apprendras que les rêves et les cauchemars ne sont qu'une façon que l'esprit humain possède qui lui permet de demeurer en contact avec le monde céleste ou l'au-delà, si tu préfères.

Les explications de la dame en demeurèrent là.

— Il est certain que le temps nous est compté alors j'irai plutôt droit au but, continua-t-elle sans tarder. Il est propice que tu te sois dirigé ici, mon garçon, puisque c'est justement à l'intérieur des fruits de l'arbre du Destin que je veux que tu te regardes. Je me demande ce que tu y vois ?

Damien fut intrigué par la question qu'on lui posait. Elle disait l'avoir fait venir jusqu'ici, et tout cela, pour s'entretenir sur un arbre ?

Cependant, il consentit à la demande afin de ne pas froisser la dame.

— Dans le mince, à gauche là-bas, je me vois en train de marquer un but lors de la coupe du monde de football, dit-il. M… Mais dans celui-ci bien rond là-haut, je me vois…

Il essuya une soudaine sueur froide.

— J… Je brûle vif ! Et S… Satan rit derrière mon cadavre…

L'arbre donnait de troublantes visions. Il avait maintenant l'espoir que la dame lui en apprenne davantage sur la signification de celles-ci.

— Les fruits de l'arbre du Destin offrent une vision à son propriétaire de ce qui peut, aurait pu ou bien sera… L'arbre du Destin donne donc toutes sortes d'informations sur sa vie et son sur cheminement…

— Il prédit le futur alors ? se risqua-t-il.

— En quelque sorte… Ce que tu vois dans ces fruits n'est que la projection de la personne que tu aurais pu être si certains de tes choix de vie avaient été différents. Tu te souviens lorsque tu n'avais que quatre ans ? Tu voulais être champion de football…

— Bien sûr, seulement je n'en ai jamais parlé à personne ! réfléchit-il à voix haute.

— Cela n'a pas d'importance, Damien. L'arbre du Destin voit tout ce qui se trouve à l'intérieur de ton cœur, répliqua la dame aussitôt. Ce fruit où tu es enfin champion de football va tomber. Il est un futur qui ne sera jamais puisque tu n'as pas suivi cette voie. Son fruit s'amenuisera jusqu'à ce qu'il ne soit plus.

La femme pointa un fruit dans l'arbre.

— Ceux qui nous intéressent sont les fruits les plus ronds. Les fruits les plus mûrs si tu préfères. Je voudrais que tu te regardes dans ce fruit là-haut, celui bien rond.

Il s'exécuta sans argumenter. Il réalisa qu'il se trouvait à côté de celui dans lequel il brûlait vif, qui était tout aussi rond. Il eut une sueur froide à l'idée que son hôtesse puisse avoir raison.

— Je me vois… J'ai la barbe et les cheveux longs. J… Je suis dans une caverne, autour d'un feu. Je suis vieux… Je vis dans cette caverne… seul…

Damien soupira.

— Je suis seul, car je ne suis jamais revenu au lac Miroir, reprit-il empreint à une certitude absolue. C'est moi, après une vie d'exil !

À bien y penser, chaque fruit presque rond présentait une image d'un futur plus ou moins reluisant.

— Il y a dans chaque être humain un pouvoir puissant que seul ce dernier peut arriver à manipuler, dit-elle. On appelle ce pouvoir, La Vie. Ce que l'on fait de ce pouvoir détermine non seulement notre propre destinée, mais également celle de nos proches.

— Damien, dit-elle solennellement, tu possèdes un pouvoir dont tu ne soupçonnes seulement pas l'étendue. Tu as reçu un don, tu dois t'en servir… Mets à profit ce pouvoir enfoui afin de protéger les tiens. Tu n'as rien à craindre, pas même Satan tant que tu es à leurs côtés.

— Je ne suis plus à leurs côtés, se dit-il.

— Il est clair que la route que tu as choisie en ce moment te conduira ainsi que toute ta famille vers la désolation. Comme je le craignais, il est déjà trop tard…

Elle retenait une larme.

— Il est déjà trop tard, répéta-t-elle une seconde fois. Les fruits les plus mûrs sont tous de mauvais augure…

— Tous sauf un, compléta Damien en regardant au-dessus de sa tête.

Effectivement, il y en avait un dans lequel il se voyait fêter le onzième anniversaire de sa fille, Rosalie à ses côtés. À l'intérieur de ce fruit, il disait à sa compagne avant de l'embrasser sur la joue qu'il ne regrettait pas d'être revenu vers eux plus de cinq ans plus tôt.

— Revenir, mais q… que puis-je faire ? cria-t-il pour qu'elle entende. Je ne suis qu'un humain et lui, il me veut pour je ne sais trop quel dessein cruel ! Même si je reviens au village, il les fera souffrir pour m'atteindre. Il doit y avoir une autre solution !

À la recherche d'un quelconque réconfort, Damien s'était jeté dans les bras de l'inconnue. Ils étaient frais et plus forts qu'il ne s'y était attendu. Étrangement, il se sentait à sa place ainsi blotti contre sa peau.

— Je ne peux rien y faire, insista-t-il une dernière fois. Je porte malheur…

C'est alors que la dame découvrit son visage. Elle avait planté ses longs ongles au creux de sa tignasse et avait entrepris de démêler les cheveux de celui qui s'était abandonné à elle.

— Je crois que c'est à eux de décider, dit-elle. J'ai décidé d'affronter l'enfer pour toi…

— C… Comment ?

Damien leva le menton et reconnu sa mère sans son voile.

— Maman ! s'écria-t-il.

Pourtant, elle s'éloignait de lui. Ainsi blotti au creux de ses bras il n'avait pas remarqué que le monde autour d'eux avait basculé. Les arbres autour d'eux se déchaînaient. Les feuilles s'arrachaient de sur leur branche, l'eau sortait de son lit, les montagnes s'effritaient.

Puis, le ciel s'assombrissait au moment où les cieux s'ouvrirent. C'était assurément la fin de ce monde ou, à tout le moins, la fin de son rêve.

Lilianne quant à elle était aspirée par ce trou dans les cieux. Il y avait comme un grognement, quelqu'un était en colère de l'autre côté.

— Disparaître de nouveau, c'est ma destinée, Damien, dit-elle toujours sereine. Toi, mon fils, reviens vers les tiens avant qu'il ne soit trop tard…

Sa voix se faisait de plus en plus distante à mesure qu'elle approchait de ce typhon qui s'était formé au-dessus de sa tête. Son rêve tirait à sa fin.

— Maman ! avait-il crié, mais en vain. Maman !

Elle avait répondu qu'elle l'aimait plus que tout alors que lui n'avait rien trouvé de mieux à lui dire que :

— Je le savais que tu n'étais pas une sorcière… J… J'ai toujours cru en toi !

Après quoi, elle lui sourit une dernière fois puis disparut sans savoir s'il allait la revoir un jour.

Chapitre Dix-septième
LE FILS DE SATAN

Te voir souffrir, c'est ce que Je veux! Te voir à genoux et implorer ma pitié, c'est ce que Je veux!

Satan, L'avènement

La douce odeur de lavande fit place à celle plus sucrée des parfums bon marché. La sérénité des lieux qu'il avait visités s'évanouit du même coup, pour se substituer au martèlement des doigts sur les claviers et au bruit des voix qui s'entrecoupaient.

L'idée de ne plus jamais rouvrir les yeux traversa l'esprit de Damien qui voyait en cette solution, une façon de ne pas affronter ce qui allait suivre. Malgré la tentation, il ouvrit un œil et crut pour un instant s'être réveillé au milieu d'un autre rêve celui-ci étant plutôt un cauchemar.

Il se trouvait devant son écran d'ordinateur, maladroitement disposé sur sa chaise. En plus, il portait la même chemise que la veille.

— Damien? demanda-t-on derrière le paravent. Il me semblait bien avoir entendu bouger aussi!

Damien était toujours somnolent. Ses idées étaient encore floues.

— C'est une chance que Sonia possède une clé de l'étage, chuchota-t-il discrètement. Elle a pu nous faire entrer avant tout le monde !

— T... Tu m'as amené jusqu'ici ? s'étonna-t-il.

— Bien entendu ! D'ailleurs, tu devrais consulter, car j'ai tenté de te réveiller de plusieurs manières tordues, mais sans succès. J'ai dû te porter sur mon dos alors que tu me ronflais à l'oreille. Mais je n'avais d'autre choix, s'il avait fallu que tu sois en retard une nouvelle fois... Sonia, elle ne t'aurait pas épargnée même si tu sais pour nous...

Juliette vint se joindre à la discussion sans qu'il puisse remercier son ami :

— Bon matin, Damien, dit-elle débordante d'énergie. Fayton m'a mis au courant de toute l'histoire : la nuit dans la cathédrale et le sommeil de plomb...

Juliette lui servit des coups de coude afin de lui signifier sa complicité.

— Ne te fais pas de souci pour les autres, Sonia n'a seulement pas remarqué que tu dormais à ton bureau !

— M... Mais Sonia est au cour... commença-t-il avant d'apercevoir Fayton lui faire signe de se taire.

Elle n'était assurément pas dans le coup, s'était-il dit en réalisant qu'il avait mal à la tête et que ses idées étaient toujours embrouillées. Malgré tout, il avait l'étrange sentiment qu'il ne devrait pas se trouver là en ce moment.

Il se rappelait bien la dispute de la veille avec Rosalie... Il se souvenait avoir fui, mais quoi ? Il n'arrivait pas à se le rappeler.

La réponse lui revint subitement lorsqu'il réentendit l'ire de Satan résonner à l'intérieur de sa boîte crânienne.

— J'arrive… Ha ! Ha ! Ha !

— Non, non, non…, répéta-t-il frénétiquement. Je ne devrais pas être ici !

Fayton qui venait à peine de féliciter sa collègue pour le choix judicieux de sa garde-robe aujourd'hui encore s'offusqua de ces paroles.

— Je me tape le mal de dos pour te sauver la peau et c'est de cette manière que tu me remercies ? s'insurgea-t-il.

— Ce n'est pas ça, affirma-t-il catastrophé. Ma famille court un grand danger. Vous tous également courrez un tout aussi grave danger !

Damien s'était relevé prestement en rassemblant ses idées comme il le put. Il secouait vigoureusement son ami comme pour lui marteler son message. Mais il ne répondait plus.

En fait, il ne bougeait plus d'un millimètre. Pour sa part, Juliette qui se tenait à ses côtés regardait incessamment en direction du sol sans jamais replacer les longues mèches de cheveux qui tombaient devant son visage.

Également, il avait remarqué que les claviers autour n'étaient plus maltraités, les lèvres demeuraient toutes immobiles. Seuls quelques téléphones se plaignaient toujours sans que les appels soient répondus.

Il était trop tard, il en était certain. Au loin, le bruit de pas sur le plancher ciré tel des talons aiguilles martelait lentement le sol et le son qui résonnait sur les murs se faisait de plus en plus près.

Satan était là. De sa voix nasillarde, presque insupportable, il sifflait une intrigante berceuse. Damien la reconnut : c'était celle que sa mère lui chantait lorsqu'il était enfant.

Cet hymne à la vie dont le souvenir était pourtant si doux était torturé par son interprète. L'air de la chanson devenait plutôt lugubre lorsque chantonné par cet être immonde.

Puis c'est en arrivant au bout du couloir où se trouvait son bureau qu'il cessa de siffler. Il découvrit un large sourire. Il était effectivement plus impressionnant qu'à sa première rencontre. Comme il l'avait prétendu, il n'avait plus rien à voir avec le mignon petit être rouge de la veille.

— On se retrouve enfin, mon cher ami ! grinça-t-il. J'ai eu peur de t'avoir perdu à jamais…

Damien était médusé devant le démon.

— Tu vas bien, mon petit ? Tu es tout vert ! fit-il remarquer. Je ne veux pas me mêler de ce qui ne me regarde pas, mais je serais resté alité, bien à l'abri chez toi si j'avais été à ta place…

Il lui sourit.

— C'est donc ici que tu travailles ? C'est plus tranquille que je ne l'aurais imaginé.

Il continuait d'avancer jusqu'au bureau d'une femme que Damien ne connaissait que de visage.

Elle était d'une extrême maigreur. Elle lui avait parlé quelques fois, mais son histoire, comme celle de tous les autres, ne le passionnait pas particulièrement.

— Non, mais tu lui as vu la figure à elle? souleva-t-il sans égard. On dirait qu'elle est sur le point d'avaler son téléphone...

Effectivement, figée ainsi sur place, elle tenait le combiné entre l'oreille et la bouche.

— Elle est maigre à faire peur! Laisse-moi lui donner un coup de main, veux-tu?

Le grand démon délogea le combiné d'entre ses doigts puis l'inséra entre ses dents avec une cruelle lenteur. Il poussa le combiné jusqu'à ce qu'il atteigne le fond de sa gorge, puis une fois mis en place, il força la pauvre à mâcher. Il n'y mit pratiquement aucun effort, pourtant le combiné se brisa sous la pression aussi bien que les os de sa mâchoire. Satan possédait une force terrifiante.

— Voilà, dit-il satisfait. Comme ça fait du bien de rendre service...

Ils étaient pratiquement nez à nez maintenant. Satan jeta un coup d'œil vers Juliette qui regardait toujours ses pieds.

— N'y pense même pas! C'est moi que tu veux alors laisse les autres hors de ça!

Satan ne se laissa pas impressionner par l'avertissement qu'on venait de lui servir.

— Je ferai ce qui me plaît, tu m'entends ? Je suis en colère Damien, affirma-t-il glacialement. Et tu veux savoir pourquoi je suis en colère ?

Son humeur était instable. Satan attendait la réponse avec une fébrilité certaine.

— Aucune idée ? demanda-t-il avec cette même hargne refoulée. Mais c'est à cause de toi bien entendu ! Le maître de l'enfer n'a pas le temps de jouer à cache-cache.

— Vois-tu, lorsque je suis revenu dans ta demeure, bien que je t'aie sommé d'y rester, à ma grande déception tu n'étais plus là. Alors, pour des raisons qu'il ne me plaît pas de te dire, je ne pouvais partir à ta recherche alors j'ai décidé de passer ma colère tranquillement en ville...

— Les attentats, c'était bien toi...

Peut-être avait-il eu raison de quitter sa famille après tout. S'il avait fallu qu'il revienne chez lui, il n'osait pas imaginer ce qu'il aurait pu leur faire. D'un autre côté, sa colère avait provoqué un véritable carnage à Villemont. Afin de sauver la vie de ses proches, il avait mis la vie d'autres innocents en danger...

Satan parlait toujours.

— Je pensais que de mettre la ville à feu et à sang juste pour toi te ferait sortir de ta tanière, mais qu'elle ne fut pas ma surprise de ne pas t'y rencontrer. Serais-tu finalement égocentrique au point de ne pas te soucier de tes concitoyens ? Alors là, tu remontes dans mon estime !

— Alors les vies des membres de ta famille ont plus de valeur à tes yeux que les leurs ?

On aurait cru poindre un relent de fierté dans son œil.

— Leur vie vaut plus que celle de tes amis, peut-être ?

Satan entourait le cou de ses acolytes de ses longs bras difformes.

— Je te défends ! rugit-il de plus belle.

— Tut, tut, tut... Parle en fonction de tes moyens, mon garçon. Ne te souviens-tu pas qui je suis ?

Damien s'en souvenait que trop bien. S'il était tout ce qu'il disait être, il pouvait tout à faire agir à sa guise. C'est d'ailleurs ce qui le pétrifiait. Incapable de le confronter, il se résigna.

— Q... Que me veux-tu ?

— Ce que je veux ? demanda-t-il une première fois. Ce que je veux ? insista-t-il une seconde fois en se bombant le torse.

— Tu me demandes à moi, Satan, ce que Je veux ? répéta-t-il plus énervé que jamais. Te voir souffrir, c'est ce que Je veux ! Te voir à genoux et implorer ma pitié, c'est ce que Je veux ! Et une fois que je serai satisfait de tes lamentations, je te ferai disparaître !

Ses yeux s'écarquillèrent davantage et ses dents s'allongèrent à un point tel que Damien crut qu'il allait être avalé. Satan rit à s'en fendre l'âme.

— J'ai attendu ce moment tant d'années que j'en ai des fourmis jusqu'au bout des griffes !

Tandis que Damien ne réussissait toujours pas à comprendre son acharnement à son égard, son ombre terrifiante l'englobait pratiquement de la tête au pied.

— Ce que vous êtes harassants, les terriens, râla-t-il ne trouvant pas ce moment aussi délicieux qu'il l'aurait souhaité. Vous comprenez que si on vous fait un dessin alors je serai plus clair avec toi : tu es un objet… une clé, voire une arme que je peaufine ou plutôt tente de le faire depuis ta création. Une machine à terroriser en devenir !

Il y avait erreur sur la personne à coup sûr, Damien était tout ce qui a de plus ordinaire en fait de jeune homme.

Soudainement, il sentit un choc à la poitrine. Il tendit la main à l'intérieur de sa chemise à la recherche de ce qui le brûlait. Son pendentif illuminait son torse ainsi que le bout des doigts qui tenaient l'objet. La fève argentée ondulait comme un serpent. Était-ce une manigance de Satan ? Il ne le sut pas immédiatement puisqu'au moment même où il eut touché le bout du bijou, il fut transporté ailleurs.

Ainsi devenu témoin dans un nouveau monde, Damien assista à une étrange séance où le temps n'existait plus. Il vit sa mère, alors là encore plus jeune que dans ses souvenirs les plus lointains, qui époussetait le foyer de pierre du salon en attendant le retour de son mari. Entre-temps, un autre homme était apparu se matérialisant à partir d'un tison égaré.

Cet homme s'annonça comme un homme de grand Bien. Son aura suffit à ellelui seule à ensorceler la pauvre femme au foyer. Il lui demanda le souhait qu'elle avait dquel était son souhait le plus cher, ce à quoi elle répondit :

— Voyez-vous, confia-t-elle sans retenue, mon mari et moi tentons d'avoir un enfant depuis des années déjà…

Lilianne lui parlait maintenant comme s'il était un ami de longue date. Ne voyait-elle pas les artifices de Satan qui se cachait sous les traits d'un autre homme ? se demanda-t-il.

Malgré tout, probablement seule et vulnérable, elle s'ouvrait à lui et bientôt, il lui fit une offre.

— Non, maman, ne fais pas ça ! C'est un piège ! s'écria Damien.

Il lui avait semblé qu'elle avait regardé dans sa direction, mais c'était impossible, il n'était pas réellement présent. Elle n'avait pas entendu son conseil non plus puisque l'instant d'après, elle acceptait le pacte et bientôt, elle tomba sous le joug de ce monstre qui se présenta à elle sous son véritable jour.

Il la fit s'agenouiller et planta la graine du mal à l'intérieur de son ventre.

— Enfin un héritier pour mon trône ! rugit-il de plaisir.

Avant que la vision ne s'efface, il eut la chance d'être témoin de la promesse qu'il fit à l'enfant à naître.

— Mais je reviendrai aussi souvent que possible afin de te tourmenter, je t'en fais la promesse. Tu deviendras alors, un vrai petit démon et mon instrument le plus précieux !

Des sueurs froides coulaient le long de sa colonne lorsqu'il rouvrit les yeux, de retour dans le moment présent. Une simple fraction de seconde s'était réellement écoulée puisque Satan était toujours à la même distance de lui.

Et si c'était vrai ? se dit-il. Si ces projections lui offraient un aperçu du passé au contraire des fruits de l'arbre du Destin qui projetaient l'avenir ?

Le talisman ne luisait plus maintenant et n'allait vraisemblablement pas lui apporter la réponse.

L'idée qu'il n'était pas aussi quelconque qu'il le croyait courait à travers les cellules de son cerveau. Après tout, sa mère lui avait dit en rêve qu'il était quelqu'un de « spécial », qu'il possédait des pouvoirs qu'il ne soupçonnait pas…

En fait, il n'avait qu'à penser à Ste-Cross ou bien à l'accident de l'avant-veille. Sans s'en rendre compte, Satan l'avait acculé sur la grande vitrine qui surplombait la ville.

— Q… Qui suis-je ? finit-il par lui demander.

Satan cessa de rire un instant.

— Je te fais trembler à un point tel que tu en oublies jusqu'à ton nom ? Quel idiot !

— Bien sûr que non, insista-t-il.

Sa voix ne chevrotait plus.

— Je veux savoir qui je suis réellement ?

— Qui tu es ? T… Tu n'es qu'un vermisseau comme tous les autres insectes de ta race et tu le sais, tu n'es qu'un moyen de transport pour mes plus grands desseins, un point c'est tout !

Satan sourcilla et se tut pour la première fois depuis son arrivée.

— Tu ne le crois pas vraiment, je le sais, déclara-t-il convaincu cette fois. Où est ta grandeur ? Où sont le feu et la fougue ?

C'était au tour de la bête de rester paralysé. Les larmes vinrent naturellement aux yeux de l'homme qui réalisait le désastre qu'avait été sa vie.

— Pourquoi Satan, le tenancier des enfers, aurait-il gardé le contrôle sur un seul misérable humain ? Car tu n'as eu d'yeux que pour moi depuis ces vingt-cinq dernières années, j'en suis convaincu.

Le silence de son interlocuteur lui suffit.

— Cet enfant pourtant ordinaire aux yeux des autres avait assurément une signification particulière. Il devait forcément posséder une qualité que le génie du mal enviait, admirait, désirait...

Damien se surprit lui-même tellement ses idées étaient soudainement devenues claires. Les flammes qui entouraient le corps disproportionné de son interlocuteur devenaient moins ardentes à mesure que son humeur changeait. Il n'y avait pas que son humeur qui changeait. Son visage devint cramoisi tandis que Damien se sentait soudainement aussi fort qu'une armée. Ses mains lui semblèrent devenir aussi dures que le roc et ses pieds aussi agiles que les pattes d'une gazelle.

— C'est étrange, dit-il. Je commence à ressentir des choses que je n'avais jamais ressenties auparavant. Un changement... Un changement s'opère à l'intérieur de moi comme si j... je développais mes facultés enfouies... Mais je ne t'apprends rien, Satan ?

Sur ce, il claqua des doigts allumant ses avant-bras qui s'embrasèrent comme de la paille enduite de kérosène. Instinctivement, Satan protégea son visage comme s'il avait eu peur d'être blessé par cette magie ou par ces mots qu'il prononçait.

Aussi soudainement qu'il était apparu, le feu s'éteignit. Le jeune homme baissa la tête, déshonoré.

— C... C'est normal qu'un fils hérite des mêmes traits que son père, n'est-ce pas ? dit-il avant de fermer les yeux.

La réaction de Satan était sans équivoque.

Damien s'accouda sur la glace humide derrière lui avant de poursuivre.

— Tu m'as conçu pour faire de moi un outil. Seulement, quelque chose t'a empêché de me manipuler directement : peut-être la peur, mais je ne pense pas. Incapable de m'atteindre personnellement, tu as dû te rabattre sur autre chose pour faire mon « éducation »...

Damien serrait son poing puis son être entier s'était mis à trembler. Une colère immense courrait à travers son corps et faisait pomper son cœur. Il pensait à tous ces gens qu'il avait fait souffrir alors qu'ils n'essayaient que de les aider. Il se sentit soudainement idiot d'avoir pensé protéger sa famille en se sauvant ainsi. Il se sentit idiot de n'avoir jamais pris le temps de mieux connaître sa fille, prendre plus de temps pour sa femme aussi. Il se sentait floué comme si sa vie n'avait été qu'une location et que celle-ci arrivait à son terme.

— Peur ? s'étonna la créature millénaire. Satan avoir peur ? Ça ne va pas, non...

Satan n'en rajouta pas davantage. De toute façon, Damien n'était plus à l'écoute.

— J... Je n'étais qu'un outil, se répéta-t-il pour lui-même. Tout ce temps, tous ces gens qui ont souffert pour moi...

— Eh oui, mon petit gars, c'est la vie ! se moqua-t-il. Ce n'est pas toujours les bons qui gagnent !

— Je ne crois pas, avait-il dit avec assurance.

La pointe de ses doigts frôlait la glace froide de la vitrine sur laquelle il était acculé. Le bout des doigts ainsi engourdis, il forma un poing.

— Dis-moi : si je ne suis réellement qu'un outil pour toi alors comment feras-tu pour utiliser un outil... brisé ?

Damien n'eut qu'à fracasser la vitre derrière lui de son poing pour que le mur de verre vole en éclats. Les instants qui suivirent parurent se dérouler au ralenti. Les éclats de verre tranchaient son front et ses jambes, mais comme cela lui était arrivé auparavant, il ne ressentait pas la douleur. Il embrassait pleinement la libération qui l'attendait en bas. Ainsi dépouillé d'espoir, il ne pensait plus à rien, les cheveux emportés par le vent.

Pour la première fois, il se sentait vivre, il se sentait libre de toute attache.

La mort comme délivrance...

Son corps brûlant de mille feux telle une comète à la fin de sa vie vint se briser sur le béton du trottoir semant la panique autour d'elle. Bientôt, des dizaines de passants curieux accourraient en sa direction formant un cercle autour du corps encore chaud qui gisait à leurs pieds, sans vie.

Sur le trottoir et dans les boutiques, on parlait déjà du suicide du malheureux. Certains blâmaient déjà la société tandis que d'autres condamnaient à outrance ce geste lâche.

Tout le monde avait une opinion et bien que tous eussent jeté un œil à la dépouille, personne n'avait remarqué l'absence apparente de lacérations ou de fractures. Pas même une goutte de sang...

Chapitre Dix-huitième
L'impuissance de Damien

Tu es diabolique…

Damien, L'avènement

On aurait dit des hyènes autour d'une carcasse. Chacun, tous gris, voulait se tailler une place et, de surcroît, chacun pressait sur les premiers de ligne afin d'avoir le meilleur siège.

Un homme déconcerté par cette soif de sensationnalisme avait eu la bonne idée d'appeler une ambulance à l'aide de son téléphone cellulaire. Le bon samaritain se tenait à l'écart de la foule afin de mieux entendre. La foule était bruyante.

Il s'efforçait de comprendre ce qu'on lui disait à l'autre bout de la ligne lorsqu'un vent violent vint soulever son chapeau et emporta son appareil au passage.

Sa barbe jaunie par la cigarette frisait sous son menton tandis que ses cheveux, du moins ce qu'il en restait, tourbillonnaient sur sa tête. Son imperméable beige était également possédé par cette bourrasque soudaine.

Le vent était devenu à ce point inconfortable que les observateurs courraient se mettre à l'abri à l'intérieur des bâtiments avoisinants ou dans des aubettes.

Les filles retenaient leurs jupes qui cherchaient à s'enlever de sur leurs petits corps frêles sous les yeux de ces messieurs qui n'en espéraient pas moins.

Après le vent vint la tempête. Le ciel s'était assombri aussi rapidement que tombaient les nuits d'hiver. La Terre grondait, menaçante. À ce stade-ci, la folie s'empara d'une poignée de gens plus fragile qui croyait assister à la fin des temps. Bientôt, on vit voler des journaux et puis de petits objets comme des sacs à main et des chapeaux de toute sorte. L'air qui se faisait plutôt rare en vint à avoir un goût de soufre.

Plusieurs citoyens, incapables de trouver leur souffle, s'effondrèrent sur le sol tandis que d'autres, n'ayant pu se mettre à l'abri à temps, étaient maintenant emportés par l'ouragan. Leurs corps virevoltaient au gré des rafales pour ensuite finir leur course folle contre les murs des bâtiments voisins, les lampadaires et structures de toute sorte se trouvant sur leur passage.

Des cris, des larmes après quoi le calme revint. Les voitures emportées par le vent retombèrent net sur le sol, dans les rues et à travers les structures environnantes.

On pouvait entendre les râles des quelques survivants blessés. Ces chanceux qui survécurent à cette triste journée purent apercevoir au loin, descendre du ciel sur la Terre, une sombre créature aux traits tristement célèbres. Il avait les bras croisés et un air satisfait tel un héros revenant vainqueur de la guerre. Ceci dit, un héros il n'en était pas un.

Plus rien ne se trouvait sous lui à des mètres à la ronde à part l'asphalte brisé et autres débris de toute sorte. En fait, seul le corps du jeune homme qui avait attiré la foule auparavant n'avait pas été soumis à sa loi. Il était resté bêtement encastré dans le béton froid.

Le démon posa le pied au sol et exigea de lui qu'il se relève.

— Lève-toi, Damien, je sais que tu n'es pas mort.

Effectivement, son corps tentait de se soulever. Bientôt, ses coudes se libérèrent de l'emprise de leur prison de béton. Après avoir extirpé son visage, il prit sa première bouffée d'air depuis sa chute.

— Bien sûr, constata-t-il en toussotant un grand coup. Je ne peux pas mourir aussi aisément.

— Quel con tu fais, tu es beaucoup plus résistant que ça, lui répondit-on sans fausse modestie. Tu es le fils d'un dieu !

— Le fils d'un dieu qui est à bout de force !

Damien faisait référence au souper de la veille lors duquel Satan lui avait révélé que ses forces n'étaient plus ce qu'elles étaient après de longues années de guerre entre Dieu et lui. Damien se sentait mille fois plus fort que Satan.

— Je sais ce que tu penses, lui dit-il. Je le lis sur ton visage, tu te demandes : « La puissance de Satan, ce n'était donc que ça ? » Il n'y a qu'à voir ton visage pour comprendre que tu ne respectes toujours pas ma force. Et pourquoi la respecterais-tu d'ailleurs, tu es une version de moi beaucoup plus jeune, beaucoup plus vigoureuse.

Damien était étonné par le sang-froid dont faisait montre le démon.

— Il y a évidemment plus à ta force que je veux bien te le dire, mais il n'y a qu'une seule chose qui doit t'agacer plus que tout : comment puis-je être si calme devant toi alors que je te sais plus fort que moi alors, te demandes-tu ?

Le garçon toujours recouvert d'une épaisse couche de poussière de béton se secoua afin de s'en découvrir.

— Je peux lire dans tes pensées, ne l'oublie pas, mais je l'ai deviné cette fois c'est tout. Après tout, je te connais comme si je t'avais créé…

Encore une moquerie cependant, Damien n'entendait plus à rire. Le souvenir amer de ses amis et de sa famille faisait bouillir son sang.

En une fraction de seconde, Damien croisa ses mains devant sa poitrine donnant une forme à ses doigts. Il agissait inconsciemment. L'énergie de l'air et de la terre autour vint se joindre à lui. Durant la même seconde, Damien libéra cette énergie sous la forme d'une lance de feu et d'arcs électriques qu'il tint entre ses doigts.

— Si tu peux lire dans mes pensées alors tu auras lu ceci, démon ! avait-il crié en s'élançant en direction de son adversaire avec une vitesse inhumaine.

Puis en un éclair, il se trouva à la hauteur de son imposant adversaire et lui coupa les cornes avec son arme des ténèbres. Du revers de l'arme, il revint en direction de son adversaire.

Satan qui réalisa trop tard ce qui s'était produit tenta de se protéger seulement l'arme vint s'abattre sur son bras le coupant net.

Il râlait de colère devant cet affront. Damien, qui était possédé, ne démordait pas. Puis dans un élan, un dernier, il brandit son arme au-dessus de sa tête. Satan n'avait pas dit son dernier mot. Il répliqua de dizaines de salves explosives. Damien bondit d'un pas vers l'arrière afin de ne pas être pris par le contre-feu. Dans un grand cri, il décocha la lance bourrée d'énergie maléfique qui fondit sur sa cible qu'elle atteint de plein fouet.

Un jet de flammes et d'éclairs tourbillonnait dans tous les sens et s'éleva aussi haut que trois étages. Les vitres des bâtiments qui n'avaient pas éclatés se brisèrent à cet instant. Les derniers râles du démon résonnaient contre les murs de briques des alentours alors qu'une épaisse fumée enveloppait la scène du crime.

Damien lui-même fut surpris de la vitesse à laquelle il avait terrassé ce démon que Dieu lui-même n'avait pas réussi à stopper. Il sentait, en ce moment plus que jamais, ses capacités enfouies prendre leurs justes places en lui, il se transformait...

La fumée s'était lentement dissipée. Les rues de Villemont, du moins le nord de la ville, n'étaient animées que par le souffle haletant du triomphant jeune homme.

— Tu sens la puissance…? C'est grisant le sentiment d'être plus fort qu'autrui, ne trouves-tu pas?

C'était lui! Damien se retourna et aperçut Satan qui se tenait en équilibre sur le haut d'un lampadaire qui n'avait pas été déraciné. Sa cape était lacérée par endroits, mais c'était tout. Satan ne portait plus les marques de l'escarmouche. Le bras qui lui avait été arraché avait repoussé sous les yeux horrifiés du jeune homme.

— J… Je… J'ai pourtant cru que… Je veux dire… Tu n'es pas mort? hésita-t-il.

— C'est très drôle, petit : Satan, mort? Ha! Ha! Ha! Tu ignores tant de choses. C'est ce qui te rend si a-do-ra-ble… Dans le sens répugnant du terme, bien entendu.

Ce qu'il était pompeux le prince des ténèbres!

— Satan tué par son propre fils, se souvint-il. Cela me rappelle la Rome antique : César, tué par Brutus, son propre fils. Que de merveilleux souvenirs!

— Arrête de me prendre pour un imbécile! l'avisa-t-il aussitôt. Comment est-ce possible? Tu aurais pourtant dû être réduit en cendres! Ne dis-tu pas toi-même que je possède la force de la jeunesse, une force encore plus grande que la tienne?

— Comment, en effet?

C'était comme s'il lui plaisait de faire son éducation. Damien grinçait des dents à l'idée d'assister à un nouveau cours...

— D'accord, petit, je cesse de jouer. J'irai droit au but. La raison pour laquelle tu n'as pu m'atteindre et que tu ne réussiras jamais à me terrasser est fort simple. Je compare ta situation à un sportif professionnel. Prenons l'exemple d'un joueur de football puisque tu aimes bien ce sport... Mais avant d'amorcer la comparaison, il est impératif que tu saches qu'il existe trois types de gens dans ce monde : il y a d'abord ceux qui ont du talent, ceux qui le développent et finalement ceux qui ne possèdent tout simplement pas de talent. Je ne te parlerai pas de cette dernière catégorie, car elle concerne la majorité de la race humaine et est plutôt ennuyante...

— Nous, nous sommes des dieux, Damien ! enchaîna-t-il héroïquement. Nous sommes de la race qui possède un « talent » ; le « pouvoir » dans notre cas, si tu préfères. Ce qui nous différencie grandement c'est ce que nous avons fait et continuons à faire avec ce « pouvoir ».

Les pattes archées de Satan quittèrent la tête du lampadaire. Ce dernier se mit à glisser dans l'air jusqu'à ce qu'il vienne se poser délicatement sur le sol.

— Revenons donc à notre comparaison, poursuivit-il maintenant plus à l'aise. Prenons l'exemple du « Magnifico grandé » Massimo di Barreda du Manchester United de la Premier League anglaise.

— M... Massimo, le plus grand pointeur de tous les temps ?

— C'est sans considérer les joutes du temps des trolls, mais j'imagine que considérant votre étroit savoir de l'histoire du football, il peut être considéré comme un joueur moins ordinaire que les autres. Massimo possède un talent pour le football comme je possède un talent pour la destruction. Seulement, son talent est devenu plus grand à force de travailler son jeu et à force de s'entraîner avec vigueur. Il est donc de la deuxième catégorie. Il est de ceux qui « possèdent » un talent et qui le travaillent. Je te demande, dit-il en s'adressant au jeune homme, qu'en aurait-il été s'il n'avait pas travaillé son talent et ainsi dire progresser son jeu ? Si ses parents l'en avaient empêché, par exemple ? Ou encore mieux, s'il n'avait jamais eu vent de son existence ?

Les yeux du garçon durent s'écarquiller de terreur puisque son professeur déclara :

— Je vois que tu comprends maintenant... La réponse à cette question est simple ; son talent n'en serrait pas réellement un ! Il aurait été plus doué que ces amis qui jouaient dans les rues, mais il n'aurait jamais égalé le talent d'un athlète qui se serait donné à fond. La réalité est qu'il ne suffit pas de faire partie de la première catégorie ; il faut avoir du talent et le travailler...

Satan jouait encore avec lui, il n'avait jamais eu de chance. Il avait vécu des milliards d'années et bien qu'affaibli, le résiduel de sa force était amplement suffisant face à un néophyte comme lui.

— Tu es diabolique… fini-t-il par dire vaincu.

— Flatteur, va! N'empêche que ces dernières années auront été fort distrayantes. Lui m'en félicitera!

Damien déglutit sa salive. Il le terrifiait encore plus que la veille. Le démon était prêt à cueillir son dû, seulement le condamné avait une dernière chose à ajouter avant d'abandonner.

— Je regrette…, dit-il amer.

— Il est inutile de penser au suicide ni même à implorer ma pitié maintenant. C'est ton enveloppe que je veux et rien d'autre.

— Non, ce n'est pas ça, reprit-il. Je regrette de devoir retarder tes projets de nouveau parce que, vois-tu, je ne peux vraiment pas baisser les bras. Il y a trop de personnes qui dépendent de moi maintenant.

Il sentait son corps en alerte, ce dernier lui parlait. Il voulait le guider. Il sentit en cet instant même, non pas qu'il serait capable de terrasser le démon, mais qu'il saurait comment se soustraire à son attention.

Il eut la ferme certitude que s'il y mettait toutes ses énergies, il allait être transporté ailleurs où il pourrait l'éviter quelque temps encore. Le temps de devenir plus fort peut-être ou bien de trouver le moyen de disparaître complètement. Il y mit toute sa concentration et devant les yeux ahuris du prince des ténèbres, il disparut complètement.

— Sales humains…

Chapitre Dix-neuvième
L'ANGE GARDIEN

*Si je t'ai légué l'holimage, c'est que j'ai senti que ma fin
était proche. Il est certain que j'ai failli à ma mission…*

Castori, L'avènement

Un éclair bleu déchira l'espace et le temps à l'intérieur
d'une grande pièce sombre. Un homme aux cheveux sales
sortit de ce passage magique. Épuisé, il s'effondra contre les
planches du sol poussiéreux qui grinça sous son poids.

Péniblement, il se releva.

— Et puis quoi maintenant ? se dit-il pour lui-même. Je ne
peux pas retourner au lac Miroir, il s'y attendra à coup sûr.
Si je reste ici, il me trouvera et si je ne fais rien du tout…

Il avait mal à la tête comme jamais notamment parce
qu'il s'était heurté le crâne en chutant. C'est pourquoi il
rechercha un endroit où déposer sa carcasse dans l'obscurité puis localisa une chaise de bois accotée à un pupitre
non loin. Il s'y reposa le dos et regarda les alentours tout en
faisant bien attention de ne pas déplacer sa tête trop rapidement. La pièce était béante et sans divisions.

— Q… Quel est cet endroit ? se demanda-t-il.

De nombreuses affiches avaient été laissées un peu partout sur le sol et sur les murs probablement par les derniers

occupants des lieux. De toute évidence, l'édifice n'avait pas été occupé depuis bon nombre d'années. La date du 27 septembre 1959 était encerclée sur le calendrier au-dessus du pupitre et depuis, de la crasse le recouvrait, comme tout le mobilier d'ailleurs.

Les larges planches de bois levaient à plusieurs endroits lorsqu'elles n'étaient pas carrément absentes. Une couche de poussière aussi épaisse que la première neige de décembre y était accumulée. Dans la partie la plus éloignée de la pièce, on apercevait un escalier de métal qui avait été tordu probablement le résultat d'un incendie puisque les plafonds et les murs environnants étaient noircis.

Les fenêtres avaient été placardées. Seul un mince filet de lumière perçait l'obscurité dévoilant des slogans sur les murs de ciment nus.

« Béridor + Progrès = Mort ». Cette équation avait été peinte à la peinture en aérosol sur le mur à sa gauche. Tandis qu'était gravé sur le pupitre : « Laissez-nous nos terres ou donnez-nous la mort ! Béridor est un lâche. »

— Béridor...

Damien se souvenait de la légende de l'édifice Béridor. Ce dernier avait été rendu tristement célèbre par ses derniers occupants.

En effet, l'immeuble avait été assiégé par une bande de défenseurs des droits de l'homme lors d'un sommet mondial portant sur l'industrialisation. Ces gens qui déploraient la perte de leurs terres ancestrales au profit de la mondialisation avaient pris d'assaut l'immeuble qui abritait les appartements privés de Béridor Gaskill, le plus puissant des usurpateurs de pouvoir.

Bien qu'on les sache désarmés, les autorités avaient hésité à recourir à la force puisque des femmes et des enfants étaient également tenus captifs par les manifestants.

Pour sa part, Béridor Gaskill, qui s'accordait déjà tous les pouvoirs, avait engagé des mercenaires pour effectuer le « ménage » de son entrepôt où s'étaient réfugiés les rebelles. Du moins, c'était ce qui se disait en ville. Si c'était le cas, il avait pris soin d'agir par intermédiaire afin de ne pas se salir les mains, disaient ceux qui prétendaient en savoir plus sur la sale affaire.

Seulement, le plan de Béridor ne s'était pas déroulé comme prévu. Les rebelles étaient bien informés. On disait qu'ils avaient reçu de l'information de l'intérieur. Quoi qu'il en soit, les rebelles avaient eu le loisir d'élaborer un plan de défense et l'avaient mis à exécution au moment où le bataillon de mercenaires d'une dizaine d'âmes avait infiltré les escaliers de l'immeuble, inconscient du destin qui les attendait.

De toute évidence, les résistants avaient piégé les escaliers et y avaient mis le feu conduisant tous ces gens vers une mort plutôt lente et horrible.

L'histoire devenait floue à partir de ce moment. Lorsque les pompiers furent dépêchés sur les lieux, ils ne trouvèrent que les corps du commando, aucune trace des rebelles.

Depuis, l'immeuble déclenchait la crainte populaire. Des histoires de fantômes et d'esprits abondaient si bien que les citoyens, par la voix des médias, avaient supplié que l'immeuble soit abandonné, par crainte d'attiser la foudre de ces prétendus occupants disparus mystérieusement.

Et il en fut ainsi depuis cette date. À bien y penser, c'était à la même époque où le lac Miroir fut fondé.

Par le plus grand des malheurs, l'immeuble abandonné était à deux coins de rue de la cathédrale. À vrai dire, s'il avait pu regarder par la fenêtre, il aurait aperçu les dégâts et le chaos qu'avait créé son géniteur dans les rues de Villemont.

Il avait pourtant souhaité se trouver dans une autre ville, un autre pays ou, peut-être même une autre planète, mais il était atterri à peine plus loin que son lieu d'asile de la veille.

— Que dois-je faire ? se demanda-t-il en se balança frénétiquement sur sa chaise. D...Dieu, si vous existez vraiment alors envoyez- moi un signe. N'importe quoi !

C'était la première fois qu'il implorait son nom ouvertement. Aussitôt, eut-il complété sa demande qu'une auréole de lumière vint déchireré la brique du mur donnant sur la rue. Damien lui tournait le dos.

— Ah, tu es là ! lui dit une voix assourdie, voire étranglée en provenance de cet étrange cercle de lumière.

— Et puis quoi encore ? se demanda Damien à voix haute.

De toute évidence, il ne voyait pas qui ou quoi lui parlait.

— Tu es beaucoup plus grand que dans mes souvenirs. C'est bien toi, Damien ?

Cette voix persistait, pourtant il ne voyait toujours personne.

— O… Oui, je suis Damien. Et vous êtes un des fantômes de l'immeuble Béridor, je suppose ? ironisa-t-il.

C'est alors qu'il décida de faire volte- face, puis fut témoin d'une incroyable vision. Seule la cime d'une tête sans couleurs réussissait à pénétrer à l'intérieur du bâtiment à travers l'auréole de lumière violette. Puis, avec toute la misère du monde, le spectre tenta de passer sa tête jusqu'à la hauteur de son cou, mais sans succès. Il semblait être attaché à quelque chose plus bas.

En grimaçant de son visage monochrome et flou comme une vieille photo, il essayait maintenant de faire traverser un bras de l'autre côté sans succès. Damien poussa un cri d'horreur tandis que l'autre en poussa un de soulagement.

Tout de ces traits, de ce visage, bien que déformé sous le coup de l'effort, semblait familier à Damien. Ces cheveux longs en natte qui retombait jusqu'au sol, ses yeux verts derrière ces lunettes en demi-lune unique, il n'y avait pas de doute…

— Castori ! s'écria le jeune homme.

Ce à quoi le spectre répondit :

— Castori ? Étrange… quoique j'imagine que c'est mon nom maintenant. Je préférerais que tu m'appelles Anthony ou bien Castor, si tu préfères.

Damien avait peine à croire ce dont il était témoin. Malgré l'improbabilité de sa présence, il était réconfortant de parler à une personne qu'il connaissait ou pensait connaître à tout le moins. Il s'approcha du fantôme comme pour s'assurer qu'il ne rêvait pas, mais lorsqu'à portée de la main, les particules de son visage lui glissèrent entre les doigts comme s'il était composé de sable, intouchable…

— Tu es vraiment un fantôme alors ? constata-t-il finalement. Cela voudrait donc dire que tu es… mort ?

— Oui, je suppose que je suis mort…

— À bien y penser, je ne vous ai pas croisé à la douane hier, c'est Satan qui… ?

— Hiiiiiiiiiii !

Aussitôt eut-il prononcé ce nom que Castori, du moins son fantôme, disparut en poussant un cri d'effroi, laissant le jeune homme de nouveau seul. Damien se sentit idiot, il venait d'effrayer son seul compagnon. Tout à coup, il vit le bout de son nez poindre à travers le placardage de la fenêtre. Puis lorsque rassuré, il se matérialisa de nouveau devant lui. En entier cette fois-ci.

— La prochaine fois que tu me fais peur de la sorte, je ne reviendrai pas, petit, déclara-t-il. Il y a des noms qu'il vaut mieux taire tant ils sont affreux.

Damien s'excusa sans savoir réellement pourquoi. Seulement, il réalisa.

— Vous ne parlez pas italien ?

— Non et toi ?

— Alors vous ne pouvez pas être Castori. Le Castori que je connais n'est pas comme vous. Il a ses manières et ses tics. Il est fou, le vieux...

— Fou, moi ? Quoique peu flatteur, je veux bien croire que tu as pu le penser. Cela veut donc dire que mon stratagème a fonctionné à merveille. Laisse-moi répondre à ton questionnement en élaborant un peu plus si tu me le permets. Toujours agacé par le fait qu'il ne pouvait que poindre la façade de son visage, il expliqua :

— Il y a des années de cela, Lilianne, Marcus et moi étions les plus grands amis qu'il te sera donné de rencontrer. Lilianne avait toujours été pour nous, Lacmirois, un soleil éblouissant qui égayait nos cœurs et qui devait continuer à le faire aussi longtemps que sa vie allait durer. Et je te parle d'elle à une époque où les gens la connaissaient toujours sous son vrai jour, renchérit-il sans l'ombre d'un doute. Je te parle de celle qui avait marié Marcus, ce grand gaillard avec qui j'ai fait les quatre cents coups. Lui, il était beau, les cheveux foncés, toujours en bataille et musclé par-dessus tout. Comme j'aurais aimé lui ressembler ! Peut-être que là, j'aurais eu une chance de conquérir le cœur de la belle Lilianne.

Il se ravisa.

— Quoique aurais-je été le plus bel homme de la Terre que cette chance, je ne l'aurais jamais eu, car, vois-tu, le destin avait fait en sorte que leurs deux âmes se soient rencontrées. Ils étaient promis à une longue vie heureuse seulement c'est après le meilleur que survint le pire...

— V... Vous parlez de mon père et de ma mère comme si...

— Je te l'ai dit déjà, nous étions les meilleurs amis du monde. Je les ai toujours suivis dans leurs aventures et il est de circonstance que j'ai été là, la journée où Sat... le jour où « il » tua Marcus, ton père, sans qu'il puisse te voir naître et te dire à quel point il t'avait désiré...

— C'est faux ! s'insurgea-t-il. Cet homme que vous appelez mon père était un lâche !

— Marcus ? Jamais on ne l'aurait mépris pour un lâche, mon garçon !

— Ah oui ? Alors si vous étiez les meilleurs amis du monde alors pourquoi l'avez-vous laissé se faire tuer ?

— C'est plus compliqué que ça, Damien : il existe un être terrifiant et...

— Et vous avez manqué de courage ! compléta-t-il à la barbe du spectre. Je me trompe donc ; c'est vous le lâche...

— Damien...

Mais il ne voulait pas être raisonné.

— Ou votre histoire n'a aucun sens ou bien vous êtes plus lâche que je ne pourrais jamais l'imaginer ! Vous me dites que vous avez vu Satan tuer l'homme que ma mère aimait et vous n'avez rien tenté pour l'en empêcher ?

— C'est que...

— Ensuite, en connaissance de cause, vous l'avez laissé torturer ma mère durant toutes ces années...

— Je ne pouvais pas...

Damien était vraiment en colère. Il avait l'impression que tout le monde avait joué avec lui. Savoir que Castori qu'il estimait presque autant que son voisin lui aurait menti toute sa vie le dégoûtait.

— Qu'importe, Marcus, votre gentil petit copain, n'était pas mon père comme vous le prétendez.

— Pas ton père ? Là, Damien, tu vas trop loin… C'est plus compliqué que ça, je t'en prie, écoute-moi…

— Non ! Vous, écoutez-moi ! Seul un pleutre aurait laissé mourir son meilleur ami et laissé une autre se faire torturer de la sorte. Vous pouvez repartir dans l'au-delà ou je ne sais d'où vous venez, j'en ai assez entendu !

— Mais Damien, tu ne me laisses pas parler ! Certaines des choses que tu me reproches ne se sont seulement pas encore produites du temps où je fus créé.

Cette dernière prétention capta son intérêt.

— J'aimais tes parents plus que personne, tu peux me croire. Si j'en avais eu la force, j'aurais aimé tout prévenir, mais je ne suis pas comme Marcus moi ; je suis faible et timoré… Jamais je n'aurais souhaité qu'il arrive quoi que ce soit à Marcus puisqu'il était mon frère.

— Votre frère ?

Damien n'en savait rien. La nouvelle eut l'effet d'une bombe. C'était comme si toute animosité envers le spectre s'était dissipée aussi subitement qu'elle s'était installée. Constatant qu'il était maintenant disposé à l'écouter, le spectre poursuivit :

— Je ne suis pas réellement Anthony Castor, ni même son fantôme. En fait, je ne suis que son reflet. À voir la taille que tu as et les traits de ton visage, je dirais que cela fait environ vingt ans que j'ai été conçu. Mon créateur m'appelle « un holimage ». D'ailleurs, le fait que je me trouve ici devant toi en ce jour prouve hors de tout doute que mon invention, plutôt son invention fonctionne !

Bien qu'il prétendait n'être que le reflet de son créateur, il parlait pourtant comme s'il était toujours fait de chair et d'os.

— Ha ! Ha ! Ha ! McCallister avait tort : l'enregistrement de la pensée humaine ainsi que de ses états d'âme est une chose bel et bien possible ! Je suis un vrai génie !

Damien ne comprenait plus le discours de Castori ni ne savait qui était ce McCallister dont il parlait. Ce qu'il comprenait cependant, c'était que « le fou » ne portait pas son nom pour rien et plus important encore : qu'il était son oncle.

Sans réellement vouloir le savoir, Anthony l'avait informé que McCallister était l'un de ses professeurs à Ste-Cross, mais interrompit ses explications enthousiastes lorsqu'il réalisa que Damien ne tenait pas nécessairement à connaître son vieux mentor.

— Tu ne comprends pas ? Je suis ma plus grande invention ! L'holimage a la propriété d'enregistrer et de projeter les pensées de son créateur. L'appareil projette ainsi un hologramme de celui qui y enregistre ses données. Elle sert donc essentiellement à emmagasiner le savoir, les pensées, les rêves, les doutes, les craintes ainsi que tout ce qui se trouve de graver dans le disque dur humain de la personne s'en servant. Moi, qui me trouve devant toi sous la forme d'un fantôme, ne suis en quelque sorte qu'une projection holographique intégrale de l'individu que j'étais au moment de l'enregistrement...

C'était donc pour cela qu'il lui paraissait plus jeune, pensa-t-il sans le dire.

— Cependant, bien que je ne sois qu'un clone virtuel, je sais, ressens et pense de la même manière que mon créateur !

— A... Alors, vous êtes vraiment mon oncle ?

Il arrêta de s'agiter dans tous les sens comprenant enfin le silence du jeune homme devant la magnificence de sa création.

— Je ne sais pas, dit-il sans trouver la réponse exacte. Je l'ai déjà été en tout cas ! Comme j'aimerais pouvoir te tenir dans mes bras comme je le faisais autrefois... C'est irréel ce que je ressens, dit-il en tentant de prendre le visage du garçon dans sa main. Tu n'avais que cinq ans il y a deux minutes et pouf, je réapparais face à toi qui as grandi et es devenu un si beau jeune homme !

Damien s'intéressa à une chose en particulier que Castori avait dite.

— V... Vous parliez d'un appareil seulement, votre cabane est à des kilomètres d'ici et vous ne m'avez rien donné...

— Un diamant violet ? L'holimage a l'apparence d'un diamant violet, mon garçon. Je t'en ai assurément fait cadeau puisque l'holimage ne peut être projeté à plus de vingt mètres.

— Un diamant violet ? se demanda-t-il. Étalion, bien sûr !

C'est à ce moment qu'il se souvint avoir effleuré le bouton violet dont il parlait alors qu'il cherchait à allumer la radio.

— Étalion, c'est donc le nom de la voiture garée en bas à laquelle je suis raccordée ? Quel bolide quoiqu'un peu sale, on n'a pas idée de maltraiter un si bel engin... se désola-t-il.

Damien reconnut là la fascination qu'avait Castori pour les voitures. L'idée de lui avouer qu'il s'agissait de sa propre voiture qu'il avait empruntée ne lui vint pas à l'esprit. Après tout, il aurait déliré s'il avait su les choses qu'il lui avait fait subir.

— Les temps durent être difficiles pour toi et Lilianne, reprit Castor plus sérieusement.

De toute évidence, il n'avait pas été mis au courant pour Lilianne.

— Si je t'ai légué l'holimage, c'est que j'ai senti que ma fin était proche. Il est certain que j'ai failli à ma mission, mais l'holimage me donne une dernière chance de l'accomplir au-delà de ma propre vie.

— Alors c'est donc vrai que tu es mort...

À peine venait-il d'apprendre qu'il avait un oncle qu'il le perdait aussitôt.

— Cela n'a pas d'importance puisque j'en ai fait le choix, lança le spectre soudainement investi de sa mission. Depuis le jour où Marcus m'a appris ton existence, j'ai fait le serment que je ne mourrai pour personne d'autre que pour toi. Tous les sacrifices que j'aurai à faire dans les années à venir, je les aurai faits pour que tu puisses, un jour, vivre ta vie librement.

— Tu... tu as toujours été là pour veiller sur moi ?

— Toujours, dit-il. Ce que... Ce que je te dirai, bien que cela me fasse trembler même sous cette forme virtuelle, sera la dernière chose que je pourrai faire pour te venir en aide. Je ne sais pas ce qu'on t'a dit ou bien si seulement j'ai réussi à tenir la promesse que j'ai faite à ta mère... Tes poursuivants sont si puissants...

— Ne te surprends pas aussi que je te sache en une situation critique puisque l'holimage que je suis a été créé par mon alter ego dans la seule optique où j'échouerais et que par c... conséquent, tu te retrouverais seul face au danger...

Anthony savait qu'il devait enchaîner et livrer son message, mais un frisson le parcourrait toujours. La crainte et la peur l'empêchaient d'enchaîner les mots convenablement.

Rassemblant le peu de courage qu'il avait, il dit finalement à son neveu :

— C... Ce que je veux te dire c'est qu'immédiatement après avoir enregistré cet holimage, je ne serai plus jamais le même, car le simple fait de savoir ce que je sais pourrait mettre jusqu'à ton existence en péril et cela je ne pourrais me le permettre. C'est pourquoi je devrai enfouir ce savoir à l'intérieur de mon être et le sceller. Je devrai me montrer devant les autres comme une personne nouvelle, vide et inoffensive...

— Castori, compléta Damien.

— Ce sera mon nom désormais, je crois. Je devrai jusqu'à feindre de ne pas me soucier de toi plus qu'un autre et je devrai agir de sorte à ne pas révéler des éléments de ma connaissance à ces êtres immondes qui auraient tôt fait de me deviner et me faire disparaître. Ta mère aura d'ailleurs sa part du fardeau à porter jusqu'au jour opportun…

Il s'était arrêté lorsqu'il réalisa que le garçon fuyait son regard.

— E… Elle est morte… Ta mère est morte, n'est-ce pas ? demanda-t-il.

L'holimage ferma les yeux comme pour prendre le temps d'accepter la nouvelle sereinement. Puis, lorsqu'il les rouvrit, il lui demanda sans blaguer :

— Es-tu seul ?

Damien ne savait pas trop quoi répondre. De toute évidence, la pièce était vide.

— As-tu des amis, une famille ? demanda-t-il sous un autre angle.

— J… J'ai une femme et une fille, mais j'ai été contraint de les quitter afin de les protéger de « sa » colère. Qu'est-ce que cela a à voir avec…

Le visage de l'holimage qui était déjà pâle devint aussi blanc que neige.

— Cela a tout à voir ! Tu n'aurais jamais dû les quitter. JAMAIS ne devais-tu quitter le village et Lilianne, pourtant, le savait… Ses pouvoirs sont grands, bien plus grands que ceux de la bête.

— Mais que dites-vous là ? s'impatienta le jeune homme fougueux.

— J'ai failli misérablement à ma tâche, affirma-t-il l'air désolé. Il est arrivé, je le sais, je l'ai vu. Il entrera dans ta vie et s'occupera de la contrôler. Il tentera de te transformer, Damien ! Il voudra te mettre à sa main et ensuite, il t'utilisera à ses sombres fins tout comme l'autre l'aurait fait, mais il est bien pire…

Avant même qu'il puisse aller au bout de sa pensée, une troisième voix vint les interrompre en chantonnant diaboliquement.

— Je t'ai trouvé ! cria-t-il à la manière d'un enfant jouant à cache-cache.

Puis une détonation plus puissante que la dynamite envoya les briques et les barricades valser dans tous les sens. Le choc d'une extrême violence entraîna le corps impuissant de Damien dans son tourbillon. Ce dernier vint s'écraser contre une colonne de métal qui plia sous son poids.

Satan, l'air de rien, lévitait devant l'étage et ricanait comme il le faisait tout le temps. Cette fois-ci, Damien ne doutait plus que sa dernière heure avait sonné. Il était pourtant sur le point d'apprendre un secret, le plus important de tous, pensait-il, mais ce dernier n'allait pas lui être transmis à temps pour sauver sa vie, encore moins celles de ses proches.

Il tourna la tête vers la gauche où s'était tenu le fantôme. L'holimage de son oncle avait disparu, probablement effrayé par le démon. Du moins, c'est ce que Damien crut jusqu'à ce que son bougre d'oncle réapparaisse à mi-chemin entre le démon et lui. Il ne tremblait plus.

— Tu es S... Satan, n'est-ce pas ? demanda l'holimage avec une brève hésitation. Tu as eu tort de faire tout le mal que tu as fait à notre famille. Damien est bien plus puissant que tu ne puisses l'imaginer. Son rôle est beaucoup plus déterminant que vous ne le saurez jamais !

— Qui es-tu pour me parler sur ce ton ?

— Mon frère Marcus, jadis, ne t'a-t-il pas dit que tu n'aurais JAMAIS ce que tu étais venu chercher cette nuit où tu lui volas sa vie ? Cette même nuit où tu ensorcelas Lilianne ?

— Et comment saurais-tu une telle chose ? s'interrogea-t-il intéressé.

Damien observait discrètement la scène entre ces deux êtres hors de ce monde. Satan ne connaissait donc pas son oncle ?

— Damien, mon garçon, « il » est un être horrible, certes, mais il demeure vaniteux et infiniment prévisible. Je suis certain qu'il n'est pas la personne à avoir mis fin à mes jours, ni même à ceux de Lili...

Satan qui avait été mis à l'écart de cette conversation contesta :

— Je suis tout-puissant ! Comment oses-tu détourner la conversation de la sorte ?

Anthony l'ignora de plus belle et ajouta :

— Il existe un autre personnage, beaucoup plus immonde, beaucoup plus sournois et beaucoup plus calculateur. Celui-ci, dont tu dois ou plutôt aurais dû te méfier, je ne l'ai rencontré qu'une seule fois, pourtant je frémis à la pensée de ce que j'aurai à subir au courant des prochaines années… Il est rusé, il est venu d'ailleurs afin de saisir sa chance. Il vient pour s'enquérir de la création de S… Satan à sa place !

Castori en savait plus sur ses plans que le prince des ténèbres ne l'aurait imaginé.

— Tu n'es pas n'importe qui toi… déclara le démon qui s'était résigné à ne plus être le centre d'attraction.

L'holimage eut un rictus.

— J'en connais encore plus que toi, sale bête ! annonça-t-il sans frémir cette fois.

— Celui qui est venu de loin pour s'enquérir de toi, qui t'utilisera et qui mit fin à mes jours, j'en suis sûr, c'est son alter ego : Dieu !

Chapitre Vingtième
La confession

Vous avez le même désir d'asservir la race, mais vous ne prenez simplement que des chemins différents pour arriver à votre fin !

Damien, L'avènement

Il fendait l'air à une vitesse folle tel un rayon de lumière écartant les arbres autour de lui comme s'ils étaient des coquerelles. Il devait absolument arriver au lac Miroir avant qu'il ne soit trop tard. Il revoyait ses derniers instants à l'intérieur du vieil édifice Béridor.

Il ne devait plus être à Villemont, il aurait déjà dû être en route puisque tout était devenu clair dans sa tête lorsque l'holimage de son oncle avait prononcé le nom de Dieu. Cependant, Satan se dressait devant lui et son objectif. De plus, il l'avait déjà démontré ; il n'était pas de taille contre son père.

C'est Castori qui lui offrit sa chance lorsqu'il lui dit :

— Fuis, Damien !

— Je veux bien, mais comment ?

— Suis la lumière violette, va rejoindre Étalion ! Il n'y a pas une minute à perdre.

Ç'aurait été son souhait le plus cher seulement il oubliait Satan. Il allait remuer les lèvres lorsque l'holimage de son oncle s'illumina de plus belle.

— J'ai plus d'un tour dans mon sac, Damien ! Suis la lumière, je t'en conjure, va rejoindre ta famille. Il est grand temps qu'Anthony Castor se montre à la hauteur de son frère !

Il ne savait pas ce qu'il avait derrière la tête, mais il allait sacrifier la dernière parcelle de son humanité, il en était certain. La lumière était devenue aveuglante. Damien dut s'en protéger les yeux. Ce faisant, il détourna le regard et remarqua ce qui empêchait l'holimage de son oncle de pénétrer complètement à l'intérieur du bâtiment. Il était au bout de sa « corde de lumière », pour ainsi dire.

Alors que Satan râlait, aveuglé par la lumière, Damien s'élança à la rencontre de cette traînée de lumière se jetant dans le vide, là où Satan avait pratiqué une ouverture.

Il glissait sur cette glissade auréolée. Il sentait la chaleur de son oncle qui offrait de lui sauver la vie une dernière fois. Il aurait voulu le remercier, mais il ne l'avait pas laissé faire. Il lui avait offert un clin d'œil en guise d'adieu.

Il glissa entre les bâtiments et à travers la rue de cette manière jusqu'à ce qu'il atterrisse au volant de sa voiture. L'endroit où se trouvait le diamant violet étincela une dernière fois puis plus brillant que jamais il se brisa. Anthony Castor n'était plus.

Sans hésiter un instant de plus, il mit la clé dans le contact puis fila à toute allure dans les rues devenues désertes de la ville.

Contournant les carcasses de voitures abandonnées, les ruines ainsi que les débris de toute sorte qui jonchaient sa route, Damien réussit tant bien que mal à fuir la ville qu'il avait lui-même mise à feu et à sang sans le vouloir. Il ne savait pas encore comment, mais il avait juré de faire tout en son pouvoir pour réparer les torts dont il était en partie responsable.

Le jeune homme filait à une allure si vive qu'il crut avoir semé le démon, mais c'était sans tenir compte de son acharnement démesuré.

Les cieux s'étaient assombris autour de lui puis les nuages étaient descendus du ciel jusqu'à venir le tenailler. Alors que l'orage se préparait et que le sol grondait, la végétation entière était frappée par la foudre et certains arbres tombaient devant lui, lui bloquant la route.

Utilisant les capacités motrices de son véhicule hors-norme, Damien avait réussi sans trop de difficultés à éviter ces nouveaux obstacles et avait bifurqué à travers le chemin des Braves en direction du village. Il n'avait pas revu son poursuivant, mais l'entendait ricaner à gorge déployée.

Puis, après la foudre, ce fut la tempête qui s'était déchaînée, déversant des litres d'eau glacée contre la voiture, sur la route et dans les tranchées l'entourant créant une mince couche de verglas. Bientôt, la roche, la glace et le sel bordant le chemin avaient été submergés par la pluie qui n'avait eu de cesse de tomber.

Satan s'en félicitait ; Damien allait être submergé, lui aussi.

Il arrivait à la cabane de son oncle. Il allait réussir, il allait réussir à lui échapper encore une fois, se disait-il en caressant le volant en cuir de son quatre-quatre. La route montait abruptement après le pont et il aurait été impossible de le submerger une fois de l'autre côté.

Étalion rugissait de plaisir. La bête aimait être ainsi maltraitée par son usager qui avait le pied au plancher. Anthony Castor aurait été fier de la voir ainsi contentée, s'était-il dit en pensant à son oncle.

Cependant, lorsqu'il arriva aux abords de la rivière du Lac Castor, le pont était relevé. Qui avait bien pu le lever ainsi ? se demanda-t-il. Considérant la vitesse à laquelle il fuyait, il ne put arrêter à temps. Les roues d'Étalion tournèrent dans le vide alors que l'inévitable l'attendait plus bas. L'impact du véhicule utilitaire sport contre la glace de la rivière suffit à briser la glace. Le véhicule allait inévitablement sombrer dans les eaux glacées de la petite rivière du nord.

In extremis, Damien s'était extirpé de l'habitacle dans lequel l'eau glaciale commençait déjà à pénétrer puis, d'un bond prodigieux, il échappa à la gravité pour finalement atterrir de l'autre côté de la rive, le sauvant d'une noyade assurée. Bien que le prodigieux bond le surprit, il ne voyait maintenant plus comment il allait pouvoir fuir à pied.

Il jeta un œil en arrière et l'aperçut : Satan flottait dans les airs à la verticale, les bras toujours croisés tandis qu'il ne laissait que ravage derrière lui.

Il avait hérité des pouvoirs de son père, s'était-il dit. C'est pourquoi il tourna le dos au démon et déclara pour lui-même :

— Fayton, celle-là est pour toi !

Damien prit de grandes enjambées, celles-ci s'allongeant à chaque coup. Bientôt, il quitta le sol une seconde, puis trois pour finalement s'élever vers les cieux. Il volait !

Qui plus est, sa vitesse de croisière était phénoménale à un point tel qu'il se demandait si Satan pouvait seulement le rattraper. Il avait l'impression que ses pouvoirs avaient progressé astronomiquement. Son corps s'habituait à cette magie. Après tout, il avait toujours su qu'elle était en lui.

Il avait effectué le trajet avec un tel acharnement, qu'il fut au seuil de sa porte avant même la tempête. Il avait réfléchi à tout ce qu'Anthony Castor lui avait révélé et était dévasté à l'idée d'avoir compris la vérité. Satan était loin derrière, Dieu, de l'autre côté de cette porte.

— Comment avez-vous pu ? cria-t-il en enfonçant la porte.

Aucune réponse. Pourtant, le feu crépitait tranquillement dans l'autre pièce, signe qu'il y avait quelqu'un dans la maison. Il traversa le hall d'entrée jusqu'à ce qu'il se trouve dans le salon où son fauteuil de cuir capitonné lui tournait le dos.

— Je répète, l'avisa-t-il les dents serrées. Comment avez-vous pu faire une chose pareille à ma mère, à mon oncle... à moi ? J'avais pourtant confiance en vous !

Le fauteuil continuait à se balancer doucement. De la fumée de tabac s'élevait dans les airs.

— RÉPONDEZ-MOI !

— Un instant, mon garçon, répondit-on derrière le trône de cuir. J'ai terminé mon article de toute façon...

Le fauteuil se mit à pivoter lentement sur lui-même découvrant un homme aux cheveux clairsemés d'un blanc immaculé. Une pipe était accrochée à sa bouche comme toujours, son regard d'un bleu azur. C'était son voisin, M. André. La pipe entre les doigts, la tête toujours penchée sur son journal, il s'adressa à Damien ainsi :

— Quatre millions de morts Damien... La société des morts a encore frappé cet après-midi, mais je suis convaincu que tu n'as pas eu le temps d'ouvrir la radio ni même de te mettre au courant, n'est-ce pas ?

Effectivement, il n'avait pas eu une seconde à lui depuis son réveil.

— Le bilan s'alourdit toujours, poursuivit-il, et personne n'est en mesure ni même équipé pour faire face à la menace qui guette l'humanité. Pas même un dieu...

L'homme replia les pages du journal puis le déposa sur la table. Retirant les lunettes qu'il portait pour la lecture, il regarda en direction de Damien et lui demanda :

— Si je te disais que tu possédais le pouvoir de faire cesser ce massacre, prendrais-tu les moyens nécessaires pour y arriver ?

Damien dont le sang bouillait toujours dans ses veines s'était attendu à une confrontation plus musclée, plus physique. Il ne savait trop quoi répondre à son interlocuteur qui lui parlait sur le même ton qu'il l'avait toujours fait :

— C'est bien ce que je pensais, reprit le vieil homme. Je t'ai couvé durant toutes ses années partageant mon savoir et ma sagesse, mais tu n'as toujours rien compris... Tu n'en fais toujours qu'à ta tête, tu ne penses qu'à ta petite personne !

— V... Vous avez tort, bredouilla-t-il sans trop d'assurance.

— Ne vois-tu pas que mon peuple souffre ?

Il avait emprunté un autre ton qu'il ne lui connaissait pas, plus autoritaire celui-ci. Ce même ton qu'il employait généralement pour le réprimander ou lui faire la morale.

— Votre peuple, M. André ? Vous parlez comme si vous étiez en contrôle. Les terriens se libèrent de la religion. Ils se libèrent de leurs attaches, ne le voyez-vous pas ? Vous échouez !

— Appelle-moi Dieu, Damien. Il n'y a plus de raison d'employer d'autres noms maintenant que tu sais... Tes paroles me déchirent et me bouleversent, car bien que tu le dises, personne n'est réellement libre... surtout pas toi ! Tu es venu au monde sur cette Terre, engendré par mon ennemi juré dans le seul dessein qu'un jour ce corps plus jeune puisse asservir la Terre que je suis, depuis la nuit des temps, seul à protéger. Tu as de lourds boulets ancrés à tes pieds.

— Durant toutes ses années, j'ai cru bon d'alléger ce fardeau, cette souffrance qui meurtrit ton âme, avait-il ajouté plutôt convaincant.

Ses yeux bleus luisaient de sincérité. Dieu tendit la main vers le jeune homme perturbé.

— Je suis Dieu, c'est la vérité ! Ne vois-tu pas que je suis le seul à ne s'être jamais soucié de ton bien-être ?

Cependant, Damien rejeta son amitié.

— C'est faux, répliqua-t-il courageusement. Ma mère s'est toujours battue pour moi, j'en ai la preuve, je l'ai vu en rêve. Elle a fait de son mieux étant donné les circonstances…

— Ta mère ? pesta-t-il d'un ton moqueur. Lilianne ne t'a apporté que misère et souffrance ! Je suis celui qui t'a enlevé à ses griffes. Je t'ai élevé comme mon propre fils. Si seulement tu avais pu comprendre et te soumettre à ma volonté…

— V… Vous êtes un monstre. Vous êtes si haut au-dessus de la mêlée que vous ne réalisez pas ce que vous dites.

Dieu insista.

— Mettrais-tu en doute la bonne foi de Dieu alors que des gens, en ce moment même, se font tuer dans les rues de Villemont, en Amérique et dans le monde entier ? Satan est derrière tout ce carnage et j'ai besoin de ton aide. Si tu te fais réellement du souci pour les autres, alors accepte mon aide. Je suis trop vieux et faible pour agir seul. Ensemble, nous pourrons restaurer l'ordre dans l'Église et dans les religions du monde entier ! Les terriens ont besoin de guidance. Ils ont besoin qu'on leur dise quoi faire. Ne vois-tu pas que c'est pour leur propre bien ?

Dieu avait des pouvoirs à l'égal à son ennemi juré, pensait-il. Il parlait avec l'éloquence des plus grands manipulateurs de ce monde. Malgré tout, Damien ne pouvait plus être corrompu :

— Vous ne comprenez toujours pas, arrêtez de me mentir ! reprit-il avec violence. Vos mensonges ne peuvent plus m'atteindre, car je sais tout ce que j'ai besoin de savoir à votre propos. Tout ce que vous avez établi afin de me contrôler ; l'éducation, l'écrasante guidance, la fausse empathie. Tout cela ne servait en fait qu'à tenter d'affaiblir mon jugement. Cela ne servait qu'à anéantir mon libre arbitre, car il semble évident que Satan n'était pas le seul à craindre mon éveil. Après tout, que serait-il arrivé si vous m'aviez laissé grandir tel que l'aurait souhaité ma mère ? Vous avez permis sa torture dans le but d'apaiser la vileté de votre ennemi juré et vous avez camouflé votre identité sous les traits de ce vieil homme.

— Elle n'acceptait pas ma protection, elle était une pécheresse. J'ai tenté de l'aider, Damien, tu peux me croire et sa démise a bien été involontaire de ma part… Tu étais plus important à mes yeux. J'étais là pour te protéger de ses attaques à lui. C'est moi qui l'ai empêché de t'utiliser.

— Et je devrais vous en remercier ?

Damien était arrogant. Il n'y avait pas de mots pour décrire le profond dégoût que lui inspirait maintenant son voisin.

— Cependant, à votre plus grand malheur, votre ennemi juré était plus rusé. C'est lui qui a déclenché ces tueries à travers le monde, n'est-ce pas ?

— Ce n'est pas aussi simple que ça, mon garçon, Satan n'est qu'un dieu…

Mais le jeune homme ne l'écoutait pas.

— N'empêche qu'il savait que ces actes de barbarie allaient attirer votre attention. Cela a fonctionné à un point tel que vous n'avez plus pensé à me surveiller.

— N'est-ce pas la preuve que je me fais réellement du souci pour mon peuple ? Je ne suis pas le monstre que tu crois, il faut me comprendre.

— Alors, dites-moi qui a tué ma mère ?

Dieu resta bouche bée.

— C'est ce que je croyais, dit-il. Et puis, mon oncle. Qui a tué mon oncle ? Ce pauvre homme qui vous confrontait et qui ne vous montrait que peu de respect. Ce même homme qui rôdait autour de l'église alors que vous me suppliiez de rester.

— C… Comment sais-tu pour Castor ? s'étonna-t-il.

— J'en sais plus que vous ne le pensez. Il y a de cela près de vingt ans, vous avez feint d'être perdu aux abords du village et avez été accueilli dans le village où Satan avait commis cette si grave chose. Ce geste en soi aurait été fort louable s'il avait été altruiste, mais comme cela semble être le cas pour les êtres divins, votre objectif ne l'était pas. Vous me dégoûtez.

Les sourcils touffus qui ornaient délicatement les yeux bleus de Dieu vinrent soudainement assombrir ce visage pourtant si beau. Le masque tombait enfin :

— Mais comment peux-tu en savoir autant ? se demanda-t-il. Il est impossible que tu aies pu lire dans mes pensées. Tu ne connais pas encore suffisamment l'étendue de ta force…

— Disons que mon oncle avait plus d'une corde à son arc…

Damien fulminait littéralement. La vigueur qui l'avait précédemment quitté lui revint avec plus de verve. Son être tout entier était en alerte.

— Vos plans ont échoué, dit-il afin de conclure ce chapitre.

Dieu resta curieusement de glace devant cette provocation. Blotti au plus creux de ses sourcils, épris de ses songes, il tira une bouffée de sa pipe avant de prononcer ces quelques mots :

— Je comprends, ce bougre de Castor… Il a dû trouver un moyen de te faire part de ses connaissances à mon insu. Cela fait des millénaires maintenant que Satan et moi nous faisons la guerre. Et celle-ci, nous le savons tous les deux, est rendue à un point de non-retour. Lorsque j'ai appris qu'il avait transféré l'intégrité de sa puissance brute dans une nouvelle enveloppe humaine, je n'ai pas eu d'autre choix que de venir te rejoindre.

— Je ne pouvais pas le laisser t'avoir, comprends-tu, Damien ?! Il aurait mis ce monde à feu et à sang…

— Puf... Satan ou Dieu, quelle est la différence ? Vous avez le même désir d'asservir la race, mais vous ne prenez simplement que des chemins différents pour arriver à votre fin ! Emprisonner l'humanité dans le chaos absolu ou la contraindre à l'esclavage : c'est du pareil au même, vous ne cherchez qu'à satisfaire votre ego !

Damien se sentait sur le point d'éclater.

— C'est pour la liberté que mon oncle et ma mère ont donné leur vie...

Dieu retira sa pipe qu'il déposa sur la commode à côté de ses lunettes. Il redressa son corps qui avait du mal à le supporter puis se mit en marche d'un pas lent et maladroit, dépassant le jeune homme sans y porter attention.

— J'en ai assez entendu, dit-il. Finissons-en maintenant, veux-tu ?

Laissant le garçon derrière, Dieu prit l'escalier menant à l'étage supérieur. Il courbait dangereusement vers l'avant et Damien, il n'y avait pas si longtemps, s'en serrait inquiété, mais tout avait basculé depuis.

Intrigué, il emboîta inévitablement le pas. Il jeta un œil curieux vers la cuisine qu'il devait traverser pour y arriver. Il y remarqua une chose étrange qu'il n'avait pas vue lorsqu'il était entré en trombe. La pièce était sens dessus dessous.

Un chaudron, ainsi que son contenu, gisait sur le sol. Un bloc de bois contenant ordinairement la coutellerie était tombé sur le comptoir. Un couteau, le plus long, manquait. En fait, il était planté dans le mur juste au-dessus des sacs de farine et d'avoine qui avaient été transpercés.

Ces découvertes ne le rassurèrent guère. Dans son empressement à vouloir régler ses comptes, il en avait oublié la véritable raison qui l'avait amené jusqu'ici.

Damien avala les marches trois par trois et se retrouva rapidement au second étage. Il retrouva son voisin en compagnie de sa femme et de sa fille qui s'étaient endormies sur la chaise berçante dans la chambre de l'enfant. Lili était paisiblement assoupie entre les bras de sa mère.

— Elles ont l'air serein, fit remarquer Dieu en caressant les cheveux de la petite Lili.

La scène témoignait pourtant d'une agitation passée. Les draps du lit étaient tombés par terre et une commode avait été renversée. Un tisonnier était accoté contre la fenêtre et la suie sur les mains de sa femme prouvait qu'elle l'avait amenée ici.

— Q... Que leur avez-vous fait ? demanda-t-il hésitant.

Mais il ne répondit pas directement. Il revint sur le passé.

— J'ai toujours tenu Satan et ses mauvaises intentions loin de toi. J'ai même réussi à le tenir à l'écart de ta femme et de ta fille, mais depuis les attentats comme tu l'as dit, je ne pouvais rester les bras croisés et continuer à veiller. Je suis donc allé en ville afin de donner mes directives à mon église ainsi qu'au gouvernement, que je contrôle bien entendu, mais ce faisant, comme tu l'as deviné, il est finalement entré en contact avec toi...

Damien sentit que le rideau était sur le point de tomber sur toute cette histoire et que Dieu parlait sans mensonges cette fois.

— Les humains n'ont plus le temps d'attendre Le Messie que je leur ai promis autrefois. Le temps manque et la pression est forte. En fait, ils ont besoin d'une image encore plus forte, plus significative que la Bible. Ils ont besoin de Dieu, Damien ! claironna-t-il de plus belle. Un Dieu bienveillant qui apaiserait leurs souffrances et les guiderait vers le bonheur.

Il leva sa main droite qui tremblotait de vieillesse :

— Dans cette peau de vieillard affaibli et avec le peu de pouvoir qu'il me reste, j'en serais malheureusement incapable, mais avec un corps jeune et des pouvoirs plus grands que nature, tout redeviendrait possible !

— V... Vous n'y pensez pas vraiment ? s'interrogea-t-il hésitant.

— Bien malgré moi, j'ai dû m'assurer de ta coopération, reprit-il. Coopération que je n'ai jamais pu et n'obtiendrai jamais de ta part. Tu en as fait la preuve en me tenant tête plus tôt. C'est pourquoi ton insubordination m'a conduit à commettre un acte irréparable que j'avais pourtant juré ne jamais plus avoir à commettre, mais il le fallait, soutint-il.

Les genoux de Damien ne suffisaient soudainement plus à le soutenir si bien qu'il tomba sur le sol. Plutôt indifférent, Dieu poursuivit :

— J'ai compris en analysant les multiples essais de mon ennemi juré, et j'en suis maintenant convaincu, que le seul moyen de venir à bout de ton acharnement et de détruire tes espoirs et ainsi libérer ton âme de ton corps était de t'enlever ce qui te poussait à ne pas abandonner, à toujours persévérer malgré l'adversité et continuer à nous tenir tête. Je savais que tu allais revenir un jour ou l'autre, il fallait agir.

Damien ne répondait pas. Il rampait jusqu'à leur chevet s'accrochant à un mince filet d'espoir. Il prit la main molle et froide de son épouse entre ses doigts humides puis s'empara de celle de sa fille beaucoup plus petite, mais tout aussi froide. Daagard, la peluche, gisait sur le sol également, ayant failli à sa tâche.

Il avait arrêté de trembler, son cœur avait cessé de battre. Ses paupières arrêtèrent de battre laissant sécher la pupille de ses yeux qui devinrent vitreux. Ainsi déchargé de son énergie, il s'effondra la tête la première contre le plancher rugueux. Le pendentif qu'il portait en mémoire de son père s'ouvrit. Un liquide incolore s'en échappa et couvrit sa poitrine meurtrie.

— Pardonne-moi, petit, demanda son voisin, les yeux humides. Il le fallait pour le bien de l'humanité, il le fallait…

Chapitre Vingt-et-unième
Lui

Il m'offrit un flacon rempli d'un nectar qui promettait à
quiconque l'ingurgitait le pouvoir de donner la Vie!

MARCUS, 25A A-D

Le grand homme venait de refermer la porte de la demeure familiale. Armé de ses chaudes mitaines de laine et de son foulard, il avait une idée en tête en cette fraîche matinée d'hiver. Il avait le cœur gros. Celui-ci battait d'ailleurs cent fois par minute.

Peut-être aurait-il dû lui annoncer la nouvelle sur-le-champ, s'était-il demandé. Seulement, Marcus voulait que l'annonce soit mémorable, voire grandiose.

C'est pourquoi la veille, il avait demandé à son frère qui avait la réputation d'être un petit génie, de lui fabriquer des artifices et des effets spéciaux pour que sa belle Lilianne soit submergée par les émotions lorsqu'il lui annoncera la grande nouvelle.

Marcus était justement monté jusqu'au magasin général où les deux complices devaient s'y rencontrer.

— Bonjour messieurs! claironna-t-il en entrant dans le commerce.

Le géant bûcheron y était attendu par son frère Anthony ainsi que par Michel Belhumeur qui tenait déjà boutique, seul. Ses parents avaient été emportés par une maladie qui les avait foudroyés en un été. Il les avait perdus étant adolescent et avait dû travailler durement pour garder la gouvernance de la boutique qui était leur seul legs.

Cela pouvait expliquer sa vision terre-à-terre de la vie. Malgré son pessimisme, Marcus et Anthony qui avaient sensiblement le même âge, avaient réussi à s'en faire un bon ami.

Toujours est-il que Michel était accoudé sur le comptoir de son commerce fumant un cigare comme à l'accoutumée tandis qu'Anthony, les bras croisés, faisait les cent pas.

Il était plutôt petit et peu costaud celui-ci. Il avait les cheveux longs jusqu'aux fesses et les arrangeait toujours avec maladresse faisant des nœuds à plusieurs endroits plutôt que de les attacher. Il n'était pas du genre à se soucier de ces petits détails puisqu'il avait un monde de projets à réaliser.

Marcus et Anthony n'étaient frères que de nom seulement puisque Marcus avait été recueilli aux abords du lac Miroir puis adopté par Polo et Jeannette Castor, les parents biologiques d'Anthony qui était alors leur seul fils. Ils avaient grandi ensemble et s'étaient depuis liés d'une profonde amitié que même le sang ne pouvait recréer.

Anthony sauta dans les bras de son frère dès qu'il eut mis les pieds dans le commerce. Il se souvenait de l'annonce que lui avait faite Marcus la veille et tenait à le féliciter de nouveau.

En fait, ce fut Michel qui prit la parole :

— Anthony m'a raconté cette histoire de « conception » bizarre et de cette « vision » que tu as eue, affirma le tenancier. Qu'est-ce que sont que ces histoires ? Es-tu finalement devenu fou, bougre de Castor ?

Marcus avait demandé à ce qu'Anthony qui était le seul à être au courant de cette histoire demeure discret, mais de toute évidence, il n'avait pas réussi à tenir sa langue. Qu'à cela ne tienne, Marcus était trop heureux pour lui en tenir rigueur.

— Non, non, non, répéta-t-il. « Il » m'est apparu dans les bois de l'ours et il m'a promis un enfant, je le jure !

Marcus parlait avec une telle certitude que Michel hésita à le contredire :

— Tout de même, dit-il sans être convaincu pour autant. Une apparition... Les gens du village vont commencer à parler.

— Et je m'en fous ! ajouta-t-il gaiement. Je suis le plus heureux des hommes ! Si seulement vous aviez vu ce que j'ai vu et entendu ce que j'ai entendu !

Avec un talent de conteur qui était propre à sa génération, Marcus commença son récit :

— J'étais à bûcher dans le sous-bois de l'ours en bordure de la « Dompeuse ». En fait, je m'étais plutôt éloigné de la terre à bûcher lorsqu'un cri, un rugissement sauvage plutôt, vint m'interrompre. Un ours brun, un grizzli énorme tel que je n'en avais jamais vu s'était braqué devant moi !

— Ha ! Ha ! Ha ! Tu vas tenter de me faire croire que tu n'as pas vu ni même senti l'ours s'approcher ? Tu n'es pourtant pas un amateur, Marcus ! assura Michel plutôt coriace. Ça ne tient pas debout !

— Bien sûr que ça tient debout, la preuve : la bête sauvage énervée par ma présence est justement montée sur ses pattes arrière !

Anthony eut un petit rictus lorsque son grand frère lui fit un clin d'œil. Il admirait la façon avec laquelle il jouait avec les mots.

— J'empoignai donc ma hache à deux mains, prêt à combattre, poursuivit-il. C'est alors que je le vis, lui, un petit ourson entre les pattes du grizzli, sa mère...

— Et puis ? interrogea Michel.

— Et puis, il y a que j'ai compris que j'étais en train de bûcher sur son territoire et que la pauvre mère apeurée ne faisait que protéger son petit des rôdeurs. Le village a été fondé, car nos ancêtres se sont fait voler leurs terres alors il était hors de question que je fasse la même chose ! Il était hors de question que je fasse quoi que ce soit...

Michel grognait maintenant en tapotant la poche de sa chemise.

— Et tu es resté là en attendant de te faire tuer ? Je n'y crois pas.

— Tant pis pour toi, leurs vies ne valent pas plus que la mienne. J'étais chez eux et ils avaient tous les droits. Je me suis donc incliné devant la bête, prêt à mourir…

Le gros homme derrière le comptoir décrocha. Il est vrai que Marcus avait toujours eu cette mentalité envers tous les êtres vivants où chacun est maître de son espace, mais là, ça allait trop loin. Il s'était mis à rire à un point tel qu'il en avala pratiquement son cigare.

— Ha ! Ha ! Ha ! Et nous sommes censés croire ça ? Comme chacun d'entre nous, je suis certain que tu aurais eu la trouille et que tu aurais tenté de fuir. C'est bien beau de dire que tous les animaux et les fleurs ont le droit d'exister, mais là, franchement…

— Tu peux croire ce que tu veux, Michel, l'assura-t-il fermement. Peut-être que je ne me suis pas incliné aussi bas que je le dis, mais qu'importe, il n'en reste pas moins que j'ai laissé choir ma hache sur le sol et j'étais à attendre que la mort vienne me chercher lorsque…

Malgré son acharnement à ne pas y croire, Michel n'osait plus l'interrompre. Il contait avec une telle verve.

— Puis une chose étrange se produisit, dit-il en reprenant vie.

— Aussi bizarre que toi ? grogna-t-il pour lui-même.

— Le grizzli se mit à trembler vigoureusement tandis que l'ourson déguerpit à travers les bois, effrayé. La bête géante convulsait devant moi à un point tel qu'elle s'affaissa sur la neige. Pour dire vrai, ce n'était que sa peau qui retomba comme si l'animal n'avait enlevé que son manteau de fourrure. Ce qui avait retiré sa peau et qui se trouvait à l'intérieur me sidéra littéralement.

Un être sans corps, composé uniquement de lumière, sans forme ni texture, sans diamètre ni volume se tenait devant le bûcheron stupéfait.

— Amusant, humain, dit-il sur un ton neutre teinté d'une touche de contentement.

Marcus comprit rapidement que l'être indescriptible s'était amusé à ses dépens. Cependant, il ne lui en tint pas rigueur, trop impressionné par sa présence.

— Ma foi du bon Dieu, q... que diable êtes-vous ? finit-il par bredouiller.

— Diable ? Quelle erreur ! Tu peux m'appeler Lui si tu le désires.

Il avait une telle majesté dans la voix. Un sentiment d'absolu émanait de lui.

— V... Vous êtes Dieu alors ? conclut-il.

— Non plus, affirma-t-il. Dieu n'est qu'une de mes nombreuses créations. Moi, je suis le début et la fin de tout, je suis Lui.

Marcus n'était pas dupe à ce point et n'avait aucunement l'intention de faire rire de lui. La civilisation voisine avait la vilaine réputation de se prendre pour le nombril du monde alors croyant avoir reconnu leur discours, il pensa être allé trop loin vers la ville. Se pouvait-il que tout ceci soit une machination de Villemont et de ses habitants ?

— Qui que vous soyez, prenez garde ! dit-il en guise d'avertissement. Si vous venez pour nous priver de notre liberté, sachez que nous nous battrons jusqu'à la mort !

— La Mort, dis-tu ? Comme c'est intéressant… Il faudra que je lui en parle, elle va en rire, j'en suis certain. Seulement, je ne suis pas venu ici pour me divertir. Je vous observe, ta femme et toi, depuis un moment déjà…

— C… Comment ?

Marcus avait récupéré sa hache et était prêt à défendre leur honneur.

— Que fais-tu là ? Ne vois-tu seulement pas que je ne suis pas fait de chair et d'os ?

Marcus ne put que réaliser sa bêtise.

— Aux yeux des tiens, tu n'es vu et reconnu que pour tes talents de bûcheron, mais moi, je vois autre chose en toi. Je vois ton potentiel. Je vois en toi, un des êtres les plus uniques de la Terre et ce n'est pas peu dire…

— Vraiment ? Qu'est-ce qu'un bûcheron tout ce qui a de plus ordinaire comme moi aurait à offrir à un être ayant la prétention d'être au-dessus de Dieu ? se demanda-t-il.

— Je vois que tu ne comprends toujours pas, mais qu'à cela ne tienne ; tu verras en temps et lieu. Je suis venu ici pour te proposer un marché…

— J'ai donc écouté le marché qu'il avait à me proposer. Il n'était assurément pas une machination de la grande ville, il réussit à me convaincre. Ce « Lui », comme il se fait appeler, m'expliqua donc très brièvement quelques concepts de l'Existence. Il m'expliqua qu'il régnait sur La Vie, pas seulement celle sur Terre, mais sur celles se trouvant dans l'au-delà et bien plus encore. En fait, il m'apprit en ce court laps de temps bien plus de choses que j'ai le temps de vous en dire ce matin.

— Ça y est, j'ai besoin d'un verre ! clama le pauvre Michel complètement dépassé.

Et il se servit à même la flasque se trouvant dans sa chemise. Mécontent d'une seule rasade, il en prit une deuxième puis une troisième.

— Puis il me tendit un objet et me fit une promesse…

— Q… Qu'est-ce qu'il t'a promis ? demanda-t-il soudainement soulagé.

— La Vie ! répondit-il. Il m'offrit un flacon rempli d'un nectar qui promettait à quiconque l'ingurgitait le pouvoir de donner la Vie !

Marcus sortit de la poche de sa chemise, un bijou argenté attaché à une chaîne.

— C'est quoi ce truc ?

— C'est le flacon, en question.

— Mais c'est un pendentif !

— L'eau de Vie est contenue dans le bouchon à l'extrémité de la fève d'argent.

Il présentait l'endroit en question.

— Qu'importe ! Et toi, en croyant tout ce qu'une « vision » t'a dit, tu es allé faire boire ce poison à Lilianne ? l'accusa-t-il. Non, mais je rêve ?

— Bien non, idiot ! lança Anthony qui n'avait rien dit depuis un moment. C'est Marcus qui a bu le nectar ! C'est lui qui est dans l'incapacité de donner un enfant et non le contraire.

— P... Parce que tu crois à ces inepties maintenant ?

— Si mon frère y croit alors moi aussi j'y crois. Un petit filleul ! rêvassa-t-il. N'est-ce pas merveilleux ?

— Qui a dit quoi que ce soit à propos d'un garçon ? Ce pourrait bien être une nièce ! s'empressa d'ajouter le gaillard avant de quitter l'endroit sans dire au revoir ni même se soucier de Michel qui avalait rasade après rasade de « tord-boyaux ».

Les deux se retrouvèrent dehors, fin préparés. La charrette d'Anthony était remplie d'artifices de sa fabrication ; des fusées explosives et des serpents étincelants. Tous les artifices qui avaient fait sa réputation d'artificier étaient réunis sous cette bâche de cuir.

— Tout est prêt ! dit-il. J'y ai travaillé toute la journée d'hier et je vous assure tout un spectacle à vous deux !

Marcus ne partageait étrangement plus le même enthousiasme. Quelque chose l'agaçait maintenant.

— Tu penses qu'elle me croira ? demanda-t-il à son frère.

— Rassure-toi, lui dit-il. Raconte-lui l'histoire comme tu me l'as racontée et elle te croira, je te le garantis.

Anthony qui avait pris les rênes de son chargement se pencha vers l'avant puis plongea la main dans le sac en cuir qui se trouvait à ses pieds.

— Tiens! dit-il en sortant de jolies fleurs rouges. Tu lui donneras ces roses. Ce sera mon cadeau pour vous...

Il serra son frère contre lui puis ils se mirent finalement en route. Anthony commanda à ses chevaux de les tirer jusqu'au bas de la côte. Il avait pris soin d'avancer lentement pour ne pas attirer l'attention des villageois ou même celle de Lilianne.

Le plan était simple. Anthony allait installer les fusées le long du chemin menant à leur résidence après quoi il aurait fait signe à Marcus. Là, il entrerait, donnerait les fleurs à sa douce et lui ferait l'annonce devant la grande fenêtre du salon d'où elle pourrait admirer le spectacle.

Anthony avait fait arrêter ses chevaux. Marcus l'avait quitté et se dirigeait seul vers sa demeure tandis qu'il semait ses explosifs.

Marcus était impatient. Il tordait le bouquet entre ses gros doigts en attendant le signal.

Anthony pour sa part était tellement affairé qu'il ne remarqua pas la fumée rouge sortir de la chaumière des bienheureux. Il ne vit pas non plus son frère accourir à la porte et l'ouvrir sans la refermer. Ce n'est que lorsqu'il entendit son frère hurlé qu'il releva la tête en effroi.

Il sut dès lors et sans trop se tromper que l'annonce ne se déroulait pas comme prévu. Il accourut donc en direction de la maison, mais par souci de préserver leur intimité ou plutôt par crainte de ce qui pouvait se trouver à l'intérieur, il se précipita aux abords de la fenêtre du salon en prenant bien soin de ne pas se faire voir.

De cette place de choix, il vit son frère mourir sous ses propres yeux. Il vit la bête pour la première fois.

Anthony vitu son frère faire usage de ce pendentif que lui avait donné Lui et qu'il employa comme une arme redoutable. Lors du moment final où il terrassa le démon, il y eut une lumière blanche d'une intensité hors de l'ordinaire. Lorsqu'Anthony ouvrit les yeux, seule Lilianne demeurait étendue, évanouie. Marcus ainsi disparu, Anthony sut qu'il venait d'hériter d'un terrible secret.

La rédemption

Un jour, tu comprendras que je ne suis pas comme ce monstre de Satan.

Dieu, L'avènement

Un vieil homme avait bourré sa pipe, seul à se tenir debout à l'intérieur de la chambre d'enfant. À ses pieds, trois personnes étaient évanouies.

— Cela ne devait pas se passer de cette façon, je te l'assure, regrettait-il en parlant à l'une d'elles.

— Tu cours après la proie des autres, vieux fou ? dit une voix nasillarde facilement reconnaissable qui venait de faire son entrée.

Le vieil homme continuait de fumer sa pipe sans être pour autant dérangé.

— Tu arrives trop tard Satan, répondit-il sans émotion. Le transfert a déjà commencé, tu ne pourras rien y changer. C'est ma destinée !

— Ta destinée, tu veux rire ? répondit l'autre pourtant sans rictus. Je te tuerai de mes propres mains, ça, c'est ta destinée !

Il s'élança en direction de son ennemi juré en projetant de lui tordre son cou si maigre et si frêle. Il était évident qu'un vieillard comme lui n'était pas de taille contre l'être fait de feu et de flammes, mais il n'en demeura pas moins qu'il ne fit rien d'autre que retirer sa pipe d'entre ses dents.

Il jeta un œil en direction de la commode qui était déjà tombée et la projeta à travers son chemin. Puis, ce fut le lit qui s'envola dans les airs puis les bibelots, cadres et autres suivirent. Une barricade s'était érigée l'empêchant d'intervenir dans le transfert qui était en cours.

— Tu tiens vraiment à ce que je me mette en colère ! clama la bête derrière la muraille. Vois ce que j'en fais de ta ridicule muraille !

Satan n'eut qu'à ouvrir la gueule pour en faire sortir un geyser de flammes. Le bois de la maison en entier se tordait de douleur sous cette insupportable chaleur. Le torrent de feu ne laissa que des cendres sur son passage et partout ailleurs. Une partie du toit avait pris feu et la lune ainsi que les étoiles étaient maintenant visibles de leur position.

Cependant, rien ne semblait pouvoir agiter Dieu. Constatant tout de même l'échec de sa tentative, il devait réagir. Toujours en gardant une main en direction du corps de Damien qui luisait, il commanda à la fenêtre à guillotine de s'ouvrir avec fracas.

Les branches des arbres se secouèrent comme s'ils avaient cherché à se débarrasser de leur manteau de neige. Le ciel se rapprochait de la terre. Une secousse, voire un séisme, fit trembler ce qui restait de la structure et tout le plancher sous leurs pieds.

Alors que tout avait une allure de fin du monde, des centaines de litres d'eau vinrent se faufiler dans l'ouverture pratiquée au préalable. Par la fenêtre et par l'ouverture du toit, le lac Miroir tout entier se ruait vers l'être de feu.

Les parois de la fenêtre menaçaient de céder à tout moment tellement le courant était fort. Ce fut le tour de Satan à ne pas broncher devant cette nouvelle tentative. Ayant plus d'un tour dans son sac, il se mit en position fœtale et s'enroula dans sa cape rouge et noire. Des litres et des litres d'eau passèrent et inondèrent la place jusqu'à ce que le courant faiblisse puis stoppe.

Le courant avait emporté la porte ainsi que le mur derrière. La maison était presque totalement dénudée. De la maison ancienne, il ne restait plus que l'escalier et la chambre du deuxième étage.

— Ce corps est à moi ! clama Satan en se déliant les pattes arrière.

Il était aussi sec qu'un balai.

— Je l'ai créé et il me servira...

Dieu sembla se surprendre de l'astuce de son adversaire. Le transfert n'était pas complété alors il ne pouvait lâcher prise.

La triste scène était maintenant exposée aux gens du village qui se rassemblaient de toute part pour assister à ce spectacle surréaliste qui allait devenir légende à coup sûr.

Alors que M. Lemaire et la majorité des autres citoyens découvraient M. André sous un nouveau jour, il semblait que seul Céleste et Michel se souciaient de Rosalie, Lili et

Damien qui étaient évanouis. Céleste retint une larme en voyant sa fille et le reste de sa famille ainsi immobiles.

Au moment où ils se serrèrent la main croyant assister au triste dénouement d'une sombre affaire dont ils ignoraient tout, certains d'entre eux furent plongés au cœur du drame bien malgré eux. Satan avait remarqué les observateurs et comme il était visiblement de mauvais poil, il leva la main bien haute vers le ciel et remua les cieux déjà gris. Les nuages se chargèrent d'électricité. D'une série de gestes de la main, il fit descendre sur quelques-unes de leurs têtes des éclairs venus du ciel noir.

Les cieux se déchiraient.

Les malheureux, surpris et incapables de s'échapper à temps, tombèrent sans vie face contre terre, électrocutés. Bientôt, on courait dans tous sens cherchant à échapper à la mort. Certains tentaient de venir en aide aux blessés, mais étaient aussitôt frappés par la foudre.

Il y eut des cris et des pleurs, ce devait être la plus triste soirée que la petite communauté eut connue. Michel implora sa femme de fuir avec les autres tandis qu'il avait l'intention d'affronter le démon afin de le retenir. Michel ne manquait pas de cran. N'empêche qu'il n'était pas fou au point de penser que le prince des ténèbres allait être clément avec lui.

Discrètement, il saisit le couteau de cuisine qui avait été balayé par la marée et monta l'escalier sur le bout des pieds. Malgré ses efforts pour demeurer invisible, Satan sentit sa présence.

— On ne t'a jamais dit de ne pas te mêler de ce qui ne te regarde pas, toi ? dit-il.

Michel ainsi découvert se rua tout de même sans entretenir de faux espoirs. Mais Satan n'allait pas être vaincu par un simple mortel. Alors, d'un coup de griffes, il lui transperça le cœur et tua raide le marchand. L'impact fut si violent qu'il fut projeté dans l'escalier.

Le message lancé par Satan dut être entendu puisqu'il n'y eut bientôt plus âme qui vive en vue pour lui faire opposition. Dieu avait observé la scène avec dégoût. Il l'avait sommé de cesser cette boucherie inutile, mais de toute évidence, son adversaire était du genre à n'en faire qu'à sa tête. Il n'avait pu qu'assister au massacre, ne pouvant pas stopper le transfert. Son adversaire se réjouissait de son impuissance.

Alors que le corps sans vie de Michel finissait sa course au bas de l'escalier, un revirement de situation survint. La poitrine du jeune homme dont le cœur avait été brisé luisait maintenant d'une lumière anormalement blanche. Il ne s'agissait non pas de cette lueur terne qui le liait à Dieu, mais bien d'une lumière plus blanche encore, plus pure. Bientôt, ce fut son corps tout entier qui fut baigné de cette lumière.

Ainsi revigoré, il se releva d'un pas serein. Ses yeux étaient blancs et ses veines perçaient sa peau d'une teinte bleutée.

Son pouvoir devait être grand, car la main du vieil homme fut repoussée par celui-ci. La lueur était si vive que même Satan fit un pas en arrière. Plus encore, cette dernière qui au départ émanait seulement de l'individu s'étendit sur un plus grand rayon, baignant les deux corps endormis devant lui de sa chaleureuse lumière. Ensuite, ce fut tout le village qui se retrouva plongé dans sa chaleur.

Finalement, comme une gouttelette d'eau tombée au milieu de la mer et qui étire ses rayons, ce fut bientôt la planète entière qui fut baignée de sa lumière...

— Revenez à la vie, dit-il en transe. Votre temps en ce monde n'est pas révolu...

Puis, ses yeux retrouvèrent leur couleur normale. Il était finalement en paix avec lui-même quoique son corps penchait dangereusement vers l'avant. Il abaissa son attention sur sa poitrine. Le pendentif hérité de son père s'était allongé tout en gardant ses courbes distinctives. Bientôt, il fut trop lourd pour être gardé autour du cou. Le pendentif révélait une nouvelle forme, c'était une épée. Une épée semblable à un cimeterre.

Curieusement, lors d'un moment crucial, le pendentif livrait enfin son plus précieux secret.

— J... Je reconnais cette lumière, souffrit le démon aveuglé par sa lumière.

Damien n'en revenait tout simplement pas. Il retira la chaîne d'autour de son cou et la reprit par la poignée. Le fond était en fait un bouchon qui s'était malencontreusement ouvert lorsqu'il s'était effondré sur le sol. C'était d'ailleurs son contenu qui avait imbibé son torse et sa chemise. Cette même eau divine lui avait livré son précieux secret et maintenant, son contenu était vide.

— D... Damien, c'est toi mon chéri ? s'interrogea-t-on faiblement derrière lui.

Ne faisant ni une ni deux, le cœur du jeune homme fit mille tours. Cette voix, il la connaissait. C'était celle de Rosalie, sa femme. Sa bouche s'ouvrit innocemment. Comme par enchantement, elle s'était réveillée de son sommeil qui aurait pourtant dû être éternel. Il n'y comprenait rien, mais cela le remplissait de joie et d'espoir.

Ensuite, vint des râles puis des bâillements de toute sorte provenant de l'extérieur des restes du bâtiment. Le même enchantement affectait les corps foudroyés des villageois qui se relevaient un à un, tous étonnés par leur retour dans le monde des vivants. Leurs plaies s'étaient refermées et leur sang ne souillait plus le sol. Curieusement, Damien sut dès lors que ce phénomène s'étendait bien au-delà de l'enceinte de son village.

Les nombreuses vies écourtées lors de cette sombre journée, mortes soit des mains de Satan ou bien de celles des *doigts de La Mort* avaient été ramenées en ce monde, il en était convaincu. Comme s'il le savait déjà, mais le découvrait à l'instant. Ainsi, les vieillards morts de vieillesse ainsi que les individus morts accidentellement allaient donc pouvoir revoir la lumière du soleil une journée de plus.

— Est-ce moi qui ai fait ça ? se demandait-il.

— C... Comment est-ce possible ? La Mort est pourtant venue les chercher, s'interrogea Dieu. Comment est-ce possible ? répéta-t-il une seconde fois en proie à la folie.

Damien ne daignait lui fournir une quelconque réponse. Dieu ne démordait pas et insistait pour que Damien lui réponde :

— Elles étaient mortes, je le sais. La Mort est venue les chercher, je l'ai vue ! ajouta-t-il tremblotant. C'est moi qui l'ai invité à venir chercher leurs âmes !

Damien ne lui répondait toujours pas. La seule chose qui avait un quelconque intérêt à ses yeux était l'expression sur le visage de Rosalie. Elle semblait souffrir. Sa lèvre inférieure tremblait tandis qu'elle continuait de bercer Lili qu'elle tenait au creux de ses bras. Elle informa son conjoint :

— J... Je ne sens pas son cœur battre...

Michel s'était lui aussi éveillé de son sommeil éternel qui n'aura duré que quelques minutes finalement. Il se secoua la tête et tentait de se remémorer les évènements qui l'avaient conduit à sa mort. Les villageois quant à eux avaient tous fui et s'étaient enfermés dans l'église. Il était le seul à crier les noms de sa fille et de son gendre au bas des escaliers.

— Damien ? Rosalie ? Est-ce que ça va en haut ? Que se passe-t-il ici ? sonda-t-il.

Mais personne ne lui répondait. S'il avait pu voir tout en haut de l'escalier, il aurait vu sa fille qui se balançait frénétiquement sur sa chaise berçante. Elle chantait une berceuse, celle que lui avait enseignée Damien et que Lilianne, sa mère, lui chantait étant petit.

Mais la mélodie n'allait rien changer à son état.

— Lili! s'écria Damien en dégageant une telle force que la Terre entière trembla.

Dieu insistait toujours sans relâche. Sa voix trahissait son vieux voisin, M. André.

— Damien, reprit-il. Qu'est-ce que cette lumière? Que s'est-il passé?

— V... Vous avez tué ma fille, voilà ce qui s'est passé! lança-t-il plein de ressentiment.

Dieu s'indigna.

— C... Ce n'est pas tout à fait ça, Damien. Il y a bien des choses que tu ignores sur ce monde et sur l'au-delà. Un jour, tu comprendras que je ne suis pas comme ce monstre de Satan.

— Si tu n'es pas comme lui alors tu en as toute l'apparence! répliqua le jeune homme.

La douleur de sa perte n'avait d'égal que sa colère qu'il avait refoulée toutes ces années. Il avait l'impression qu'il allait littéralement exploser s'il ne réussissait pas à se calmer.

— La vie vous importe peu du moins que vous ayez le pouvoir et le contrôle! rugit-il. Vous avez le même but...

— Mais nos moyens sont différents, tu l'as déjà dit, compléta-t-il. Et tu as raison seulement, je n'aurais jamais eu la force de tuer ta femme encore moins ta splendide petite fille...

— Alors qui ? Satan était en ville en train de la mettre à genoux ?

— Je te répondrai volontiers, mais avant tout, dis-moi ce que tu as vu ?

— Je n'en ai pas envie, vous me dégoûtez toujours autant...

— Damien, implora-t-il de ses grands yeux bleus.

— N... Ne l'écoute pas, il ment. Il a tenté de nous tuer ! renchérit Rosalie qui était témoin de la scène bien malgré elle.

Rosalie ignorait donc qu'elle avait été assassinée ? Ou peut-être qu'elle ignorait qui ou quoi avait causé sa mort... Qu'importe, Damien allant à l'encontre de son ressentiment pour l'homme avait envie de se confier à son mentor.

Peut-être que son jugement était obscurci par la journée trop longue ou bien peut-être ne voyait-il plus vraiment clairement les choses telles quelles étaient, mais il avait l'impression de parler à son voisin, celui qui était toujours de bon conseil et qui avait veillé sur lui comme un père durant tant d'années. De plus, c'était le seul moyen d'en apprendre davantage sur ce qu'il ignorait sur lui et sur ce qu'il appelait « l'au-delà ».

— J... J'ai vu Marcus. Il a reçu ce flacon ou plutôt cette arme, dit-il en lui présentant la lame lumineuse. Un certain

« Lui », la lui aurait donnée. Un flacon de Vie, a-t-il dit. Je n'en sais pas vraiment plus...

— Lui ? s'étonnèrent les deux êtres divins en chœur.

Ils le connaissaient donc.

— Et qu'a-t-il fait avec ce flacon de Vie ? Qu'a fait Marcus lorsqu'il a reçu le flacon ?

Dieu ne put compléter sa question que Satan rugissait de colère.

— Lui ? s'écria-t-il. Le pendentif... Lui m'a trompé !

Il avait les yeux exorbités et injectés de sang. Il ne prit que quelques instants pour prendre sa décision puis sans crier gare, avec une rapidité surhumaine telle que Damien n'aurait jamais pu voir venir le coup, Satan prépara une attaque terrible. De ses doigts de braises, il fabriqua une charge de feu électrifiée qu'il envoya aussitôt dans sa direction.

— Cet enfant maudit doit mourir ! s'écria-t-il.

Le maléfice grandissait et gagnait en distance. Damien ne pouvait l'éviter. Rosalie gémissait dans son coin, impuissante elle aussi. Damien ferma les yeux, incapable d'assister à sa propre mort lorsqu'un flash intense de couleur rouge et bleu derrière ses paupières vint l'aviser que la boule d'énergie maléfique avait atteint une cible, mais il ne sentait pas le feu brûler sa peau. Lorsqu'il rouvrit enfin les yeux, il aperçut son sauveur.

Dieu, en apparence fortement ébranlé, mit un genou par terre. Du sang coulait maintenant de sa gorge signe avant-coureur de lourdes blessures internes. Le bleu de ses yeux avait pâli sous le violent choc.

Damien comprit qu'il devait la vie à son vieil ami.

— J'ai été avide… Je serai maudit par mon seigneur…

Il cracha un coup et toussota douloureusement. Son visage se crispait de douleur à mesure que les battements de son cœur amenaient du sang à sa bouche.

— J… Je ne suis pas tel que tu m'as décrit… Je ne suis pas un monstre…

— P… Peut-être, mais pourquoi m'avoir sauvé la vie ? À moi ?

Son teint malade et le sang qu'il crachait par litres indiquaient sans l'ombre d'un doute que Dieu, fut-il celui de la Terre, n'allait pas survivre à l'attaque. Peinant à rester sur ses deux pieds, il trouva tout de même la force de pointer la femme derrière lui.

— Je ne t'ai pas sauvé la vie…

Sa gorge se noua tandis qu'il trouvait à peine la force de pointer derrière lui. Damien détourna le regard et s'aperçut que Rosalie était directement dans le champ de tir. Se pouvait-il que M. André ait sacrifié sa vie pour sauver celle de sa bien-aimée ?

Dieu n'attendait pas de remerciements de sa part. Même à l'article de la mort, il tenait à savoir.

— C… Ce flacon de Vie, dit-il, souffrant. Lui a parlé de ce flacon de Vie ?

— N… Non, pas vraiment, se désola l'autre.

Satan qui était toujours à l'écoute n'avait pas la même empathie pour le dieu agonisant.

— Pauvre fou, dit-il à l'attention de son alter ego. Ne vois-tu pas que tu protèges cet « objet » au péril de ta vie ?

Si Dieu n'avait pas encore compris, Satan, pour sa part, semblait avoir découvert quelque chose qui le terrorisait.

— C'est Lui qui a fabriqué le flacon ! C'est la propre vie du dieu d'entre les dieux qui coule dans ses veines et non pas la mienne, tu comprends ? Lui était censé me donner ce pendentif, mais il m'a berné, probablement pour son plus grand divertissement...

Il s'arrêta sec par peur d'en dire trop.

— Mon plan est foutu, poursuivit-il sur une autre lancée. Il faut le détruire maintenant ; le détruire pour qu'il ne reste plus rien de l'arme et du garçon !

Dieu ne voulait pas entendre ce que Satan avait à dire. Son camp, il l'avait déjà choisi.

— Je n'aurais jamais dû permettre que ce plan se déroule en premier lieu, dit-il. J'ai honte... Ahhh ! J... J'ai honte de penser que moi, Dieu de la Terre, ai eu quoi que ce soit à voir avec la mort de Lilianne, Castor ou même celle de cet enfant. La torture, toutes ces souffrances, je les ai permises par mon inaction, Damien a raison... Ahhh ! Il est grand temps que notre bataille s'achève... alors, tue-moi une fois pour toutes...

Dieu s'affaiblissait de plus en plus, il vacillait de gauche à droite sur son seul bon genou. Damien lui avait tendu la main seulement, Satan qui venait de recevoir l'autorisation ouvrit les bras vers le ciel.

— Comme tu voudras !

C'est alors que les nuages noirs se chargèrent d'électricité et bientôt, des éclairs par dizaines tombèrent sur sa tête réduisant le corps de Dieu en poussière.

Tout cela s'était fait si rapidement que Damien n'avait pas eu le temps de l'empêcher non pas qu'il aurait pu y faire quelque chose. Il aperçut l'âme de Dieu qui allait rejoindre les cieux.

— Tu n'as pas à me pardonner pour les erreurs que j'ai commises, lui dit-il mentalement. Cependant, tu peux me croire. Je n'ai pas tué ni Rosalie ni Lili.

— Alors qui ? Qui a tué mon bébé ? ! demanda-t-il haut et fort bien qu'il soit le seul à entendre le son de sa voix.

— L… La Mort, répondit-il simplement. V… Viens me rejoindre… par l'au-delà… le… le Trou… le… Tr… survivant… Tu y trouveras ta fille… Viens dans l'au-delà, tu y rencontreras Lui… Viens… Au-delà…

C'était sur cette dernière énigme interrompue que Dieu retourna finalement au ciel. Ces dernières actions le laissaient perplexe. Peut-être l'avait-il jugé trop hâtivement ? se dit-il. Un monstre, soit-il un dieu, n'aurait pas donné sa vie… encore moins pour sauver la femme qu'il aimait.

Si Damien ressentait une certaine douleur face à ce départ, Satan, pour sa part, ne ressentait rien d'autre que de la joie, lui qui dansait juché sur ses hauts sabots. C'était lui le monstre.

— Dieu est mort ! Dieu est mort ! Dieu est MORT ! répétait-il tel un cantique. Je suis le vainqueur !

— Le vieux fou, il est la honte des dieux... Abandonner après toutes ces années de combats... Ha ! Ha ! Ha ! J'ai... GAGNÉ !

Cependant, il arrêta la célébration lorsque son regard croisa celui tout aussi noir de Damien.

— Maintenant, il ne reste plus que ton cas à régler, dit-il.

Damien se savait et se sentait menacé. Il n'y avait pas à douter qu'il était le prochain sur la liste de Satan. Mais..., il se sentait las. Ça, c'est sans ajouter que Damien avait fait la démonstration qu'il n'était pas de taille à affronter le démon.

— Je serai au chevet de ma fille, si tu me cherches...

Ainsi résolu, il retourna auprès des femmes de sa vie. Rosalie ne comprenait pas ce qui le poussait à l'abandon.

— Damien, n... ne reste pas là à ne rien faire ! dit sa femme qui ne comprenait pas la soudaine résolution de son mari.

Damien pleurait comme un enfant.

— M... Mais Rosa, répondit-il. Il est trop fort, je ne peux pas.

— Je ne te crois pas. C... C'est bien toi qui disais que tu étais spécial, non ? Alors, prouve-le, maintenant !

— Mais Lili... Je ne m'imagine pas un monde sans elle. Elle est disparue... Peut-être serons-nous mieux lorsque nous l'aurons rejointe nous aussi ?

— Tu abandonnes... Mais reprends-toi, Damien ! Tu dois te battre tant qu'il y aura de la vie dans tes veines ! s'écria-t-elle en le giflant.

Il ne faisait que pleurer.

La victoire de Satan allait être complète. Damien avait baissé les bras alors, aussi bien dire que les ténèbres allaient envahir la Terre. Mais il y avait toujours un humain qui avait le courage de se dresser contre sa suprématie.

Michel Belhumeur, de tous les hommes tenait à la main un bout de bois qui faisait lieu d'arme. Il avait tout entendu de la conversation entre Dieu, Satan et son gendre. Satan ricanait toujours de son rire démoniaque lorsque le gros bonhomme l'interpella.

— S… Satan, bredouilla-t-il. J… Je comprends que tu es la cause de tout ceci, j… je n'ai pas pu m'empêcher d'écouter. Et, je dois dire que Marcus, mon ami, avait raison, puisse-t-il me pardonner au paradis.

Satan ne put s'empêcher de prendre quelques instants pour réagir à ce nouveau revirement.

— Et tu es ? Ah oui, tu es le pauvre type que j'ai transpercé tout à l'heure. Tu n'étais pas mort alors ? demanda-t-il jovialement.

— Je l'étais, c'est étrange, mais… j'ai entendu la voix de Damien alors que j'étais dans les limbes, il me demandait de retourner sur Terre.

— Sornettes ! Tu délires devant ma puissance, mortel ! Personne n'est capable d'une telle chose.

Le marchand avait les mains si moites que son arme de fortune menaçait de lui glisser d'entre les doigts. Ses genoux claquaient ensemble tandis que l'ombre noire de Satan l'enveloppait presque totalement.

— C'est assez! déclara Damien qui était enfin sorti de sa torpeur. J'en ai assez que les autres aient à me protéger et à souffrir pour moi. D'abord ma mère, puis Castor et Rosalie et maintenant… mon beau-père ?

— Tu veux peut-être que je pleure sur leur sort ? se moqua l'être de feu.

Damien n'avait plus l'âme à rire. Une aura d'une pureté incroyable l'enveloppait.

— C'est Rosalie qui a raison : c'est maintenant que je prends le contrôle de ma vie, Satan !

— Ha! Ha! Ha! Mais que veux-tu faire, mon garçon ? Tu n'es pas celui que tu crois être, loin de là ! J'ai été idiot de m'emporter tout à l'heure. En fait, j'avais pratiquement oublié un élément essentiel… Tu es toujours aussi faible.

Damien inclina son épée de lumière. Il se sentait bête tout à coup.

Satan discourut ensuite sur sa grandeur ainsi que sur le pendentif et de sa valeur. Il avait juré ne pas refaire la même erreur deux fois puis s'était élancé en direction de sa proie à corps perdu.

Ce qu'il était prétentieux le prince des ténèbres ! Certain d'être invincible, il oublia une chose bien importante qui lui fut fatale. Comme frappé par la foudre, ses pattes de bovidés lui tombèrent en dessous du corps et il s'aplatit contre le sol, incertain de ce qui venait de se produire.

— J'ai dit que je reprenais ma vie en main, je n'ai jamais dit que j'étais seul pour le faire…

Son torse avait été transpercé par une arme de fonte, un tisonnier. Satan releva la tête assez longtemps pour voir une jeune femme, les yeux rougis par les larmes. C'était Rosalie qui lui avait enfoncé le tisonnier à travers la poitrine à l'endroit même où aurait dû se trouver son cœur. Malgré l'inconfort, Satan n'était pas vaincu pour autant. Furieux, il menaça la pauvre femme, mais c'était sans compter la présence de son mari qui tenait toujours l'arme de lumière à la main.

D'un coup circulaire, l'épée trancha net son ignoble tête qui roula sur le plancher de la chambre d'enfant. Sans râle ni dernière volonté, Satan, la bête de légende, n'était plus.

Ainsi, la Terre, en une seule soirée à la fois magique et sombre, fut libérée des dieux qui l'enchaînaient. Pourtant, les cœurs des vainqueurs n'étaient pas à la fête, car dans le coin de la pièce gisait sur une chaise berçante, une petite fille dont le cœur avait cessé de battre à jamais, consolée que par son gardien de peluche qui avait failli à la tâche.

Achevé d'imprimer
en octobre deux mille dix, sur les presses
de l'imprimerie Gauvin, Gatineau, Québec